中俄文学互译出版项目·俄罗斯文库　　少年文学丛书

Сфинкс. Школьный роман

斯芬克斯：校园罗曼史

〔俄〕弗拉基米尔·布拉戈夫　著

赵振宇　译

中国国际广播出版社

《中俄文学互译出版项目·俄罗斯文库》
由中国国家新闻出版广电总局和俄罗斯出版
与大众传媒署批准，中国文字著作权协会和
俄罗斯翻译学院负责组织实施。

弗拉基米尔·布拉戈夫（1962— ），俄罗斯儿童文学作家，俄罗斯青少年文学作家协会成员。2003年开始创作，在《少先队员》《米沙》等杂志上发表作品。长篇小说《斯芬克斯：校园罗曼史》于2009年获得第三届国际阿·托尔斯泰少儿文学与科普奖。

序　言

赵振宇

　　"一个人其实永远也走不出他的童年"，著名儿童文学家、国际安徒生奖获得者曹文轩先生曾这样写道。另一位国际安徒生奖获得者詹姆斯·克吕斯则说："孩子们会长大，新的成年人是从幼儿园里长成的。而这些孩子会变成什么样，在某种程度上取决于那些给他们讲故事的人。"儿童文学在个人精神成长中所扮演的角色至关重要，可以说，它为我们每个人涂抹了精神世界的底色，长久影响着我们看待世界的方式。

　　中国本土现代意义上的儿童文学的产生和发展，在很大程度上得益于五四以来对外国儿童文学的大量译介和广泛吸收。无数优秀的外国儿童文学作品，经由翻译家之手，克服语言和文化的重重阻隔漂洋过海而来，对几代国人的精神世界产生了不可磨灭的影响。其中，俄苏儿童文学以其深厚的人文关怀、对儿童心理的准确把握以及充满诗情画意的语言滋养着一代又一代中国读者的心灵。亚历山大·普希金的童话诗、列夫·托尔斯泰的儿童故事、维塔利·比安基的《森林报》等作品，都曾在中国的域外儿童文学翻译史上留下浓墨重彩的一笔。

苏联解体后，俄罗斯社会、经济和文化等方面均发生了天翻地覆的转折与变迁，相应地，俄罗斯的儿童文学也进入了全新的发展时期。在挣脱了苏联时期"指令性创作"的桎梏后，儿童文学走向了商业化，也由此迎来了艺术形式、题材和创作手法上的极大丰富。当代杰出的俄罗斯儿童文学作家不仅立足于读者的期待和出版界的需求进行创作，也不断继承与发扬俄罗斯儿童文学自身的优良传统。因此，一批优秀的儿童文学作家和作品得以涌现。

回顾近年来俄罗斯儿童文学在中国的出版状况，我们可以清楚地看到，对当代优秀作品的译介一直处在零散的、非系统的状态。我们在"中俄文学互译出版项目·俄罗斯文库"的框架下出版这套《少年文学丛书》，就是为了改变这种状况，希望能以一己微薄之力，将当代俄罗斯最优秀的儿童文学作品介绍给广大中国读者，以期填补外国儿童文学译介和出版事业的一项空白，为本土儿童文学的创作和研究拓展崭新的视野，提供横向的参考与借鉴。

本丛书聚焦当代俄罗斯的"少年文学"。少年文学（подростково-юношеская литература）是儿童文学的重要组成部分，一般指写给13—18岁少年阅读的文学作品。这个年龄段的少男少女正处于从少年向成年过渡的关键时期，随着身体的逐渐发育和性意识的逐渐成熟，他们的心理也发生了较大的变化。他们渴望理解和友谊，期待来自成人和同辈的关注、信任和尊重，对爱情怀有朦胧的向往和憧憬，在与成人世界的不断融合与冲撞中开始逐渐形成自己的人生观与价值观。这是个"痛并快乐着"的微妙时期，其中不乏苦闷、痛苦与彷徨。因此相应地，与幼儿文学和童年文学相比，少年文学往往在选材上更为广泛，在人物形象的塑造上更为立体丰满，在反映现实生活方面也更为深刻真实。

需要特别指出的是，少年文学的受众并不仅限于少年读者。真正优秀的少年文学必然是雅俗共赏、老少咸宜的，成年读者也能够从中学习与少年儿童的相处之道，得到许多有益的人生启示与感悟。

当代俄罗斯少年文学有几个新的特点值得我们加以注意：

首先，在创作题材上，创作者力求贴近当代俄罗斯少年的现实生活，反映他们真实的欢乐、困惑与烦恼。许多之前在儿童文学范畴内创作者避而不谈的话题都被纳入了创作领域，如网络、犯罪、流浪、性、吸毒、专制等。在某种程度上，这也是苏联解体后混乱无序的社会现实在儿童文学领域的一种投射。许多创作者致力于描绘少年与残酷的成人世界的"不期而遇"以及由此带来的思考与成长，并为少年提供走出困境的种种出路——通过关心他人，通过书籍、音乐、信仰和爱来摆脱少年时期的孤寂、烦恼和困扰。

其次，在创作方法上，许多当代俄罗斯儿童文学作家勇于突破苏联时期的社会主义现实主义传统，对传统的创作主题进行反思，大胆运用反讽、怪诞、夸张、对外国儿童作品的仿写等多种艺术手法进行创作，产生了一大批风格迥异的作品。在人物塑造方面，众多创作者致力于塑造与众不同、特立独行的少年主人公形象，力求打破以往的创作窠臼，强调每个人物的独特之处。

此外，作家与读者的交流方式也发生了巨大的变化，部分作家借助自己的博客、微博、电子邮件等与读者直接进行交流，能够及时地获知读者的评价与反馈，从而在创作活动中更好地反映现实中的问题，满足读者的需求。

本丛书收入小说十余篇，均为近年来俄罗斯优秀的少年文学作品，其中多部作品曾经在俄罗斯国内外大赛中取得优异成绩，一些脍炙人口的上乘之作（如《加农广场三兄弟》等）还曾被改编为电视连续剧。这套丛书风格多样，内容也颇具代表性，充满丰沛瑰丽的想象、对少年心理的精确洞察和细致入微的描绘，相当一部分作品还深入浅出地介绍了一些专业知识（如《斯芬克斯：校园罗曼史》中的埃及学知识，《无名制琴师的小提琴》中的音乐知识，《第五片海的航海长》中的航海知识等），具有极强的可读性，足以让读者一窥当今俄罗斯少年文学发展的概貌。

本丛书由北京大学外国语学院俄语系 2013、2014 级研究生翻译，力求准确传达原作风貌，以传神和多彩的译笔带领广大读者体会俄罗斯少年的欢笑与泪水，感受成长的快乐与痛苦，以及俄罗斯文学穿越时空的不朽魅力。

主要人物

伊万·尼古拉耶维奇·克柳奇尼科夫——一零一中学埃及爱好者俱乐部
　　的组织者。

维克多·亚历山德罗维奇·尼林——绰号万尼林，一零一中学的校长。

塔尼娅·布拉温娜——九（三）班的学生，喜欢作诗。

叶莲娜·阿纳托利耶夫娜·布拉温娜——塔尼娅的妈妈，医生。

卡佳·索科利尼科娃——九（三）班的学生，酷爱埃及学。

斯维特兰娜·尼古拉耶夫娜·索科利尼科娃——卡佳的妈妈，英语教师。

维奇卡·佩利亚耶夫——九（三）班的学生，爱开玩笑，跟托利克·穆欣
　　是好朋友，喜欢研究机械。

奥尔加·尼古拉耶夫娜·柯切托夫娜——维奇卡的妈妈，曾当过有轨电
　　车司机。

托利克·穆欣——九（三）班的学生，绰号麦弗莱，跟维奇卡·佩利亚
　　耶夫是好朋友，喜欢研究机械。

叶甫盖尼·彼得罗维奇·穆欣——托利克的爸爸，电视维修工。

根卡·赫内金——九（三）班的学生，大名根纳季，和谢尔盖·波塔片
　　科是好朋友，喜爱跑酷。

谢尔盖·波塔片科——九（三）班的学生，和根卡·赫内金是好朋友，
　　喜爱跑酷。

娜塔莎·冈察洛娃——昵称娜塔什卡，九（三）班的学生，喜爱运动。

达莎·阿夫杰耶娃——九（三）班的学生，和奥克萨娜·谢德赫是好朋友。

阿拉·鲍里斯耶夫娜·阿夫杰耶娃——达莎的妈妈，在房管所当段长。

奥克萨娜·谢德赫——九（三）班的学生，和达莎·阿夫杰耶娃是好朋友。

薇拉·巴甫洛夫娜·谢德赫——奥克萨娜的妈妈，在学校食堂当厨师。

马克西姆·卡明斯基——昵称马克斯，九（三）班的学生，与安德烈和
　尼基塔是好朋友，"德留尼马克帮"成员。

柳德米拉·阿列克谢耶夫娜·卡明斯基——马克斯的妈妈，工厂装配工
　段的领导。

安德烈·温格罗夫——昵称安德留，九（三）班的学生，与马克斯和尼
　基塔是好朋友，"德留尼马克帮"成员。

尼基塔·叶若夫——九（三）班的学生，与马克斯和安德烈是好朋友，
　"德留尼马克帮"成员。

伊琳娜·尤里耶夫娜·叶若夫娜——尼基塔的妈妈，小市场售货员。

奥列格·布佐夫——九（三）班的学生，尖子生。

安娜·谢苗诺夫娜·布佐夫娜——奥列格的妈妈，经济专家。

康斯坦丁·奥列格维奇·布佐夫——奥列格的爸爸，工程师。

· 目 录 ·

第 一 章
每周四的雨

9 月 7 日，星期四

"新学年开始了。星期四真是个可恨的日子，灰蒙蒙的，无聊透顶，就像动物园里的大象。雨，像是被细筛子筛过一样，又连着下了一整天。这种雨只有蘑菇才喜欢。可人们想要的是温暖，是舒适，是平凡的幸福。而且为什么雨总是赶在周四下？没错，别的日子也下雨，可是每周四的雨简直让人无法忍受。"

塔尼娅·布拉温娜是个苗条的小姑娘，有一双灰色的眼睛。她并不急着去上学，因为还有整整二十分钟的时间。她总是最早来到班里的人之一，可是她并不爱学习——上课让她厌烦不已。

路上很泥泞，脚下是金黄的树叶，头顶是低垂下来的灰色天空，周围是奶白色的雾气，雾气中则回荡着脚步声和说话声。塔尼娅冷淡地东张西望。她的思绪现在飘得远远的。她正在给"雨"这个词挑选韵脚。

这个小姑娘怎么也开心不起来。红色的伞顶是周围一片黯淡中唯一的一抹亮色，却只会惹人生气。伞的伞骨坏了。

"要是爸爸还活着，他就能给修好，或者另外买把新的。"

塔尼娅的爸爸是一名军人，三年前在一场激战中牺牲了。塔尼娅为父亲感到痛心，因为他当时只有四十二岁。塔尼娅继续爱着父亲，时时刻刻都感受到他无形的存在。她接受了父亲去世的事实，每天晚上也不再哭泣了。塔尼娅的妈妈，叶莲娜·阿纳托利耶夫娜，跟女儿一样，同时也不准备再嫁人了。于是她们母女俩相依为命，忙于每日的琐事，满怀着对亡人的爱和对美好未来的希望。

雨差不多停了。可塔尼娅还是习惯性地举着伞——雨可不能轻信。

不知怎么让人想起九月一号——学生们排起隆重的队列，庆祝新学年开始。列队的时候，校长维克多·亚历山德罗维奇·尼林用他一贯饱满的男低音喊道："亲爱的同学们！现在你们又长了一岁啦！""可聪明却一点儿也没见长！"维奇卡①·佩利亚耶夫挖苦说，他是个爱嘲笑别人、爱逗闷子的家伙。班主任塔玛拉·彼得罗夫娜的反应一猜便知：她习惯性地举起手指，严厉地吓唬了一下佩利亚耶夫，但什么也没说。

"又是新学年。九年级了。有什么可新鲜的?！老掉牙的手势，家庭作业，总之老一套。搞这些玩意儿已经不是头一回了，还要年复一年地继续搞下去。莫非'学校'和'无聊'这两个词是同义词？老师们大概得无聊死！要知道他们年复一年地打发光阴，往懒学生脑子里硬灌他们那些公理啊正字法啊的。那位校长，维·亚·尼林，大概也无聊得要命！"

真有意思，不知从什么时候起，也不知是谁先想出来的，把校长姓名的重音挪个位置，就得到了一个又搞笑又无伤大雅的绰号——万尼林。大家背地里都这么叫他，连老师们也是。维克多·亚历山德罗维奇胖胖的，肌肉松弛，脸色红润，很像一块刚出炉的葡萄干蛋糕。只有他的几撮髭须和一把大胡子不像蛋糕，跟他那张和

---

① 维奇卡：维克多的昵称，见第35页。（以下均为译者注）

善的圆脸不怎么搭。要是能照塔尼娅的意思来，她会劝他把胡子刮掉的。

学校大门前的台阶旁停着一辆黑色的外国小轿车。塔尼娅漫不经心地瞥了它一眼，收起伞，跑上台阶。门忽然敞开了，从学校的前厅里迎着塔尼娅快步走出一个白发男子，身穿运动服和旅游鞋，差一点没面对面地撞上她。男子的右手拎着一个沉甸甸的箱子，碰到了塔尼娅的左腿膝盖。塔尼娅又惊又痛，"哎哟"一声叫了出来，伞也失手掉了。下一秒钟，那个男子踩到伞上，停下了脚步。

塔尼娅疼得咬紧双唇，心下懊恼，但没作声，只是打量着眼前的陌生人。他个子高高瘦瘦的，颧骨很突出，一张脸挺招人喜欢，表情却很忧伤。他头发已经白了，却并不显老，看上去既聪明，又富有。他的那身运动服显然不是从旧货摊上买的，而他手里拿着的也不是箱子，而是一台笔记本电脑。

"姑娘，看在上帝分上，对不起！"这个男子说道，用左手按着自己的胸脯。他本来两眼无神，透着绝望，此时流露出了真诚的关切之情。"您很疼吧？"

"难道你还觉得我不疼吗?!"塔尼娅已经要脱口而出了。"不光撞了人，还踩了人家的伞！"

但塔尼娅抽了下鼻子，说出口的却是：

"没事，过会儿就不疼了。"

男子盯着塔尼娅的脸看。他仿佛是在努力回忆，以前在什么地方、什么时候见过这张苍白的、生着一头淡褐色秀发的脸庞，还有这个长着雀斑的土豆一样的鼻子和这双聪慧懂事的眼睛。随后，他俯下身，捡起塔尼娅的伞，拿在手里转了转，说：

"对不起，我把您的伞弄脏了……还给弄坏了。"

塔尼娅皱了皱眉，重重地叹了口气，沉下脸来：这局面可真窘！可别让别人看见啊！塔尼娅环顾四周，天上下着大雾，雾气迷茫中，远处人们的身影隐约可见。

"感谢上帝，没人看见！可是伞怎么办？已经弄脏了。得把它放在个什么地方才好。可是放哪儿呢？"答话前，塔尼娅心想。

"跟您实话说吧，伞早就坏了。您把它扔到这里好了。"塔尼娅从书包里拿出一个塑料袋。

"不，"陌生人突然说，"是我的错，我会弥补的。跟我来！"他把笔记本电脑和伞换到左手，用右手从裤子口袋里掏出一把汽车遥控钥匙。他伸手指向那辆黑色外国小轿车停着的方向，按下了按钮。

小轿车的前灯听话地闪了一下，发出一声让人费解的响声。塔尼娅目瞪口呆。她一下子想起了妈妈的那些警告，她听得耳朵都快起茧了：

不要跟陌生人说话！
不要上别人的车！

塔尼娅听到过许多让人震惊的故事，讲的是一些小孩和半大孩子如何被偷和被杀。所以她想："上帝保佑这把伞吧！就让这辆车的主人留着它当纪念吧！我得赶紧回教室去。这样就万事大吉了。"

然而，塔尼娅却没有这么做，她像是被催眠了一样，跟在陌生人后面走。男子走到小轿车前，在塔尼娅面前打开右边的后车门，说：

"我想送您一个礼物。不过您还是自己挑吧。"

塔尼娅往车厢里看了一眼，惊讶地叫出了声。这里还真有的可挑呢。在后座上放着至少二十把各种各样的伞：红色的，绿色的，彩色的。塔尼娅一眼就看出，这些伞都是顶呱呱的好伞，因而也就特别贵。其中有一把绿底衬紫罗兰色小花的，塔尼娅特别喜欢，但她决定绝不跟这个陌生人说她喜欢，也绝不拿任何一把伞。

"别客气，拿哪一把都可以。"男子注意到了塔尼娅的局促，试着开玩笑："不然我还真没地方放呢。"

"谢谢，不过我还是要自己的伞吧！"塔尼娅坚决地答道。

男子没作声，从一堆伞中刚好挑出塔尼娅一下子就爱上的那把——那把绿底衬紫罗兰色小花的伞。

"这把，我觉得会跟您很配的。拿去当个纪念吧。这是一个正直诚实的人送的。再跟您说一声：对不起。"

"他真的是个催眠师！"塔尼娅心想，收下了礼物。"还真有这样的人！"

而男子"砰"的一声关上了车门，绕到车前，坐进车里，向塔尼娅微笑并挥手告别。塔尼娅冲他点点头，向后退了几步，离开了小轿车。车子平稳地启动了，很快就消失在了雾色之中。起先还能看见限界灯的灯光，车拐弯后连灯光也消失了。塔尼娅转身看到了维奇卡·佩利亚耶夫。他站在学校大门口的台阶上，放肆地笑着。他的头发披散着，嘴里嚼着口香糖。

"布拉温娜，那是什么人，你的私家司机么？"他挖苦道。

塔尼娅皱着眉鄙夷地瞪了维奇卡一眼，扑哧一下笑出来：

"佩利亚耶夫，你真是个笨蛋！那是我的私人杀手。你已经上了刺杀名单。"

"你有把新伞？"佩利亚耶夫迅速转换了话题。

"嗯，新伞。你干吗？"

"不干吗。就是问问……"

* * *

第一节课是化学。塔尼娅一边心猿意马地听着老师讲课，一边望着窗外，接着琢磨那个陌生人。

"他是什么人呢？是批发雨伞的商人吗？为什么这么大方？他来学校干什么？是送孩子上学，还是来做客？可他为什么带着笔记本电脑呢？又为什么早上八点钟出现在学校里？他是新来的老师吗？还是区教育处的代表？也许，他之前在这里上过学吧？"

窗外的雾气慢慢变得稀薄起来，退散开去，弥漫到大街小巷。可是那个陌生人的身份依然笼罩在迷雾之中。到了文学课上，"白发人"依然在塔尼娅的脑海中挥之不去。为此她还得了一个两分。

"他可是个善良的好人啊！"塔尼娅猛地恍然大悟。"可是他有点心神不定，不知是在为什么事而不安。他盯着我看的那副样子我可忘不了！他好像是把我跟什么人弄混了，不过只是在那一刹那而已。他的眼睛多么忧伤啊！也许，他有过什么不愉快的事。"

第三节课是几何，讲的是相似图形。塔玛拉·彼得罗夫娜既是班主任，又是数学老师。她在离下课还有五分钟的时候把佩利亚耶夫叫到黑板前，而他像往常一样，没有学会，也像往常一样，开始不懂装懂。

"很好，佩利亚耶夫，"塔玛拉·彼得罗夫娜打断了他，"如果你学会了，那么劳驾回答我下面的问题。如果一个三角形的两个内角与另一个三角形的两个内角完全相等，我们就可以说这两个三角形怎么样？"

"能寻求现场观众的帮助吗？"佩利亚耶夫的腔调像著名电视节目主持人似的。

"向场外的朋友打电话求助更好。"塔玛拉·彼得罗夫娜用同样的腔调回应道。

佩利亚耶夫摆出一副聪明机灵的神气，开始等着同学帮忙。不过看样子今天他不走运：谁也不急着提示他，相反，大家都等着看他出洋相。只有坐在第一排的娜塔什卡·冈察洛娃看不过去，用蛇一样嘶嘶的声音低声提示说：

"它们棒极了。"

"它们棒极了。"维奇卡不假思索地重复道。

全班爆发出一阵善意的笑声。笑得最响的就是狡猾的娜塔什卡。

"要是有谁棒极了，佩利亚耶夫，那就是你，"塔玛拉·彼得罗夫娜恶狠狠地笑道，"坐下，两分。"

这时校长万尼林走了进来。学生们不由得从座位上站起来欢迎他。塔尼娅起身时，注意到他手中拿着一沓白色信封。

"塔玛拉·彼得罗夫娜，我就待一小会儿，"校长说，"马上就要打铃了，我说一个通知。同学们！我现在叫到姓名的人，打铃后留下。几分钟就好。"

铃响了。学生们活跃起来，伸手去拿书包，七嘴八舌地喧哗起来。塔玛拉·彼得罗夫娜突然想了起来：

"记一下家庭作业！第103点，第11条和第2条定理。我一定会叫人证明的！你们给我安静点！"

"请安静！"校长沉着而又严厉地说道，"那么，我再重复一遍。我叫到姓名的人留在自己的座位上。阿夫杰耶娃，布拉温娜，温格罗夫，冈察洛娃，叶若夫，卡明斯基，穆欣，波塔片科，佩利亚耶夫，谢德赫，索科利尼科娃，赫内金。都听到了吗？其他人可以走了。"

教室里又喧闹了起来。有的人毫不关心，往门口走去，有的人则恰恰相反，对校长手中的那沓信封产生了异乎寻常的兴趣。塔尼娅跟奥克萨娜使了个眼色。她耸了耸肩，看了看达莎·阿夫杰耶娃。达莎意味深长地叹了口气，坐到了自己的座位上。

教室里终于只剩下了被选中的人。校长皱着眉环顾了一下在场的人，问：

"为什么只有十一个？应该有十二个才对。"

"卡佳·索科利尼科娃病了。"塔尼娅说。

"明白了。"万尼林点点头。"好了，同学们！现在我发给你们一封很特别的讲座邀请函。这场讲座是特地为你们举办的，也只有你们才能去听。整个学校再没有其他人知道这场讲座是讲什么的了。这是讲课人的要求。"

"可我们必须得去吗？我可不去。"根卡①·赫内金声明说，他总得两分，说话又粗鲁，早已名声在外。

万尼林从头到脚地打量他一遍，说：

"这是你自己的事，赫内金。只要你以后不后悔。"

"这封邀请函要多少钱？"尼基塔·叶若夫问道，他总是一副怨天尤人的样子。

"不要钱。这场讲座免费。而且，每位听众都能得到一本赠书。"万尼林答道。

这群九年级学生喧闹起来。

"看样子，讲课人是个检察官，而赠书则是刑法法典！"佩利亚耶夫低声对大家说。

"我代表讲课人提醒你们，"校长接着说，"无论出现什么情况，讲座都如期举办，哪怕你们当中只有一个人去听。"

"就算这样也举办？"娜塔什卡·冈察洛娃惊讶道。

"没错！"万尼林肯定地说。

"那要是根本没人去呢？"娜塔什卡嘻嘻笑着问，不过校长没理她。

---

① 根卡：根纳季的昵称。

"现在你们按顺序来我这里，我发给你们邀请函。我们从没到的人开始。谁能把邀请函转交给索科利尼科娃？"

"我能，"塔尼娅自告奋勇，"她跟我住一个楼，只不过不住一个单元。"

"好的，那你来转交吧……你是布拉温娜？"塔尼娅点点头。"把你自己的那份也拿走。"

"维克多·亚历山德罗维奇，"赫内金拿信封的时候说，"要不您把我的邀请函给别人吧。反正我也不会去听讲座的。书我也用不着。"

"赫内金，"校长疲惫地叹了口气，"邀请函上写的是你的名字。就算你不去，别人也去不了。"

"这讲座可真奇怪，维克多·亚历山德罗维奇，"赫内金拿着信封，哼哼着抱怨，"是讲吸烟有害呢还是讲要远离毒品？"

"拆开信封你就什么都知道了。"万尼林答道。

塔尼娅把卡佳·索科利尼科娃的信封放到书包里，飞快地瞥了一眼自己的信封——信封口没有封上。信封里放着一张光洁锃亮的明信片，上面印着斯芬克斯狮身人面像，背景是埃及的金字塔。在明信片的反面，塔尼娅读到下面的文字：

尊敬的塔季扬娜·亚历山德罗夫娜[1]！

　　我诚挚地邀请您领略古埃及的魅力。您将对这个法老和

---

[1] 塔季扬娜·亚历山德罗夫娜：塔尼娅的大名和父称，这样称呼表示正式和尊敬。

金字塔的国度产生全新的认识。请来聆听讲座并领取赠书。讲座将于 9 月 14 日星期四 13 点在 201 办公室举行。

为您量身打造！敬请光临，您一定不虚此行！

斯芬克斯

"一周之后?!" 达莎·阿夫杰耶娃困惑地嚷道。

"在第七节课的时候?" 奥克萨娜·谢德赫用同样的口吻回应道。

"你看吧，又是礼拜四！" 塔尼娅生气地想，"讨厌的斯芬克斯狮身人面像！就不能找个别的日子办讲座吗？我就是不去！"

赫内金、佩利亚耶夫和塔尼娅最先来到走廊上。他们手拿神秘的白色信封，一下子就被好奇的学生们团团围住了。

"喂，把信封里的东西拿出来给大家伙看看！" 奥列格·布佐夫抓住佩利亚耶夫的袖子。他体育很棒，是个尖子生，也是个十足的缺德鬼。

"把你的手拿开，你就知道占便宜！" 维奇卡挣脱了他，忽然微微眯缝起眼睛，嘲笑地环顾着周围的同学。

"怎么，傻子们，你们上学免费，对吧？可我们给发奖学金呢！" 佩利亚耶夫说着炫耀式地从信封中抽出一张一百卢布的票子。"看见没？得的两分越多，拿的钱就越多。贪小便宜的人啊，好好学习吧！"

塔尼娅微笑了："这个维奇卡，可真会演戏！用得着这样吗！还有，他怎么会来得及把一百卢布的票子塞进信封呢?! 最搞笑的是，大家竟然都相信他了，哪怕只信了几秒钟！"

校长走出了教室，从他的身后跑出几个女孩子。

"维克多·亚历山德罗维奇，会给我们看木乃伊吗？"娜塔莎·冈察洛娃热切地忽闪着眼睛向校长问道。她个子小小的，机灵乖巧，一头栗色头发，很像一只小狐狸。万尼林急着要走，所以不假思索地答道：

"会给你们看的。既有你的木乃伊，又有棺材。"

"好达莎，你想这有多带劲！他们要把娜塔什卡做成木乃伊给咱们看！"奥克萨娜·谢德赫朝自己的闺蜜使了个眼色。

女孩子们忍不住扑哧笑出声来。而奥列格·布佐夫则叫住正尴尬不已的娜塔什卡：

"怎么，给你们发的是电影票吗？是去看电影《木乃伊》吗？"

娜塔什卡看了布佐夫一眼，仿佛是第一次看见他一样。奥列格像所有的篮球手一样，高高的个子，瘦瘦的身板。娜塔什卡比他矮了两个头，她自下而上地打量了布佐夫一下，脱口而出：

"你……你简直是个……踮着脚尖的骷髅！"

布佐夫变了脸色。就差那么一点点，娜塔什卡就有得苦头吃了。不过这时根卡·赫内金走到了布佐夫面前。

"奥列格，你会去吗？"

"去哪儿？"布佐夫惊讶道。

"去听这个讲座呀，"根卡猛地醒悟过来，"哈——哈——哈！"他拖长声音说。"敢情你没被邀请啊！你用不着去！"

"这是个什么讲座？"布佐夫抓住话头不放。

"没劲透了，"根卡摆摆手，"是个讲古埃及历史的讲座。咳，我听这讲座干吗？有个屁用。我可不去。前不久电视上刚播过埃及，没什么劲。"

"给我看看你们信封里装的是什么。"布佐夫彬彬有礼地请求道。

"呐，给你，我连看都没看。"

奥列格·布佐夫仔仔细细地读了一遍邀请函。

"斯芬克斯！"他"嗯"了一声。

"什么'斯芬克斯'？"根卡没听懂。

"落款写的是：斯芬克斯。"布佐夫解释说。

"就算是胡夫法老我也不去！"根卡嘲讽地笑道。

"可我要去，"尼基塔·叶若夫声明说，他是个务实的人，但天分不高。"这可是免费的呢！"他为自己辩解说。

"又来个占便宜的好手。"维奇卡·佩利亚耶夫大笑起来。

"你呢，你不去吗？"尼基塔挑衅地问他。

"我？我去啊。反正我在家待着也没事干。领本书也不错。"

上课铃响了，大家都向教室涌去。下一节课是代数。塔玛拉·彼得罗夫娜宣布，下课前要上一段时间自习，并发给学生几张单面的卷子。

塔尼娅把邀请函摆在面前。她开始仔细观察照片上狮身人面像的脸，又把邀请函重读了一遍。随后，她忍不住又掏出卡佳·索科利尼科娃的邀请函。那里面也是同样的一张明信片，同样的文字，只不过称呼换成了"尊敬的叶卡捷琳娜①·瓦西里耶夫娜！"

"'尊敬的'！受人尊敬是件让人高兴的事。特别是如果你确实有值得别人尊敬的地方。不过这个讲课人是个狡猾的家伙！他发了几张明信片，许愿说要送书，还给自己取了个假名——斯芬克斯。这都是他自己想出来的吗？那人们可要问了，一个讲课的人取假名干吗？而且，讲座还是免费的。这太可疑了。现在可什么都要钱啊。"

塔尼娅是个聪明的小女孩。她喜欢给一切寻找合理的解释。她心知肚明，天上不会掉馅饼，生活中根本就没有免费的午餐。如果一个人行了善事，那么他一定是期待着得到别的形式的回报。慈善家有是有，但少得可怜。不知为什么，这样的善人总是不够多。更多的时候，人们为社会做贡献，同时希望社会不仅珍视自己的贡献，还为之付钱。

"是讲课人自己想办这场免费讲座的吗？显然不是。讲课人岂会浪费自己的钱！何况他也没这闲工夫。家里还有老婆孩子，每张嘴都得吃饭。讲课人一定不是慈善家。那么，他是代表一个什么慈善组织来讲课的啰。是这个组织采购了书和明信片，花钱请讲课人来办讲座，还跟校长说好了借用办公室。这么一想倒也挺合理，说得过去。可是这个组织又为什么要邀请十二个九年级学生来听讲座

———————————

① 叶卡捷琳娜：是卡佳的大名。

呢?! 办这个活动为什么不干脆把所有人都叫来,包括高年级学生? 或者谁想来都可以? 那就用不着邀请函了,也用不着赠书了。又或者让大家在大礼堂集合,然后轻轻松松地随便讲讲,岂不更简单?! 可他们偏偏没有,不知怎么挑了一些无可救药的马大哈、总考不及格的差生和对什么都满不在乎的家伙。从这种人身上能得到什么? 答案是: 零蛋! 那人们要问了,钱花哪儿去了呢? 对了,钱打水漂儿了。可是谁会这么乱花钱又不图回报,连红利都没有也肯干呢?! 特别是在我们这个年代!"

塔尼娅看了看那些收到邀请函的幸运儿们。

"真是一个赛一个啊!" 她暗自苦笑。"赫内金是个差生加无赖。佩利亚耶夫是个小丑加大话精。叶若夫是个讨人嫌加吝啬鬼。卡明斯基是个撒谎精加蛮子。温格罗夫就爱做白日梦。波塔片科总是见风使舵。而穆欣则纯粹是个糊涂虫。女生呢也没好到哪里去。阿夫杰耶娃和谢德赫是两个胖乎乎的八婆。冈察洛娃是个刻薄鬼。索科利尼科娃总以为自己有多了不起。唯一的例外就是我。" 塔尼娅微笑着想。"我虽然有点儿自私,可是善于自我批评。而且我还是个女诗人呢!"

第二章
第五个季节

放学后塔尼娅急着回家。天上还下着小雨，刮着阵阵微风，不过在云朵的缝隙中能看到蔚蓝的天空。天气正在好转，预示着一年中的第五个季节——晴和的初秋的来临。

布拉温娜一家——也就是布拉温娜母女二人——住的是第一单元的一套双人套间，位于被上帝和房管所统统遗忘的五楼。在这个单元里，前一天刚安上的灯泡永远会被拧下来；邻居家总是上演着没完没了的闹剧，犹如电视连续剧一般；地下室里飘出食物腐烂的味道，有时候地下室入口的缝隙中还会有滑稽可笑的老鼠探头探脑。不过，用不着大惊小怪：这个单元已经挺像样了。卡佳·索科利尼科娃住在第二单元，比这还糟呢。

所有这些不愉快刚进家门就一扫而光。这才叫舒适！久未上漆的地板踩在脚下咯吱作响，窗外不时传来电车开过的隆隆声，小碗橱里的茶具温柔地回应着车轮的敲击。

塔尼娅的房间里只有些生活必需品：一张床、一个书柜、一个小茶几和一把扶手椅。在挂圣像的地方摆着一个古色古香的电视柜，上面放着电视、DVD播放器和录像机。电视柜里装着一大摞死沉死沉的磁带和光盘，都是些早就看烦了的动作片和喜剧。另外一个盒子里装的是MP3的盘，妈妈的和塔尼娅的杂乱地堆在一起。莫扎特和"工厂"组合比邻，"葡萄糖"组合与拉赫马尼诺夫为伍。

书架上放着父亲的遗像，十分醒目……

每每想到家里，塔尼娅总是满心欢喜，觉得家里千般好，身心都能得到放松，厨房里飘着桂皮的香味儿，妈妈的房间里总有紫罗兰盛开……

放学后塔尼娅去了一趟卡佳·索科利尼科娃家。给她开门的是卡佳的妈妈——斯维特兰娜·尼古拉耶夫娜。她是个身材苗条的高个子女人，头发蓬松，表情严肃。她在师范学院教英语。

"您好！"塔尼娅打招呼说。"卡佳在家吗？"

"当然在家，她病着呢，"斯维特兰娜·尼古拉耶夫娜说，"进来吧。"

塔尼娅倒换了一下脚步，抽了一下鼻子，进了门。

"你是直接从学校过来的？把鞋脱下来，脱下来……那么，你们那儿怎么样啊？"卡佳的妈妈一边打开前厅的灯，一边神秘地问。

"是说在学校吗？"塔尼娅没听明白，于是反问。"还行吧。挺无聊的。"

"真糟糕。"斯维特兰娜·尼古拉耶夫娜抿了抿嘴唇。"我上学那会儿，我们可一点都不无聊。"

卡佳从房间里出来，到了走廊上。她身穿运动服，看上去既精神又高兴，完全不像有病的样子，手里还拿着本书。她跟妈妈长得很像：头发都跟成熟的小麦一个颜色，表情都很严肃，都长着一个鹰钩鼻，只不过她有点笨手笨脚，动作迟缓。卡佳比班里其他女孩子都要高出一头，她对这一点很在意，不那么自信，因此在班集体里总是独来独往，一个知心好友也没有。

斯维特兰娜·尼古拉耶夫娜知道自己的女儿跟谁也不要好。要是卡佳能有个真正的闺蜜，她会非常开心的。而塔尼娅·布拉温娜不仅是邻居，还在学校颇受好评。斯维特兰娜·尼古拉耶夫娜经常能在上班的路上遇见塔尼娅的妈妈。有时她们会聊聊各自的女儿，还有自己凄凉的单身生活。斯维特兰娜·尼古拉耶夫娜琢磨着，要是卡佳和塔尼娅两个人能成为好朋友，那该有多好啊。

"你好，"卡佳跟塔尼娅干巴巴地打了个招呼。

"你好，"塔尼娅也干巴巴地回应道。"你还病着吗，还是已经好了？"

"我明天去办出院手续。下周一开始回学校上学。"

"其实已经好了，"斯维特兰娜·尼古拉耶夫娜微笑着说。"她总想去散步，不过我没让她去……嗯，小朋友，咱们喝茶吧？我加了草莓酱。"

"不用了，谢谢，我待一小会儿就走，"塔尼娅急着走。她打开书包，拿出邀请函。"拿着，这是给你的。"她把信封递给卡佳。

"这是什么？"卡佳惊讶道。斯维特兰娜·尼古拉耶夫娜走近女儿，仔细地打量着这封奇怪的信。卡佳从信封里掏出明信片，把它翻过来，读出了邀请函的全文。

"Wow!"她喊道，看了一眼塔尼娅。她的脸上一瞬间闪现出真诚的喜悦之情，这让塔尼娅很惊奇。

"你这'Wow'是什么意思？"斯维特兰娜·尼古拉耶夫娜皱了皱眉。"难道俄语里就没有能表达感情的词了？！当然，我是教英语的，"她对卡佳说，"不过我坚决反对污染母语。"

"我也是。"塔尼娅拘谨地笑了笑。

"这个是发给全班的吗？"斯维特兰娜·尼古拉耶夫娜问道。"是不是要交钱啊？"

"不用，"塔尼娅摇摇头。"这是免费的。也不是发给全班，只发给了几个人。"

"给你也发了？"斯维特兰娜·尼古拉耶夫娜继续追问道。

"嗯。"

"那我们就一起去？"卡佳突然高兴起来。

塔尼娅撇了撇嘴，耸耸肩。

"我可说不准。"

"什么叫'说不准'？"卡佳看了看塔尼娅，就像在看一个不正常的人一样。"你知道到底什么是古埃及吗？"

塔尼娅皱了皱眉。斯维特兰娜·尼古拉耶夫娜赶紧缓和紧张气氛：

"姑娘们！洗洗手，咱们喝茶吧！"

"可我……"塔尼娅本想开口说话，但斯维特兰娜·尼古拉耶夫娜做了个手势制止她：

"打住！反对无效！"

她们在桌边坐下，斯维特兰娜·尼古拉耶夫娜一边往茶杯里倒茶，一边向塔尼娅解释：

"卡秋莎[①] 整个夏天都在研究埃及神话。我不知道她发现了什

---

① 卡秋莎：卡佳的昵称。

么，只不过她现在连做梦都梦见自己在胡夫大金字塔里。她现在在读艾萝依·麦格劳[1]的《哈特谢普苏特[2]》。当然，这只是一部小说，不过写得引人入胜，扣人心弦。我自己就很喜欢读。原则上讲，她对古埃及感兴趣这一点我倒是很满意……"

"要是能亲身去一趟埃及就好了！"卡佳喊道，脸上一副迷醉的表情。

"这么想想也没什么坏处。"斯维特兰娜·尼古拉耶夫娜评论道，自己的话说了一半被打断了，她有点不满。

塔尼娅无聊地坐着，懒洋洋地一会儿看看卡佳，一会儿看看她的妈妈。她们的对话塔尼娅完全不感兴趣。

"有讲座——这可太棒了！"卡佳继续叽叽喳喳地说着。"你说不是所有人都有票？"

"嗯。不过也不是所有拿到票的人都会去听。比如赫内金，就连赠书都不要。"

"赫内金算什么，不值一提！"卡佳说。

"还有哪些女生有票？"斯维特兰娜·尼古拉耶夫娜很感兴趣。

"阿夫杰耶娃、谢德赫和冈察洛娃。"

"这可怪了，"斯维特兰娜·尼古拉耶夫娜蹙额叹气。"她们

---

① 艾萝依·麦格劳（Eloise McGraw，1915—2000）：美国著名儿童文学作家。

② 哈特谢普苏特：古埃及第十八王朝女王（公元前 1479—前 1458 年在位）。

可不算是班里最聪明的女生啊。"

"我也说奇怪来着,"塔尼娅答道。"真可说是随便瞎选了十二个人去。哪怕问问有没有人想听这讲座也好啊。这下可把所有人的好奇心都勾起来了。那些没有拿到邀请函的人比我们还感兴趣。看来一定得去听听这个奇怪的讲课人怎么讲了。"塔尼娅突然下定了决心。

"这就对了。你们去听听看,"斯维特兰娜·尼古拉耶夫娜支持她。"反正你们放学也可以一起回来。"

"是可以一起,但不是总一起。"塔尼娅心想。

"多谢您!"她说,喝完了自己的茶。"我该走了。"

"塔纽莎[①],我差点给忘了,"斯维特兰娜·尼古拉耶夫娜已经送到门口了才突然想起来,"把卡秋莎的作业留下……"

*　　*　　*

从卡佳家的单元里走出来,塔尼娅被明亮的阳光晃得睁不开眼睛。太阳得意洋洋地在万里无云的天空上照耀着,塔尼娅觉得这个礼拜四也还算不赖——还算过得下去。

塔尼娅的妈妈叶莲娜·阿纳托利耶夫娜已经到家了。她在区诊所当口腔科医生,每逢单数日子就三点下班回家。妈妈喜欢这份工作,能跟塔尼娅谈牙髓炎呀、牙周病呀的谈上好几个小时。塔尼娅不喜欢妈妈谈这些,但总是努力听妈妈说完。塔尼娅知道,妈妈除了她就没有什么可以说话的人了。

---

① 塔纽莎:塔尼娅的爱称。

"你今天回来得有点晚，"妈妈看了看表说。她已经做好了饭，摆好了桌子。"你是学校有事耽搁了，还是去了别的什么地方？"

"我去了趟卡佳·索科利尼科娃家。"

"怎么突然去她家？"

"她病了，校长让我给她捎点东西，所以我就去了。"

"什么东西？能否不隐瞒？"

"一封邀请函！"

"嗯？"妈妈微微笑了笑。"瞧你，说话还带押韵的呢。你吃沙拉吗？"

"嗯。沙拉拌什么？"

"呃，我的拌奶油，要是你愿意，我就给你的拌蛋黄酱。"

"好吧。不过我可不要葱。"

叶莲娜·阿纳托利耶夫娜不以为然地"嗯"了一声，忽然问道：

"你今天得了几分？"

"文学课得了两分。"

"不怎么样，得改正。"

"我会改正的。"塔尼娅快活地答应道。

叶莲娜·阿纳托利耶夫娜没再提两分的事。她知道自己的女儿总是说到做到。

"那封邀请函是怎么回事？"她问。

塔尼娅正等着她问呢。她把明信片拿给妈妈看，解释道：

"下周四有个关于古埃及的讲座。我也被邀请了。"

"是吗？"叶莲娜·阿纳托利耶夫娜惊讶道。"不过据我所知，你从来都对古埃及不感兴趣的。"

"他们也没问我感不感兴趣，就发给我了。"

"真奇怪。"

"我起先不想去，不过后来变主意了。我想亲眼看看这个讲课人，提几个问题。"

"这有必要吗？"叶莲娜·阿纳托利耶夫娜问。

"而且还说要赠送一本关于埃及的书呢。"塔尼娅继续说，"领本书也不错。"

"嗯，随你怎么想。"

"卡秋莎一听说讲座是讲埃及的，可高兴坏了，差点没蹿到天花板上去，还一个劲儿地跟我念叨她那些金字塔什么的。"

"塔尼娅，要知道一个人真心对什么东西着迷是件好事儿。"

"妈妈，说实话，我挺可怜卡佳这个大高个儿的。因为长得高，没人跟她好。"

"哦！所以你每天那么早去上学！就是为了不跟卡佳一起走。"

"才不是因为这个呢！"塔尼娅反驳说。"你知道我不喜欢迟到的。而卡佳老是慢吞吞的，成天迟到。"

"好了好了，你别急嘛。换衣服吧，洗把脸来吃饭……"

饭后，叶莲娜·阿纳托利耶夫娜在门厅里发现了一把别人家的伞。

"塔尼娅，你怎么有把别人家的伞？"她对女儿喊道。

"什么伞？"塔尼娅正在自己房间里听广播，所以没有马上明白她在说什么。

"我是说这把彩色的伞。这可不是咱家的。你把音乐关了，过来一下！"

塔尼娅满心不乐意。她来到了门厅里。

"哦！你说这把伞啊！"她摆摆手。"这是别人送我的。"

"送你的？！"叶莲娜·阿纳托利耶夫娜皱了皱眉。"谁送的？什么时候送的？为什么送你？"

"哎，这话说起来可就长了，"塔尼娅向妈妈讲述了见到那个神秘的陌生人的事。

这下叶莲娜·阿纳托利耶夫娜可真的焦虑不安起来了。

"可是，为什么从来没人送过我伞呢？！"她双手一拍。"要是有个男人忽然想起来要送我，一个四十岁的女人，一把伞，那还算正常。可是，送你！这我可就不懂了……这是个什么人呢？他有什么目的？你什么都不知道！我跟你说过多少遍：任何时候都不要跟陌生人说话，也不要上别人的车！"

"妈妈，可我也没上车啊！"塔尼娅只来得及这样为自己辩解。

"你还不够冒险吗？要是你能走到车跟前，当然也就能上车。或许，他真的是个催眠师呢！然后你就连自己是怎么死的都不知道了！"

"妈妈，你总是这么大惊小怪！没错，我不认识这个人。也许我这辈子也不会再碰见他了。也许他是真心想送我的。"

"真心?！这简直是侮辱！怎么，我连给自己的女儿买把伞都做不到吗？"叶莲娜·阿纳托利耶夫娜又气坏了。"一句话，就这么办。我要去找校长，让他采取措施。一定要把这个人找到，把他的东西还给他。这种礼物咱们不需要！"

叶莲娜·阿纳托利耶夫娜走进厨房，坐在桌边，用左手支着头。塔尼娅沉默地坐在旁边，把手放在膝盖上。她在等着妈妈把心情平复下来。

"当然，我哪里也不会去，"叶莲娜·阿纳托利耶夫娜叹了口气说道。"上学校去的人多了去了。校长也不可能什么都知道。我甚至愿意相信，这个人没有坏心眼，是真心送礼物给你。不过塔尼娅，你得答应我，类似的事情绝不能再发生了。我这一辈子犯了很多错误，所以希望自己的女儿不要再犯。你答应我！"

"妈妈，我一定努力不去犯你犯过的错误，"塔尼娅答应妈妈说，她叹了口气，又补充说，"我也不要犯自己的错误。"

叶莲娜·阿纳托利耶夫娜坐在椅子上伸了伸腰，忽然提议说：

"塔尼娅，不如你读点关于古埃及的东西吧？为听讲座做做准备……"

塔尼娅摇摇头，叹了口气说：

"妈妈，我不知道自己是怎么回事儿，觉得心里不痛快，心情糟透了。"

叶莲娜·阿纳托利耶夫娜感兴趣地望了女儿一眼。

"塔尼娅，你不会是爱上别人了吧？"

"爱上谁啊，妈妈？！"塔尼娅笑起来。

"爱上个谁。对别人一见钟情之后爱上一辈子，这种事常有。"叶莲娜·阿纳托利耶夫娜眼中忽然闪现出了泪光。

"妈妈，别哭……听我说……也许，我其实应该跟卡秋莎成为好朋友？"

"也许吧。卡佳是个好姑娘。"

*　　*　　*

9 月 11 日，星期一

星期一塔尼娅和卡佳一起上学。卡佳为此很开心，而塔尼娅却没那么高兴。她的心情又很糟糕。"也许，我这么无聊又苦闷，不是星期四的错？"她想，"也许，错在我自己？"

塔尼娅想起那个开豪华轿车的白发陌生人。"奇怪！为什么我总是忘不掉他？为什么我会喜欢他和他的礼物？我还能再见到他吗？就算是远远地看一眼也行啊。"

"塔尼娅，你听我说话了吗？"卡佳的声音传到塔尼娅耳中。

"什么？"她问。

"我问你，要我给你讲讲斯芬克斯吗？"

"你是说讲课人吗？"塔尼娅惊讶道。

"塔尼娅！你心思跑哪儿去了？！我是说真正的斯芬克斯狮身人面像，埃及的那个。要不要给你讲讲？"

"嗯，讲吧。无所谓，也没别的可说了。"

"好，那你听我说啊！在忒拜城附近有一个怪物，长着狮子的身体、鹰的翅膀、女人的头。这就是斯芬克斯，它总是拦住过往的行人，问他们同一个问题：'什么东西早上四条腿，中午两条腿，傍晚三条腿？'谁也解不开这个谜语。"

"怎么，所有人都这么傻吗？"塔尼娅微微一笑说。

"不是所有人都这样。国王俄狄浦斯回答说，谜底是人，于是这个怪物斯芬克斯就羞愧至死，跳崖死掉了。"

"卡佳，那他到底是羞愧死的呢，还是跳崖死的？"

"别打岔。等你在班里被人开玩笑，你就知道羞愧是怎么回事了。"卡佳感觉自己受了委屈，说道。

"你刚才说，怪物会提问题？"塔尼娅忽然对此很感兴趣。"你还知道什么跟斯芬克斯有关的？"

"关于斯芬克斯狮身人面像我也知道一些。它有将近五千年的历史了。每过一些年头，它就会被很深的沙堆埋起来。人们不止一次把它挖出来。有一次，法老图特摩斯四世修复过狮身人面像后，在它的两个前爪之间立了一块纪念碑，被称为'梦碑'，上面记载着他自己的事迹。大家都说，狮身人面像的脸是根据法老哈夫瑞的长相建造的，但我不知道是不是真是这样。"

这时一辆后备箱上带"标致"字样的黑色小轿车超过了她们。塔尼娅目送着它驶过，停下了脚步。她觉得开车的人好像是他——那个白头发的雨伞商人。塔尼娅心想，要是能再见到他、跟他聊聊天该有多好啊。"你不会是爱上他了吧，小丫头？"塔尼娅默默地问自己，又默默地答道："没有。当然没有。他只不过是个非常好的人而已。"

"你怎么不走了？"卡佳惊讶道。

"没什么。走神儿了。"

"看来你还在想那个讲课人吧？在琢磨他的假名么？"卡佳猜测道，没等塔尼娅回答，又说道："他可不是随随便便就叫自己斯芬克斯的。看样子，他和这个怪物有些相像的地方。"

"嗯，有可能，"塔尼娅点点头。"卡秋莎，你有时候说话挺有道理的嘛！"

卡佳听到塔尼娅赞美自己很高兴，有点不好意思。

"你知道吗，我偶然发现了一本有意思的书：罗伯特·邓波尔的《天狼星之谜》，里面有一章是讲斯芬克斯狮身人面像的。你觉得它像什么？"

"还能像什么？当然像狮子啦。"

"不是这样的。首先，人面像没有狮子的鬃毛。其次，它的尾巴尖儿那儿也没有狮子那样的几撮毛。人面像的后背是扁平的，而狮子的后背是鼓起来的。而且狮子前腿上的肌肉要有力得多。这本书的作者因此得出结论说，人面像其实刻的是一条狗。"

"狗？"塔尼娅惊讶道。

"嗯，就算不是狗，起码也不是狮子。你知道吗，最初有人第一个说斯芬克斯狮身人面像刻的是狮子。当时没人跟他争，后来大家就都同意是狮子了。"

　　"原来是这么回事：所有人都认为它是狮子，事实上它却是——狗?！"塔尼娅又停住了。

　　"你怎么又不走了?"卡佳问。"要这样我们真得迟到了。"

　　"卡佳，我在想那个讲课人。他管自己叫斯芬克斯。我们认为斯芬克斯是狮子，可事实上斯芬克斯是狗！你明白我的意思吗?！"

　　"呃，就算明白吧。那又怎么了?"

　　"这里一定有什么秘密。斯芬克斯之谜。"

　　"塔尼娅，照我看，你是侦探小说读太多了，把自己当成马普尔小姐① 了。"

　　"怎么突然这么说? 她可是个老太婆啊。而且我也从来不读阿加莎·克里斯蒂。"

　　"我只是随便一说。那你读什么?"

　　"我爱读幻想小说……卡佳，你会不会有时候觉得无聊、烦闷，什么都不想做?"

　　"会啊。但是我会努力克服这种情绪。"

　　"怎么克服?"

　　"呃，用各种方法。我会去读书、绣花、看电视。"

　　"卡佳，你在咱们班有没有喜欢的人?"

　　卡佳警觉起来，看了塔尼娅一眼。这个话题太危险了。

---

①　马普尔小姐：简·马普尔是"侦探小说女王"阿加莎·克里斯蒂小说中的一位乡村侦探，阿加莎·克里斯蒂笔下的第二号侦探，也是为数不多的女侦探之一。

"塔尼娅，如果你想知道，我可以告诉你，谁喜欢你。"

"喜欢我？"塔尼娅吃了一惊，假装笑起来。"那，是谁呢？"

"是维奇卡·佩利亚耶夫。"

"维奇卡?！不可能。"

"我可是未来的心理学家，值得你相信。我能看穿别人。"

"还看穿别人呢！"塔尼娅心想。

第 三 章
电视破坏行动

9 月 12 日，星期二

　　维奇卡·佩利亚耶夫悄悄进了屋——他踮着脚走路呢。他小心地把身后的门半掩上，走过了厨房。妈妈站在炉灶旁，双手交叉放在腹部，正在低声哼着什么。维奇卡觉得她好像正在站着睡觉。灶台上放着一口锅，锅里不知有什么美味的东西在咕嘟作响。厨房里散发着一股新鲜的香芹菜味儿，让人垂涎欲滴。可维奇卡对吃的没什么兴趣。

　　"他睡觉呢？"他悄声问母亲。

　　母亲吓了一跳，生气地看着儿子。

　　"你吓死我了！"

　　"谢廖什卡睡觉呢？"维奇卡又问。

　　"睡着呢，你的谢廖什卡，"母亲用手捂住嘴，打了个哈欠。"我也在睡。又是一晚上没合眼。"

　　维奇卡的弟弟谢廖什卡是个好玩儿的黑眼睛小娃娃，已经八个多月大了。他正在长牙，从早到晚喊叫个不停，让母亲无法入睡。维奇卡也是。他每天晚上要起来一两次，摇晃弟弟哄他睡觉。他哄得还不错。维奇卡会唱很多歌儿，会背很多诗，特别起劲儿地背诵楚科夫斯基[1]和马尔夏克[2]的作品。谢廖什卡总是很快就安静下来

---

①　楚科夫斯基：苏联俄罗斯作家。

②　马尔夏克（1887—1964）：苏联俄罗斯诗人、翻译家，苏联儿童文学经典作家。

睡着了。这时维奇卡会小心翼翼地把他放到床上，摸摸他的头，然后去睡觉。

母亲有一次夸奖他说："维克多①，你将来会成为一个好父亲的，一个名副其实的好父亲。不过你要一直保持这样才好。"

维奇卡的母亲，奥尔加·尼古拉耶夫娜，有过两次婚姻，两次都失败了。她这辈子特别命苦。第一任丈夫是个爱吵架的酒鬼，把她连同还在吃奶的孩子一起抛弃了，而第二任丈夫，虽然是个十足十的好人，却在婚后一个月就死了。奥尔加·尼古拉耶夫娜从十八岁起就当上了有轨电车司机，可现如今，在她三十五岁的时候，却待在家里，一边照顾谢廖什卡，一边猜测着命运还会给她带来什么意外。

奥尔加·尼古拉耶夫娜总是睡眠不足，看上去气色不佳，她自我感觉也是如此。维奇卡很心疼母亲，总是尽可能地关心她，帮她做家务。他像父亲一样照料弟弟，满怀温情。他既能给弟弟喂奶，又能帮他蹲便盆。不管别人怎样，反正维奇卡清楚没有父亲的日子有多苦。谢廖什卡也没有父亲，但他很幸运，有个哥哥。谢廖什卡从不烦闷，也没有什么可伤心哭泣的。他全心全意地依恋维奇卡。

维奇卡在家里总能找到活儿干：要么刷盘子，要么倒垃圾，要么用吸尘器打扫地板。此外，维奇卡还会洗衣服、熨衣服、钉纽扣，每天早上自己做饭吃。学习上他也不赖，成绩马马虎虎过得去。当

---

① 维克多：维奇卡的大名。

他的好多同学还百无聊赖，不知道怎么打发时间的时候，维奇卡的时间已经怎么挤也不够用了。但是他一直试图不让班里同学知道这个：维奇卡是个深藏不露的人。所以在学校里大家不仅公认他爱耍嘴皮子，还一致认为他游手好闲。

维奇卡很不愿意跟谢廖什卡还有母亲姓不同的姓氏。他姓佩利亚耶夫，母亲和弟弟则姓柯切托夫。碰上这种情况只好妥协……

母亲走到儿子身边，温柔地摸摸他乱蓬蓬的头顶，说：

"我现在就给你拿饭来。汤还没好，你喝不喝粥？"

"喝。"维奇卡对于吃什么完全无所谓。

"那就去洗手，洗完回来坐下。吃完饭你去买一趟吃的。"

维奇卡每天都要跑去乳品店给弟弟买婴儿食品。他自己也没有察觉，这件事怎么就已经成了他的日常任务了。不过，这也没费他什么事儿。

"对了！"母亲想起来，"我给你钱。你再买点面包，把房租交了。好吗？"

维奇卡点点头，答道："没问题。我一定交。"

"妈，不过我待会儿得去穆欣那儿待半小时。OK？"

"OK。但你得先把吃的买回来。我没东西喂谢廖什卡了。"

托利克·穆欣在班里有个简洁准确的绰号——麦弗莱。这个绰号十分贴切。托利克不仅长得像电影《回到未来》的主演迈克尔·J.福克斯，他还姓穆欣，都是M打头。不过跟主人公马蒂·麦弗莱不同，托利克没有时光旅行过，而是痴迷于无线电。他父亲在电视维修厂工作，所以总是能给他提提建议，在实际操作中也能帮帮忙。他家各种各样的仪器、手册和无线电零件应有尽有，不跟别的同学分享一下简直是罪过。这个"别的同学"就是佩利亚耶夫了。他们俩一起收集各种自己鼓捣出来的小东西，从最简单的小哨子小油灯到结构复杂的电子自动装置都有。

有一次，维奇卡碰巧得到一份襁褓湿度检测仪的电路图。他很喜欢这个创意，花了一个小时把电路焊了出来，湿度一高就会发出声音。自然，这远远算不上是实验。母亲说这是瞎胡闹，白费力，说她用手来测湿度更快些，比什么仪器都准，还说，没必要做无用功。维奇卡决定不把妈妈的话放在心上，他把电路埋在种着秋海棠的彩色花盆里。从那时起，每次给秋海棠浇足水后，它都会吱吱作响，感激地哼哼上半个小时……

维奇卡飞快地吃完了饭，收拾了桌子，把盘子洗干净。随后他拿起一个装着婴儿食品瓶的袋子，闪身出了家门。街上阳光灿烂，让人心里十分愉快。维奇卡转过街角，差点没撞上托利克·穆欣。

"你上哪儿？"托利克－麦弗莱问。

"就跟你不知道一样，"维奇卡埋怨道。"我去买吃的。"

"我跟你一起去。咱们得聊聊。"

"走吧。"维奇卡同意了。

他们俩沉默着走了一会儿，托利克突然瞥了维奇卡一眼，问道：

"维奇卡，你妈妈多大了？"

"三十五岁。怎么了？"

托利克抽了一下鼻子，说：

"我老爸比她大十岁。"

"那又怎么了？"维奇卡耸耸肩。

"你知道吗，我想了想……"托利克开口说，猛地又沉默了。

"嗯，别磨叽了。你想到了什么？"

"你有妈妈，我有爸爸。他们俩都是单身。他比她大十岁，这不要紧。要是介绍他们认识怎么样？"

"介绍他们认识？"维奇卡"嗯"了一声，挠了挠鼻子。"干吗啊？"

"你简直是头长颈鹿！"托利克突然发火说。"你难道不知道人们为什么要互相认识？！"

维奇卡思索起来。他早就下定决心了：他任何时候都不要成为阻碍妈妈幸福的包袱和障碍。相反，他会竭尽全力让妈妈幸福。不管维奇卡是什么样的人，他从来都不是自私鬼。

叶甫盖尼·彼得罗维奇·穆欣是个不错的人，但是维奇卡只是把他当作朋友的父亲看待——他很会聊天，还是个多面手。

维奇卡对自己的生父一无所知，也没有任何感情，就好像世界上根本没这个人似的。他接受了谢廖什卡的父亲，对他的去世感到很痛心。至于托利克的父亲，维奇卡敬重他头脑敏锐、心灵手巧、心地善良。但是他无法想象叶甫盖尼·彼得罗维奇会成为他的继父。

"你怎么突然想起问这个？"维奇卡问道。"是你父亲让你打听的吗？"

"不是。是我自己想问的。"

维奇卡低头走着，咬着嘴唇。他在思索。

"嗯，原则上讲，我不反对。"他终于说。"可以介绍他们认识。然后他们自己就能搞定这件事。如果我妈妈喜欢热尼亚^①叔叔，就会嫁给他，"维奇卡突然停住了。"等等，到时候咱俩就会成为异父异母的兄弟了？！"

"那怎么了？不好吗？"托利克回答。"到那时我们就会成为穆欣兄弟了！"

"怎么会是穆欣？！"维奇卡哼了一声。"想得美！"

"你妈妈一嫁人，就会改姓丈夫的姓，成为穆欣娜，"托利克解释起来。

"可能会改，也可能不会。反正我不打算改自己的姓。我家那个谢廖什卡还有可能会改姓。可我改了有什么用：我翅膀已经硬了，我谁也不跟。"维奇卡沉默了片刻，突然问："怎么，难道热尼亚叔叔一次都没见过我妈妈？！我们可是住在一个小区里啊。"

"多半是没见过。"托利克答道。"他下班很晚，晚上总是在家里待着，不是煮汤就是修修补补。"

"我知道，你不用解释。"

"那，咱们怎么介绍他们认识呢？"

"也许可以在家长会上介绍？"

---

① 热尼亚：叶甫盖尼的小名。

"可是他一次家长会也没参加过。"

"我妈妈也是。"

"所以想在家长会上给他们介绍真是太傻了。"

"确实挺傻。"维奇卡叹了口气，赞同说。"你听我说！"他兴奋起来，"不如我们把他叫到我家修电视！"

"怎么，你家电视坏了？"

"没坏。"

托利克笑了笑说：

"那就得等它坏了。"

"怎么还用等?！我今天就把它弄坏。嗯，最迟明天。"

"可要是你妈妈自己叫了维修工怎么办？"

"不会的。我会在她面前把热尼亚叔叔猛夸一通，让她不想找别人。"

"你打算怎么夸他？"

"呃，我会说，我朋友的爸爸是个很有经验的维修工，而且免费。"

"你觉得会管用吗？"

"会管用的。不过热尼亚叔叔会来吗？"

"他的空闲时间当然很少了，不过我会跟他说的。等他同意来了，我就给你打电话，那时你就把电视弄坏。"

"把电视弄坏也需要时间，还得趁妈妈不在家的时候干。所以你得赶紧的，打听打听摸摸底……"

　　傍晚，母亲带着谢廖什卡去散步。他们刚一出门，维奇卡就准备好螺丝刀和尖头钳，拆开了电视，笨手笨脚地摆弄起里面的装置来。维奇卡觉得弄坏电视的最佳方法就是把随便哪根电线铰短一点儿。"如果热尼亚叔叔不来，"他心想，"我还能把电线再接上，电视就又能看了。"

　　维奇卡认真地挑了一根电线，仔细地把它铰断了，干得天衣无缝。他把铰下来的电线头儿分开放起来，还做了绝缘处理。随后他把电视重新组装起来，试了试效果。屏幕闪着单调的绿色，声音还有，但图像不见了。维奇卡对这次电视破坏行动的成果很满意。这时，电话响了起来。

　　"托良①，是你吗？"维奇卡朝听筒喊道。"你跟你爸说好了？"

　　"嗯，一切 OK 了。明天晚上八点我爸有时间。你可以弄坏电视了。"

　　"我已经弄坏了。现在我妈不在家。"

　　"酷毙了，"托利克"嗯"了一声说。"那我们再联系吧。"

　　维奇卡走回电视旁边，可这时门开了，母亲抱着睡着了的谢廖什卡走进了房间。她把谢廖什卡放到床上，转过身来说：

　　"维奇卡，把音量调小一点儿，再把儿童车推过来。"

　　维奇卡马上照做了。等他回来后，母亲问：

　　"电视机屏幕怎么绿了？"

①　托良：托利克的又一爱称，大名是阿纳托利。

"完蛋了，"维奇卡两手一摊，"电视机玩完了。刚开始还有画面，后来'啪'的一下就变绿了。"

"它不会是烧坏了吧？"奥尔加·尼古拉耶夫娜问。她像许多女的一样，对电器一窍不通。

"妈！它怎么会烧坏呢？里面又没有灯，都是些微型电路而已。"维奇卡想给妈妈解释解释。

"那，愿上帝保佑它吧！"奥尔加·尼古拉耶夫娜摆摆手。"咱们没有电视机也能过上个几天。省下来的时间最好读读书。"

维奇卡压根儿没料到她会这样回答。奥尔加·尼古拉耶夫娜虽然不常看电视，但起码偶尔还是看的。有时候，如果她来不及看哪部电影，还会让维奇卡把它录下来，然后她再抽空看——在吃饭、睡觉和散步的空闲时间里看。

"妈！"维奇卡瞪大眼睛，大声说。"明天要播一部巨好看的电影呢！"

"你小点儿声！弟弟在睡觉呢。你也不要跟妈妈嚷。修电视至少要花一千卢布，我手头没钱。先过一个星期咱们再想办法。"

"妈，"维奇卡又想说，这回声音小了些，不过母亲打断了他。

"没有电视你也死不了！你就再忍一星期吧。"

"妈，要是能免费修呢？"

"谁会免费给你修？"

"托利克·穆欣的爸爸是个电视维修工。他跟我说过好几次：'维奇卡，如果你家有什么东西坏了，拿来我免费给你修。'"

"嗯，可能他说的是什么小物件。可现在坏的是电视，零件很贵的。也许这电视用不着修了？也许该把它扔垃圾场去了？"

"妈，什么垃圾场啊！你知道吗，热尼亚叔叔有多少电视机和其他玩意儿啊！多得他都没地方放了。别人家往外扔，他呢，修好然后卖掉。"

"那就更算了，人家是要卖的！"

"呃，我们不用扔，也不用买。他是说到做到的！"

"他是个什么样的人？"奥尔加·尼古拉耶夫娜问。

"是个好人。"

"喝酒吗？"

"不，不喝。这个我清楚得很。他从托利克八岁起就一个人抚养他，托利克没有妈妈。"

奥尔加·尼古拉耶夫娜叹了口气，走到镜子前，照了照。

"那么，你就给托利克打个电话吧。让他问问他爸爸，这周能不能来一趟？"

维奇卡很满意地见到自己的计划奏了效。他冲过去打电话。

"你小点儿声！别吵醒了弟弟！"母亲朝他"嘘"了一声。

"喂？托良吗？是我，"维奇卡把嘴凑到话筒旁边说，"我家的电视坏了。没错。无缘无故地就坏了。真不知道该怎么办。"

"你五分钟前刚跟我说过！"托利克回答说。"你怎么了，失忆了？"

"所以，"维奇卡毫不理会他的话，继续说道，"托利克，帮个忙，问问你老爸能不能明天晚上八点左右来我家给修一下？"

"哎，你个笨蛋！"托利克简洁地答道。他怎么也搞不懂，为什么维奇卡总是在重复说已经说过的话。

"你才是笨蛋！不光是笨蛋，还是白痴！"维奇卡不由得骂道。"你不明白是吗？"

"维克多，"奥尔加·尼古拉耶夫娜责备地看了儿子一眼。"跟人家好好商量，为什么要骂人？！"

"没事儿，一切正常，"维奇卡用手捂住听筒说。"呃，好吧，托良，我们等着。明天八点见。拜拜。"维奇卡放下话筒，对母亲笑了笑。"搞定了。我们都约好了。他爸爸明天来。"

"为什么是明天？！可能人家不方便呢？让人家这周来一趟不是更好？"奥尔加·尼古拉耶夫娜双手一拍，说道。

"妈，他方便的，"儿子努力说服她，"明天晚上他正好有空。你别担心嘛！明天你就能看到，托利克有个多棒的爸爸，呃，我是说，多棒的电视维修工。"

"可是也不能跟人家只说声谢谢就完事了啊，"奥尔加·尼古拉耶夫娜焦虑地搓着手说，"得烤点儿饼干就茶喝，招待招待人家。"

"那就烤吧，"维奇卡微笑说。

"你跟托利克说，让他也来。呃，就当是来做客。"

"那我……"维奇卡张嘴说，但奥尔加·尼古拉耶夫娜又一次打断了他：

"那你就跟谢廖什卡坐在一起……"

＊　　　＊　　　＊

9 月 13 日，星期三

　　傍晚家里来了客人——穆欣父子。打过招呼后，叶甫盖尼·彼得罗维奇马上就打开电视，摊开工具，埋头工作了起来。他把电视机的机箱拆开，开始用测试仪进行测量。在这期间，他的脸上交替浮现出惊奇、忧虑和困惑的神情。工作的时候，他总是低声哼着什么，有时还会自言自语。奥尔加·尼古拉耶夫娜一会儿看看他，一会儿看看托利克，一会儿又看看儿子。

　　谢廖什卡刚刚吃过饭，睡着了，所以这时奥尔加·尼古拉耶夫娜相对清闲些。白天的时候她烤了核桃状的甜点心，维奇卡往点心里填了炼乳作馅儿。随后奥尔加·尼古拉耶夫娜想到，只有甜点心的话，可能不够一个累坏了的男人吃的，所以现在她已经准备好往桌上摆茶水、点心、酸奶馅儿的饺子和蟹棒沙拉了。

　　当穆欣忙活着修电视时，奥尔加·尼古拉耶夫娜仔细打量着他。"他不好看，"她想，"个子不高，几乎算是比我矮。而且，他老了，头发有一半都秃了，他也根本不适合留小胡子。他有个优点是不喝酒。不过，他很整洁，脸很和善，眼睛会微笑。真有趣，他又是怎么看我的呢？"

　　叶甫盖尼·彼得罗维奇是个乐天派，心地善良淳朴，十分健谈。他毫无怨言地承受了命运给予的所有打击，而他的命也真是够苦的。他幼年就成了孤儿，住过好多集体宿舍，妻子又早逝。换了别人早就愤世嫉俗、自我封闭或者酗起酒来了，而他却觉得心满意足，因为他能活着，能抚养儿子，能干活，做的还是自己喜欢的工作。

"原来是这样！"叶甫盖尼·彼得罗维奇忽然说，语气就像发现了新大陆。他开启焊烙铁，又打开一小盒松香。

维奇卡在椅子上扭动起来，跟托利克交换了个眼色。

"你跟他说了？"维奇卡小声问。

托利克摇摇头。

"原来是这样，是行输出变压器接触不良。"叶甫盖尼·彼得罗维奇向大家解释说。"不过这没什么。咱们给焊上，电视机就顺顺溜溜又能看了。您也知道，现在什么东西都是一次性的。还是以前好啊。"

"他没发现是怎么回事！"维奇卡明白了，不知道自己该开心还是发愁。

"是啊，"奥尔加·尼古拉耶夫娜接口说，"以前所有东西都是按照苏联国家标准制作的，香肠也是，黄油也是。可现在不管买什么，上面都写着'技术规格'。以前只有仪器上才这么写。"

"他们把国家搞垮了，"叶甫盖尼·彼得罗维奇叹气说。"工厂倒是开着，可卖的全是进口货，都是一次性的东西。电视上放的全是流行音乐。可以前我们有多好的歌儿啊！能叫人入迷！"

"电影也跟现在的不一样，比如《钻石胳膊》和《沙漠白日》。"

"您喜欢《沙漠……》？！"叶甫盖尼·彼得罗维奇兴奋起来。

"嗯，很多电影我都喜欢。"奥尔加·尼古拉耶夫娜微笑说。

"您知道吗，"叶甫盖尼·彼得罗维奇一边焊接一边咬住上嘴唇，"我以前曾经在电影院当过放映师。所有的电影我都记得滚瓜烂熟，还常常见到著名演员。这份工作我很喜欢，钱挣得也不少。后来改革了，电影院不盈利了，也就关闭了。我只得改行当电视维修工，从头学起。"

"而我在电车机务段当过司机。"

"您带着两个男孩过得很苦啊。"叶甫盖尼·彼得罗维奇同情地说。

"没什么，习惯了。"奥尔加·尼古拉耶夫娜垂下眼帘。

"嗯，看来他们聊起来了！事情进展得不错嘛！"托利克朝维奇卡使了个眼色，暗自得意。

叶甫盖尼·彼得罗维奇打开电视，发现屏幕跟以前一样还是闪着亮绿色的光。

"真搞不懂，"他低声自言自语，但马上安慰女主人说："没什么。能搞定。"

"叶甫盖尼·彼得罗维奇，也许不值得为这台电视费神了？"奥尔加·尼古拉耶夫娜提议说。"咱们把它往垃圾箱一扔，问题就解决了，嗯？"

"不行！这可是原则问题！关系到我的名誉。"

这时，隔壁房间的谢廖什卡哭了起来。奥尔加·尼古拉耶夫娜去哄他了。维奇卡看了看表，对托利克低声说：

"已经忙活了半小时了。你告诉他电线是在哪里断的吧，不然他会一直找到明天早上的。"

"要是我说了，你知道他回家会怎么训我吗？！"托利克答道。

"怎么训你？"维奇卡好奇起来。

托利克什么也没说，转过了身。

于是，维奇卡走到电视旁边，站在叶甫盖尼·彼得罗维奇身后。维奇卡观察着他双手的动作，紧盯着他的视线不放，而每次维奇卡的视线都会回到他自己铰断的那根蓝色电线上。

"维奇卡，你知不知道有个说法叫'催命'？"叶甫盖尼·彼得罗维奇皱着眉头看了一眼维奇卡，问道。

"热尼亚叔叔，"维奇卡说，"会不会是哪根电线断了？"

那一天叶甫盖尼·彼得罗维奇有很多工作，他已经身心俱疲了，而且傍晚的时候他的血压还猛蹿了一下。他现在最想做的事就是吃点东西然后睡觉。不过他已经习惯了做事要善始善终。他深深地叹了口气，问：

"照你看，电线怎么会断呢？被什么东西弄断的？"

"呃，比如说，被尖头钳弄断。"

叶甫盖尼·彼得罗维奇皱起了眉头，他猜到了。

"哪根电线？"他马上问。

"就是这根，蓝色的。"维奇卡也马上给他指出来。

等到奥尔加·尼古拉耶夫娜把已经睡醒了的谢廖什卡抱来的时候，电视已经恢复正常了，就跟什么都没发生过一样。叶甫盖尼·彼得罗维奇低声哼着心爱的小曲儿，正在往箱子里收拾工具。

"真是一双巧手啊！这就修好了？！太谢谢了！"奥尔加·尼古拉耶夫娜快活地说。"你看看，谢廖什卡，咱们家来了个叔叔。你叫'叔——叔'！"

"我能抱抱他吗？"叶甫盖尼·彼得罗维奇忽然请求说。

"谢廖什卡，你想不想让叔叔抱？"奥尔加·尼古拉耶夫娜热切地问儿子。

谢廖什卡舔着嘴唇，左右来回晃着头，忽然把右手伸向了这个陌生的叔叔。叶甫盖尼·彼得罗维奇怜惜地用双手抱起孩子，他的脸一下子容光焕发，变得年轻了。

"他喜欢孩子！"奥尔加·尼古拉耶夫娜想。她微笑着，看着叶甫盖尼·彼得罗维奇，多年以来，她的心中头一次这么宁静、愉快。

"呃呃！"谢廖什卡说，抓住了叶甫盖尼·彼得罗维奇的下巴。

"大家坐吧！"奥尔加·尼古拉耶夫娜呼唤大家。"我请你们吃饺子，我的拿手好菜！"

晚饭过后，在回家的路上，父亲问托利克：

"你老实承认吧，你们为什么要把电视机弄坏？"

"爸，我们只是想让你们认识一下。"

"'我们'？你是说谁？"

"爸，奥尔加·尼古拉耶夫娜跟这事儿一点关系也没有。是我和维奇卡想出来的。"

"你们为什么想让我们认识？"

"因为单凭你们自己，无论如何也认识不了。永远也做不到。"

他们默默地走了几秒钟，随后父亲说：

"真是个好女人！我以为现在已经没有这样的女人了呢。"

"爸，你会向她求婚吗？"

"你觉得我喜欢上她了？"父亲反问道。

"我们很快就能见分晓！"托利克微微一笑。

"你们知道自己是什么人吗?！"叶甫盖尼·彼得罗维奇假装生起气来。"你们是电视机破坏分子，就是这号人！"随后，他又衷心地补充说："嗯，要是所有人都有你们这样的儿子该多好！"

第四章

档案馆

9 月 14 日，星期四

上课前十分钟。校长接待室里一片安静。女秘书打着哈欠，仔细端详着做了美甲的指甲。窗外也无聊得很——学校的院子空荡荡的，落满灰尘。食堂门口，一辆食品运输车已经停在那里一个多小时了。看样子，似乎时间也静止了。可是这时，门外响起了不知是什么人的充满自信的脚步声，女秘书赶紧重新工作起来……

门开了，接待室门口出现了一个头发灰白的高个子男人。他穿着牛仔服，肩上挎着一个运动包，右手提着一台笔记本电脑。女秘书把思绪从自己的指甲上收回来，饶有兴致地打量着来访者。他四十多岁，脸庞英俊，却十分威严，让人印象深刻。"是克柳奇尼科夫，尼林的老相识。"女秘书想了起来。"上周四来过。一小时之前尼林提到过他。"

"您好！维克多·亚历山德罗维奇在吗？"男人问。

"请进，他在等您呢。"女秘书强装淡定，答道。

克柳奇尼科夫走进校长办公室，把身后的门关上了。女秘书失望地目送着他，开始在门外偷听。

"你好！"来访者跟校长打招呼说。

"啊！伊万·尼古拉耶维奇！"尼林从桌子后面站起来，迎向来访者，握了握他的手，微笑着问道："怎么样，伊万，没改主意吗？"

克柳奇尼科夫表情严肃。

"你是了解我的。只要我决定了，那就……"

"了解，太了解了，"校长打断他说，"只是孩子不像以前的孩子那样了，根本不爱学习，怎么着也不成。我们也跟以前不一样了。所以我不敢保证他们全来。不过，只要你说一声，我就能亲自找人来。"

"用不着，就让想来的人来好了。办公室的钥匙在你这里吗？"

"在我这儿。你猜怎么着？！如果你不反对的话，我想去听你的讲座，"校长解释道。"我一直尽量让自己对学校里发生的事了如指掌。"

"没问题。如果没人来，我就给你一个人讲。"

万尼林笑起来。

"那好吧，我们走吧。你包里放的是什么？"他注意到了那个运动包。

"是书。我答应了要送书的。"克柳奇尼科夫看了一眼表，答道。

"有意思，是什么书？"

"一本关于神话的书和一本关于金字塔的小册子。每人发两本。"

"哦！你原先答应每人送一本，现在却准备送两本？！"

"要是他们感兴趣，我能给他们提供一大堆相关文献，多到把他们淹没……"

当校长拉开 201 号办公室的门时，铃响了。

"不好意思，万尼亚，我还是不能理解你。你从来没做过讲座，也从来没跟孩子们打过交道。你的学历很高，但也不是人文方面的。你到底为什么要让孩子了解神话呢？"

"维奇[①]，一周以前咱们已经讨论过这个问题了。我来找你，是把你当老同学看待。在任何一所别的学校我都无法指望得到帮助，连理解都得不到。你理解我，帮助了我。现在就让我们看看，会有怎样的结果吧。"

"那就看看好了。"万尼林说，坐到了最后一排靠窗的位置上。

克柳奇尼科夫走到黑板前，把笔记本电脑放到讲台上，开始从包里往外掏书。

第一个进教室的是卡佳·索科利尼科娃。她打了个招呼，占了最好的位置——坐在了讲台前方的座位上。一分钟后，又来了三个人——冈察洛娃、佩利亚耶夫和穆欣。尼林和克柳奇尼科夫交换了一下眼色。

"不会再有人来了。你可以开始讲了。"伊万·尼古拉耶维奇在校长的眼中读到了这样的含义。

然而校长错了。又过了五分钟，阿夫杰耶娃、谢德赫、温格罗夫、叶若夫和卡明斯基出现了。最后进来的是塔尼娅·布拉温娜。她看到演讲人后，站在门边僵住了。是他——那个送她雨伞的人。他有忧伤的灰色眼睛，嘴边有深深的皱纹，而且头发是全白的。塔尼娅简直不敢相信自己的眼睛。

---

① 维奇：维克多的昵称。

克柳奇尼科夫认出了塔尼娅，注意到了她的局促不安，说道：

"进来吧，小姑娘，请坐。"

九年级生们都转过头来。他们都很好奇，是谁得到了讲课人的特别邀请。塔尼娅骄傲地走向黑板，坐在了卡佳旁边。

"赫内金和波塔片科不来了，"阿夫杰耶娃转向讲课人，说道。

万尼林向克柳奇尼科夫点点头："开始吧！"

讲课人环顾了一下在座的人，说：

"我们来认识一下。我叫克柳奇尼科夫·伊万·尼古拉耶维奇。我可以说是个古埃及学家，也是个古埃及文化爱好者。我很了解埃及，不过可惜的是，我只是通过读书了解的。今天我要给你们讲讲金字塔。"

"'传销金字塔'的金字塔么？"佩利亚耶夫俏皮地说。

"这个我们过会儿再讲，如果你们想听，"克柳奇尼科夫微笑说。"不过如果你们在讲座过程中提出任何评论、问题和建议，我是很乐意听取的。你们坐得离笔记本电脑近一些，我会在讲座中放一些录像材料。"

九年级生们动了起来，开始喧哗，但依然待在自己的座位上。

"好吧，谁要是待会儿看不见，就换个座位。你们知道，我叫你们来是来听讲座，随后我就想：呃，到底什么是讲座呢？讲座就是一个人在讲，其他人沉默，心里还在想：'他还是赶紧闭嘴的好！'我建议咱们进行一场谈话。谈话是交换意见，是真实的交流。不过，一切都听你们的。你们可以跟我进行一场谈话，也可以听我做一次讲座。你们来选哪个更有意思吧，而我要开始了。

"公元前三千年之初，独立自主的埃及王国诞生了。好似魔杖一挥一样，它诞生的时候已经形成了自己的文化、宗教和文字。这一点至今无法解释。

"法老是神的化身，是上下埃及，也就是南北埃及的统治者，所以戴着红白双冠。法老死后变为俄赛里斯①——阴间王国的统治者。因此他的尸体会被制成木乃伊，放置在陵墓里。

"欧洲人是从'史学之父'希罗多德②那里第一次听说埃及金字塔的。公元前450年他游历过埃及的吉萨省，描写过金字塔。我们正是从他那里得知，大金字塔是由胡夫（又名奇阿普斯）法老建造的，而另外两座金字塔则是由他的继任者海夫拉和门卡乌拉建造的。但事实确实如此吗？问题在于，无论是在胡夫之前还是之后，都没有法老建造过类似的建筑。大金字塔是工程创意的奇迹。多说一句，可能它根本就不是陵墓。现在我来试着给你们证明一下。

"吉萨省的三座金字塔在古埃及宏伟的建筑学中是独一无二

① 俄赛里斯（Osiris）：古埃及主神之一，也是公认的葡萄树（Vines）和葡萄酒（Wines）之神。他统治已故之人，并使万物自阴间复生，如使植物萌芽，使尼罗河泛滥等。对俄赛里斯的崇拜遍及埃及，而且往往与各地对丰产神和阴间诸神的崇拜相结合。在新王国时期（公元前1567—前1085）以前，俄赛里斯的形象是一具干尸，双臂交叉在胸前，一手拿着弯杖，另一手拿着连枷，额下胡须编成辫，头戴阿特夫冠，即上埃及白色王冠，两侧各饰一根红色羽毛。

② 希罗多德（Herodotus，公元前490/480—前约425）：古希腊历史学家。

的。没有人能说出它们准确的建造时间。官方认为，胡夫大金字塔建成于公元前 2450 年。一些人断言建成的时间更早——一万两千五百年前。中世纪来自阿拉伯的资料显示，吉萨省的金字塔早在《圣经》里记载的大洪水之前就有了。

"埃及有许多金字塔，大约八十座。其中有大约二十座值得我们特别注意。这些金字塔是古王国的法老们建造的。第五和第六王朝的法老们的金字塔装饰豪华，还刻有著名的'金字塔铭文'。而那些被归入第三和第四王朝的法老们名下的金字塔，尤其是吉萨省的金字塔，没有任何关于自己来历和用途的信息，这一点让人惊奇。为什么惊奇？因为埃及人喜欢讲述自己，还就各种各样的话题写文章。他们又为何对这些伟大的金字塔保持沉默呢？到底是因为这些金字塔建于发明文字之前，还是因为它们根本就不是埃及人建造的呢？

"年轻人，想象一下，如果您，"演讲人转向佩利亚耶夫，"如果您建造了一座宏伟的建筑，唔，比如说，一座陵墓，难道您会让它成为无名的建筑吗？难道您不会在它的正面刻上自己的名字吗？"

女孩子们纷纷看向维奇卡，而维奇卡则突然展现出自己对这个话题惊人的了解：

"对不起，能打断一下吗？"

"可以，您请讲。"

"我从书上读到，在奇阿普斯金字塔，也就是胡夫大金字塔里，在国王墓室上方还有几个'减压室'。那里发现了石匠的标记。这也就意味着，金字塔依然还是由胡夫建造的啰？！"

"这些所谓的'减压室'是1837年由一个名叫威瑟的英国上校发现的。他在最上面的减压室里发现了胡夫法老的名字。然而有人认为，名字是他自己写上去的，而且还拼错了。不过这是另一个话题了。"

"而我听电视上说，金字塔是外星人建的。"达莎·阿夫杰耶娃说。

"怎么，他们就不能建在自己的星球上吗？"托利克·穆欣微微一笑，说道。

"为什么一上来就推给外星人呢？"克柳奇尼科夫耸耸肩。"难道我们地球人就那么无能吗？！你们认为传说中的'大西洲①'存在吗？"

"也许存在吧。"达莎·阿夫杰耶娃微笑着说。

"那么，也许是这些大西洲人建了大金字塔？"

"有可能。"

"这就是下一次电视节目的话题了。对于记者来说最重要的是什么？是轰动效应。为了追求轰动效应记者什么都干得出来……"

"可是要知道这是电视上播的。"阿夫杰耶娃耸耸肩。

"那么电视又是什么？是大众传媒。它以通俗易懂的方式传

---

① 大西洲：古希腊传说中大西洋的大岛，后因地震沉没。

播明白浅显的信息，为的是让所有人都听得懂，雅俗共赏，老少咸宜……不过我们扯远了。

"一般认为，4650年前为第三王朝法老乔赛尔建造的第一座金字塔是由建筑师伊姆霍特普建造的。请看屏幕。这是一座位于沙卡拉的阶梯金字塔。乔赛尔的后人塞汉赫特和胡尼想要为自己建造类似的金字塔，但工程始终没能完成，原因不明。胡尼的继任者斯尼夫鲁是第四王朝的第一位法老，他开始着手把胡尼的金字塔建完。就是这座位于麦杜门的金字塔。起初它也是阶梯式的，但斯尼夫鲁下令——原因不明——将金字塔改建为真正的金字塔，也就是平滑的角锥体金字塔。斯尼夫鲁选择了——同样原因不明——52°的倾斜角度，跟胡夫大金字塔的倾斜角度一样。你们有没有觉得，当斯尼夫鲁建造自己的金字塔时，他面前已经有了一个现成的伟大样板了？而且还是在他之前很久就已经建好的样板？顺便说一句，斯尼夫鲁的尝试没能成功：麦杜门的金字塔在建造过程中倒塌了。如今它只剩下内部结构和周围小山一样的废墟了。

"与此同时，斯尼夫鲁兴建了另外一座金字塔。它至今还存在，但这是因为其倾斜角度被及时改小了，因此它也被称为'曲折形金字塔'，屏幕上有相应的照片。你们可以看到，在金字塔的中点之前倾斜角度是52°，再往上就是43°了。

"应当说，斯尼夫鲁很喜欢建金字塔。他下令把下一座金字塔——红金字塔——建在'曲折形金字塔'旁边。两座金字塔之间的距离不超过两公里。借助同样的巧妙计策，他建成了真正的古典金字塔——红金字塔的倾斜角度不超过44°。

"你们觉不觉得，斯尼夫鲁的三座金字塔像是更早也更宏伟的建筑的失败的仿制品？如果我们假设在斯尼夫鲁的时代三座大金字塔已经存在了，那么斯尼夫鲁就只是在试图仿造这三座大金字塔，尽管地点不同。

"斯尼夫鲁有个儿子叫胡夫，在希腊语里叫奇阿普斯。一般认为，是他建造了吉萨的大金字塔。一个儿子想要超越自己的父亲，这种推断合情合理。确实，大金字塔是工程创意的奇迹。它建在一座人工修理平整的石台上，四边正对着东南西北四个方向，又正好位于北纬30°这条线上。它的内部走廊和房间的表面都经过抛光处理，像天文学一般精确。石块的接缝处甚至连刀刃也插不进去。每个进入金字塔大走廊的人都会有这样的印象，就是他正身处于一个宏伟的机械构造之中，其用途远远超出我们理智所能理解的范围之外。

"胡夫死后的八年时间里，统治埃及的是他的儿子雷吉德夫法老。他的金字塔要比大金字塔小两倍，坐落于比吉萨更靠北的地方。为什么雷吉德夫不把自己的金字塔建在父亲的金字塔旁边呢？也许是因为，当时在吉萨的高原上已经没有富余地方了？！

"毫无疑问，吉萨的几座金字塔是一个整体的建筑群。这一点对我们来说非常重要，因为它能让我们得出如下结论：这三座金字塔是根据统一规划修建的。而如果它们是同时规划出来的，那么它们就应该是同时由同一个人负责建造的。

"但建造金字塔的人不是胡夫。这一点有文献记录为证。19世纪50年代，在距大金字塔不远处发现了'库存表石碑'，碑上写着如下文字：'胡夫在斯芬克斯神庙的旁边建造了伊希斯^①（金字塔的女主人）神庙。'于是人们得出结论，在胡夫时代，女神伊希斯被视为一座已经存在的金字塔的女主人，而看样子是胡夫在距离斯芬克斯神庙不远的地方建了供奉伊希斯的神庙。原来，那时斯芬克斯狮身人面像已经存在了，而且被雷电击毁了。这一点碑文也有记载，雷电毁坏的痕迹我们直到今日还能看出来。

"而胡夫还是建了好多别的金字塔。三座在大金字塔东边排成一排的小型卫星式金字塔多半就是胡夫建造的。就在不久前，在吉萨省发掘了一些附属建筑物的遗址。这些建筑包括公共面包房、餐厅、屠宰牲畜和加工鱼类的地方。建造这些小型金字塔需要很多人力——大约要三万人，而他们需要充足丰富的食品供应。

"吉萨省的金字塔建筑群被许多显贵的墓穴环绕。它们是后来兴建的。埃及人认为吉萨是圣地，所以总是有很多人希望能被葬在那里。

"不过现在我们回到大金字塔的话题上来。库存表石碑倒是铁证，能证明这座金字塔不是胡夫建造的，不过可惜的是如今它已经下落不明了。我们不知道是谁、又是在什么时候建造了这座金字塔，它的用途又是什么。总之，它是不是陵墓？如果不是陵墓，那它是什么？

"经常会有人提出这样的观点：金字塔是古人留给我们今人的

---

① 伊希斯：古埃及神话贤妻良母的象征，又是丰产、水、风、魔力、航海女神，死者的保护女神。

密码，是一部'石头圣经'。仿佛金字塔的各种比例以密码的形式暗藏了人类的全部智慧和过去、现在、将来的全部事件。"克柳奇尼科夫讲述着自己的想法，又一次转向佩利亚耶夫。"小伙子，请想象一下：您是一位法老，有数不清的黄金和仆人。这时您冒出一个天才的主意：把所有的钱财和人力都投入到一座金字塔的修建工程中，使它的各种比例能在几千年后让人类中最优秀的精英伤透脑筋。您是想让子孙后代大吃一惊呢？还是更乐意建造一些眼下、在您自己的时代就能用得上的建筑呢？建造一些不仅供您个人享受，也能造福整个埃及的建筑，比如天文台、发电站、飞行控制中心，不是更好吗？

"要知道，从来没有任何作家、艺术家、作曲家是为了永恒而创作的。他们总是立足于当时的读者、观众和听众而创作。顺便说一句，这样做是正确的。能成为永恒的只有极少数人，而他们是由永恒自己拣选的。

"一些有头脑的研究者认为，这座金字塔是为了纪念人类历史上的某件大事而建造的。这件大事可以是席卷全世界的那场大洪水、'大西洲'的沉没、彗星撞击地球或是外星人到访地球。但是我个人认为，大金字塔从一开始就具有纯粹实用的用途。这就意味着，建造金字塔的人需要它，把它当作某种工具、某种仪器、某种装置来使用，其用途我们暂时还无法理解。来，你们说说，有哪个现代国家会同意花上四十亿美元建一座胡夫大金字塔的仿制品，为的是许多年以后我们的后人能把它称之为最难解的谜题？就算将来我们的文明不可避免地会有遭遇灭顶之灾的危险，我们会想要把这一点告知不曾谋面的子孙后代吗？这些问题都无解……"

塔尼娅呆呆地坐着，陷入沉思。她没有听讲，但却聚精会神地盯着讲课人看，观察着他的每个手势、每一次扭头、每一道目光。她又一次被这个人催眠了，就像兔子被蟒蛇催眠一般。这是她这辈子第二次见到他，但她已经准备好，发誓要追随他到天涯海角。

塔尼娅不明白自己是怎么了，但她喜欢自己内心发生的这种奇妙的变化，也为此而感到欢喜。"莫非我爱上了这个人？"一个叛逆的想法在她的脑海中不停地跳动着。"莫非人们就是这么爱上别人的?!"她想起了妈妈的话："对别人一见钟情之后爱上一辈子，这种事常有。"

"你醒醒吧，傻瓜！"塔尼娅在心里对自己喊道。"他比你要大上三十岁呢！他甚至连想也不会想到，一个中学女生能对他怀有亲切温柔的感情。很可能他已经结婚了，有孩子了，过得很幸福。而你对他来说只是个流鼻涕的小姑娘，别的啥也不是！"

塔尼娅跟自己争辩着，而与此同时，克柳奇尼科夫继续讲解着：

"1877 年，埃德加·凯西生于美国，人称'沉睡的预言家'。他得享大名是因为他拥有'内视力'，能通灵，给人以精神慰藉。他在昏睡中讲述了自己的前生，那是在毁灭'大西洲'的那场世界性大洪水之前。据他的启示所说，在大约公元前 10500 年，埃及建起了一座巨大的地下仓库，存放着'大西洲'那个已消逝了的文明的全部智慧财富。这个仓库叫作档案馆，据说位于斯芬克斯狮身人面像的两爪之间。

"我得说一句，这个档案馆至今也没找到，尽管为此学者们已经花费了不少时间和精力。

"胡夫自己也对档案馆的具体地点很感兴趣。著名的《韦斯特卡纸草[①]》中写道，胡夫召见了最后一个知晓这个秘密的人——一个名叫德狄的巫师，他当时已经110岁了。胡夫问他，关于透特神[②]的密室他都知道些什么。德狄回答说，在某处有一个房间，名字很奇怪，叫作'检验室'，这个房间里有一个石英制成的小匣子，里面放着一份纸草，上面写明了透特密室的数量和地点。由此可以看出，档案馆的数量可能不止一个。

"据写于公元2世纪的一封密信记载，智慧之神透特在密室中存放了'圣书'，这些书被施了魔咒，魔咒说'在天荒地老，上天接纳那些值得享有这些知识的人之前，这些书籍将一直湮没无闻，不能被那些在这片土地上来而复返的人们发现'。因此，我的朋友们，我想告诉你们一个好消息：很可能这封信里指的不是我们。因为还没到天荒地老，而我们是值得享有这些知识的人。

"埃及人很喜欢观星，他们把星星奉为神明，也正是他们想象出了黄道十二宫。在埃及人看来，划过尼罗河上空的银河是这条伟大的河的延伸，于是他们将银河称之为'天上的尼罗河'。每次在

---

① 韦斯特卡纸草：该纸草成文于第12王朝，因被英国收藏家亨利·韦斯特卡收藏而得名。

② 透特神：古埃及神话中的月神和智慧之神。

尼罗河泛滥之前，遥望天狼星，古埃及人仿佛看到了从女神伊希斯眼中滚落的一滴泪珠。伊希斯是在为死去的俄赛里斯而哭泣。这个星座对埃及人来说十分神圣，今天我们称它为猎户座。

"天狼星是大犬座的 α 星，也是北半球天空中最亮的一颗星。不过，你们有谁知道，它还有一颗伴星天狼星 B，即便是用最强大的天文望远镜也观测不到它？你们肯定说，天文学家应该知道这个。答案正确。1970 年，天文学家费了好大力气才拍到了第一张天狼星 B 的照片。不过，事实表明，在现代的天文学家发现天狼星 B 之前很久，地球上就已经有人知道它的存在了。我指的是非洲的多贡族人，他们居住在马里共和国。这个民族的萨满巫师谈到一颗奇怪的星星——密度极大的白矮星天狼星 B——沿椭圆形轨道绕天狼星 A 旋转。多贡人知晓这颗星星绕天狼星 A 进行公转和自转的周期。他们相信还存在一颗伴星——红矮星天狼星 C。有趣的是，就在不久前，天文学家也通过运算发现了这颗红矮星。一个游牧民族是从哪里得到这样超前的知识的呢？是谁告诉他们的？是外星来客还是古代的天文学家？很有可能，多贡人是古埃及人的后裔，而他们早在五千年前就具备这种知识了。

"现在我们来谈谈金字塔内部的通道。它们中间的两个，也就是位于国王墓室的北通道和南通道，有通往外面的出口。所以起初人们认为它们是通风口。但是在一定的倾斜角度下建通风道本身就是一个复杂而昂贵的工程。顺着水平线再建要简单得多。这也就意味着，这些通道的倾斜角度是有其自身意义的。

"而王后墓室的通道完全没有任何通往上方的出口。那么它们建来是做什么用的呢？

"比利时的研究者罗伯特·包维尔在《猎户座之谜》一书中提出了一个假设：这四个通道是根据对埃及人来说最重要的几颗星星来定位的。这些星星首先就包括伊希斯之星——天狼星。指向它的是王后墓室的南通道。罗伯特·包维尔论证说，在计算过天狼星经过天球子午线的时间之后，就能毫无疑问地确定金字塔的建造时间。"

"就不能用碳测年法[①]来确定金字塔的年龄吗？"安德烈·温格罗夫问。

"通过测定放射性碳的含量只能确定生物遗体的年龄。而事实上在金字塔中没有发现任何生物遗体。而且这种方法也不总是百分之百准确。美国的古埃及学家马克·莱纳对大金字塔石砌体中的石灰岩浆进行了碳测年。得到的时间差相当大：从公元前 3809 年到公元前 2869 年。所以，金字塔年龄比古埃及学家们估计的至少还要早 500 年。"

"也许，金字塔是一架望远镜，而多贡人——是古代的天文学家？"尼基塔·叶若夫天真地猜测道。

---

① 碳测年法：放射性碳定年法，是利用自然存在的碳-14 同位素的放射性定年法，用以确定原先存活的动物和植物的年龄的一种方法，可测定早至五万年前有机物质的年代。对于考古学来讲，这是一个准确的定年法技术。

"有可能，"克柳奇尼科夫向他点点头。"不过我们还是回到通道的话题上来吧。

"由于每天有成千上万名旅游者到访吉萨，金字塔内部的湿度已经达到了警戒线——90%。石砌体正逐渐受到损害。因此，1990年8月，埃及古迹高级委员会委托在开罗的德国考古协会在大金字塔内部安装通风系统。1993年，德国工程师鲁道夫·甘迪布鲁克开始进行这项工作。他清理了国王墓室的通道并安装了通风设备，因此很快金字塔内部的湿度就降到了60%。随后，甘迪布鲁克决定考察位于王后墓室的那两个没有出口的通道。但通道很窄，只有20×22平方厘米那么大。于是甘迪布鲁克往通道内放入了一个带有照明设备和微型摄像头的特制机器人。机器人安放在一个有八个轮子的底座上，其中四个轮子朝下挨着地板，四个轮子朝上顶着天花板。为了成功将通道的地板和天花板连接起来，人们在机器人上采用了特殊的液压油桶，能产生200公斤的压力。这个微型机器人价值25万美元。我得说一句，这些钱没有白花，因为在60米的高度上，机器人碰到了一扇带有两个铜把手的石门。这个消息传遍了全球。但甘迪布鲁克没能发现门后隐藏的秘密。埃及古迹高级委员会拒绝这位德国学者继续进行研究。

"就在不久前，2002年，在埃及古物高级委员会主席扎赫·哈瓦斯的领导下，埃及学者们继续进行由甘迪布鲁克开创的研究。他们使用安装了打孔器的机器人在石门上钻出了一个小孔，随后将摄像头从小孔中伸了进去。我现在就向你们展示一下摄像头看到的东西……"

大家听得津津有味，不由自主地把身子往前倾。电脑屏幕上出现了画面，画面上是一条窄窄的通道，随后在黑暗中浮现出一扇带有两个铜把手的门，门的正中有一个小孔。一根细细的、带有辅助照明灯和摄像头的可伸缩探棒穿过小孔，照亮了对面的一道满是裂纹的石墙。其他的什么也看不见了。

有人失望地"嗯"了一声，有人叹了口气。而克柳奇尼科夫若无其事地继续讲道：

"这样一来，人们在胡夫大金字塔中就又发现了一个密室。这个密室非常小，只有 18 厘米深，但这个发现的意义却难以估量。研究人员所面对的是许多新的谜题，需要做出新的发现。"

"请问，它是空的吗？"娜塔莎·冈察洛娃问。

"你说密室？很可能是空的。但问题是：下一道墙后面藏着的是什么？"

"那么他们为什么不把第二道墙也钻个孔呢？"尼基塔·叶若夫哼了一声。

"急什么，"马克斯·卡明斯基回答他。"他们每搞一个发现都能得奖。什么'诺鼻儿奖'。等票子花完了，他们就会再搞个发现出来。"

"在王后墓室的北通道里也发现了这样的密室，"克柳奇尼科夫斜眼瞟了一下卡明斯基，有点不自信地说。"对于这些密室的用途，古埃及学家们只能提出一些假设而已……

　　"比利时的研究者罗伯特·包维尔在《猎户座之谜》一书中提出了一个有趣的猜想：吉萨的三座金字塔象征着猎户座的三颗星——也就是猎人的腰带。古埃及人相信，等待着他们的天堂般的生活是在天上，在群星之间。但他们想要建起一个人间天堂，在那里每一座金字塔都对应着组成猎人腰带的一颗星星。"

　　"能问个问题吗？"达莎·阿夫杰耶娃举起了手。

　　"当然可以。"克柳奇尼科夫微笑说。

　　"我压根儿没闹明白，到底是谁建的金字塔？到底是不是奇阿普斯？"

　　克柳奇尼科夫垂下头，叹了口气。塔尼娅明白，他很失望。

　　"我跟你们直说了吧：我认为，大金字塔早在奇阿普斯之前就建好了。"克柳奇尼科夫耐心地重复道。"但是到底是谁建的它，是外星人还是大西洲人，谁也不知道……不过，现在让我们回到罗伯特·包维尔的话题上来……"

　　塔尼娅开始可怜起克柳奇尼科夫来。"哎，他怎么碰上了我们这些笨蛋呀！他还拿来了书，以为有谁会读呢。为什么对他来说让我们了解埃及那么重要？他可真是个天真幼稚的人。而我还曾经对他有意见，想要揭发他呢。不过，有意思的是，他到底是个什么人？"

　　与此同时，克柳奇尼科夫正给讲座收尾：

　　"可能你们已经发现了，在我谈到埃及和古埃及学家的时候，没有提到过一个俄国人名。你们不觉得这事很奇怪吗？其实，历史上记载着很多俄国旅行家、传教士和收藏家的光辉名字，包括弗拉基米尔·谢苗诺维奇·戈列尼谢夫[①]、鲍里斯·亚历山德罗维奇·杜拉耶夫[②]以及尼古拉·斯捷潘诺维奇·古米廖夫。俄罗斯对埃及考古事业的贡献是巨大的，但总是英国人、法国人和德国人冲在科学发现的最前线。"

"怎么，您为我们这个大国感到难过吗？"安德烈·温格罗夫嘲笑说。

克柳奇尼科夫闻言猛地转过身来：

"我确实如此！那么您呢？"

安德烈惭愧地垂下了眼帘。

"照我看来，俄罗斯的古埃及学家太少了。现在我号召你们纠正这种让人难堪的误解。"克柳奇尼科夫继续说。"对，就是你们，你们没听错。不知道今天我讲的这些东西有没有吸引你们，不过我希望将来能吸引。我会有奖品来激励你们的。那么，如果我们下周四还在同一时间、同一地点集合的话——"克柳奇尼科夫看了一眼校长。万尼林摆摆手表示同意。"我们就来讨论一下建立'埃爱社'的可能性——埃及爱好者社团。"

"还'埃爱社'！'埃爱''埃爱''埃爱'！"佩利亚耶夫嘲弄地拖长声调说。

"您反对吗？"克柳奇尼科夫立马问。"您不喜欢这个简称？

---

① 弗拉基米尔·谢苗诺维奇·戈列尼谢夫（1856—1947）：俄国古埃及学家。
② 鲍里斯·亚历山德罗维奇·杜拉耶夫（1868—1920）：俄国东方学家，俄罗斯科学院院士。

只要您对这个主题感兴趣，社团的名字叫什么都可以。就叫俱乐部吧……古埃及研究俱乐部。"

"可是我们完全不了解埃及啊。"奥克萨娜·谢德赫说。

"这个可以补救。你们以后就知道了。"

"怎么，您想让我们搞发现吗？"马克斯·卡明斯基问。

"是的，我期待你们做出发现！你们知道吗，人生中最重大的发现——就是发现自我？！不过我首先希望你们能学会准确地提出问题和猜想，做出假设，哪怕是疯狂的假设也好。好的问题已经是答案的一半了。你们当中学得最好的人在学年结束的时候会得到我发的奖品——一台跟我这台一样的笔记本电脑。"

班里一时间陷入了死一般的沉默。随后所有人一下子鼓噪起来，大家纷纷插话，彼此打着手势，表示不敢相信。校长不满地摇摇头，甚至还用手指敲了一下前额。

"您是在开玩笑吗？"娜塔莎·冈察洛娃问。

克柳奇尼科夫留心地环视了一下在座的人，摇了摇头。

"怎么，您有钱没地方花吗？"尼基塔·叶若夫嘲笑说。

"也许您是有利可图？"马克斯·卡明斯基问。

"为什么要说'有利'？"克柳奇尼科夫耸耸肩。

"马克斯，你就不觉得丢人吗？"卡佳·索科利尼科娃喊道，随后大家都沉默了。

"我不懂得那些眼里只有利益、唯利是图的人。我不是那样的人，也不建议你们成为那样的人。当然，现实生活已经教会我们，一切东西都能买卖，而获得成功的最佳途径就是整垮对手。我希望俄罗斯能有比英国、法国和德国加起来还要多的古埃及学家，这当然很好，不过不是最重要的。重要的是俄罗斯有更多有文化的、正直善良的人。这是我真正的目标，请相信我。"

"您会带我们了解文化？"马克斯·卡明斯基嘲笑道。

"这个讨人嫌的马克斯！"塔尼娅气愤地想。"要是能狠狠地抽他的臭脸就好了！他对这个善良的人讲话是多么无礼啊？！就这么定了！她塔尼娅不会向克柳奇尼科夫提任何问题！不仅如此，她还不会允许别人向他提问题！而那个埃及爱好者俱乐部她会高高兴兴地去参加的。不过绝不是因为喜欢埃及，当然也不是为了得到笔记本电脑。塔尼娅自有其原因，不过这个原因对所有人保密……"

"我不想讨好你们、收买你们，"伊万·尼古拉耶维奇说。"我希望将来你们能全心全意地爱上埃及，这种对埃及的爱就是对你们最好的奖赏。不过目前，'古埃及'这个词对你们而言还毫无意义，所以必须得有点儿奖品来激励你们。我觉得笔记本电脑就是个不错的选择。"

"不好意思，"校长伸手打断克柳奇尼科夫，从座位上站了起来。"伊万·尼古拉耶维奇，我得跟您严肃地谈一谈，在您……在您……之前。"他做了一个含义不明的手势。

"请让我讲完，"克柳奇尼科夫微笑说。校长不知该说什么，于是坐下了。"我很严肃地重复一遍：尽管奖品只有一个，但我保证将它发给你们中最好学的那个。"

大家马上七嘴八舌地问起问题来。

"那么您想要什么样的假设呢？"

"那么我们在这个俱乐部里学习些什么呢？"

"我们将要学习的不仅仅是关于埃及的知识。我们是活生生的人，每个人都有着自己的兴趣所在。我们将学习你们感兴趣的一切，顺便解决学习期间出现的问题。我像你们这么大的时候，学校里设有辅导员。你们一定听说过这个词。所以，我希望将来能成为你们的辅导员。"

"可是光读书能学到什么呢？"托利克·穆欣怀疑说。"要是能去趟埃及就好了。"

大家都笑起来，克柳奇尼科夫答道：

"当然了，想要研究金字塔，最好能在实地研究——也就是在吉萨。不过在坦波夫也可以，在特维尔也可以，甚至在楚科奇①也可以，只要有意愿，有必需的文献材料。"

"停在门口的那辆'标致'牌汽车是您的吗？"马克斯·卡明斯基出其不意地问。

"是的。如果你解开了金字塔之谜，你就能给自己也买一辆这样的车了，甚至更贵的。"

"不过，如果想买这样的车，有的是别的更简单的方法，"马克斯继续讲着自己的想法。"比如，您自己买这辆车靠的就不是解

---

① 坦波夫：俄罗斯西部城市；特维尔：俄罗斯城市，位于波罗的海沿岸；楚科奇：俄罗斯的自治区，位于亚洲东北部。

开金字塔之谜。"

"简单的方法，"克柳奇尼科夫皱了皱眉。塔尼娅注意到，他的话说得很艰难。"那些方法并不总是那么简单的……当然，每个人都有自己的道路，自己的想法……好了，现在我发书……嗯！我对赫内金和波塔片科这两个人很感兴趣，尽管他们俩没来，可我希望他们同样能拿到书。谁能带给他们？"

"我。"维奇卡·佩利亚耶夫说。

"好的。"克柳奇尼科夫点点头。"那么今天我们就讲到这里。我给你们一周时间来了解埃及神话，下周四我在这儿等着所有想要继续听我讲埃及的人来。"

讲座结束了。九年级生们向出口走去。校长把一串钥匙摇晃得叮当作响，等着班级解散。克柳奇尼科夫合上笔记本电脑，把空空的包揉成一团。此时他看上去十分疲惫，还有点空虚。塔尼娅站在一边，观察着克柳奇尼科夫的每个动作。他看了她一眼，微笑起来：

"啊！是您啊？我没想到会在这里碰见老熟人。您的腿还好吗？"

塔尼娅报以微笑，心中一阵狂喜："他把我叫作老熟人！"

"没什么大事儿！"她答道。"至于您送我的礼物，真是太谢谢了。"

"您下周四会来吗？"

"一定来。"

"我会等着的。现在我们再见吧。周四见。"

"周四见！"

"多简单的字眼儿啊——'周四见'，"塔尼娅看着讲课人离开的身影，又惊又喜地想。"可这些字眼儿里又有多少诗意啊！"

课间休息的时候，塔尼娅看到了奥列格·布佐夫。他站在窗边，惊奇地目送着克柳奇尼科夫离开。塔尼娅从旁边走过，随后四下张望。布佐夫走在她身后。

"可真是个包打听！"塔尼娅恨恨地想。

塔尼娅在外面才追上自己的同学们。索科利尼科娃、佩利亚耶夫和穆欣正在激烈地指责讨人厌的马克斯·卡明斯基，他们骂他无耻，而马克斯则竭力反驳道：

"你们被人耍了，可还听得入迷呢！哪个傻瓜会掏钱给你们买笔记本电脑？他那样的笔记本值三万块钱呢。我反正不会给人当猴耍！"

"那么你就滚吧！"塔尼娅把一腔怒火都发泄在了马克斯身上。"这样下周四你就用不着来听讲座了，倒霉催的！你听懂没有?!"

"哈！"卡明斯基嘲笑说，为了以防万一，躲开了塔尼娅。"我正求之不得呢！你们就去听你们的讲座吧，就被骗得团团转吧！"

塔尼娅看了看卡佳，说：

"怎么样，亲，咱们回家吧？"

"走。"卡佳微笑说，于是她们就走了。

"你知道吗，"塔尼娅叹了口气，耸耸肩。"我好像是去了，好像是听了讲座，可是又什么都没记住。真难过。也许你能给我讲讲，他都说了些什么？"

卡佳神秘地笑了笑，打开了自己的背包。包里放着一个小型收录机。

"我都录下来了。"卡佳解释说，鬼鬼祟祟地微笑着。

"录下来了?!"塔尼娅不敢相信自己的耳朵。"啊，卡秋莎，你真是个天才!"

卡佳开心得涨红了脸，突然说：

"而你看着他的时候是多么着迷啊!"

塔尼娅马上变了脸色，用拳头捂着嘴咳嗽了一声。

"塔尼娅，"卡佳害怕是自己多嘴了。"假装这样好了：我什么都没说过，你也什么都没听到! 好吗？"

塔尼娅看了看女友，用鼻子抽了一下气，问：

"你能把磁带借给我翻录吗？"

"当然了。"卡佳微笑说。

*　　*　　*

与此同时，校长把克柳奇尼科夫带到自己的办公室，让他坐到自己对面的扶手椅上，这时才说：

"祝贺你! 讲座很成功。我以前不知道你还有讲课的天赋。而且你给的教材也很棒。要是你还学过教育学，那可就真是前途无量了。我会把你请来当历史老师的……现在你说说吧，你到底是为了什么要冒这个险？我实在想不出别的词儿来形容。"

克柳奇尼科夫嘲弄地笑着，望着尼林。

"谢谢你的邀请，但我是当不了老师的。我今天的这点儿货也就够用一星期。要是你知道做这个讲座花了我多少工夫就好了！现在我可算明白你那些老师挣口饭吃有多不容易了。只有一样我不懂，你为什么把我的创举叫作'冒险'？"

"创举？！"尼林突然提高嗓门。"什么创——举——啊？！我的学校正发展得红红火火，一切顺利，而我希望它一直如此！"

"好吧。"克柳奇尼科夫耸耸肩。"就让它一直如此吧。你忍我到下周四，到时候我可能就不再叨扰你了。"

尼林叹了口气，换了个话题：

"为什么你不一上来就告诉我你想成立俱乐部？"

"因为你不会允许的。"

"你为什么要硬塞给孩子们他们现在根本不需要的信息？你问过他们喜不喜欢埃及吗？！你还说什么'我不想讨好你们'。可你就是在讨好他们！用笔记本电脑讨好他们！谁能拒绝这么昂贵的玩具？！你想过吗，明天你的'埃及学家'们就会跟同学说，一个好心肠的叔叔随便送人笔记本电脑，到时候会出什么事？！随后家长们就会知道的，听说有个什么'款爷'对他们的小宝贝儿们表现出兴趣，他们也不会乐意的。他们会问：'是谁同意的？''是尼林！''让这个尼林滚过来！叫他到区国民教育处去！把他从校长位置上赶下来，让他见鬼去吧！'"

"维克多，别夸大其词了行吗？"克柳奇尼科夫请求道。

"夸大？咱们走着瞧，明天会发生什么。"尼林叹了口气，突然用手在空中一砍。"来，你跟我这个无知的人解释解释，为什么偏偏要讲埃及？！"

"唔，"克柳奇尼科夫摆摆手。"我需要一个依托、一个支柱，让我能围绕着它建立起跟这些孩子的关系。这个支柱对我来说就是埃及，因为我喜欢埃及，也比较了解埃及。"

"可是你正引领着孩子们往哪里去呢？去幻想和神话世界吗？他们很快就要工作了，当经理、搞市场营销、做程序员。他们要学的是这个！"

"我正领着他们走向未来。我希望他们是有未来的。至于当下的庸常琐事，这种平淡无聊的生活，他们想回随时能回来。长话短说，如果你不想让我再来学校，我就在别的地方跟这些孩子见面。也许可以在我家里。我房子很大。"

"哎哟，你可吓到我了！你等着瞧吧，谁也不会来找你的。就算有人来，也不过是为了得笔记本电脑。"

"走着瞧。"克柳奇尼科夫准备离去。他离开舒适的扶手椅，最后说："嗯，那么我就全靠你了。下周四继续。"

"我已经不小心答应你了。决不食言。只不过你记住：下周四是最后一次。我们电话联系。"

"好的。到周四再看吧。"

第五章
银幕之星

9 月 15 日，星期五

塔尼娅梦见了一辆黑色的"标致"牌汽车。在她家单元旁边，停着一辆装饰着彩带的婚车。克柳奇尼科夫，像新郎那样身着晚礼服，手捧一束玫瑰，站在汽车旁边，开心地微笑着。塔尼娅从单元里轻盈地跑出来，身披婚纱，头戴冠饰，手捧鲜花。现在他们坐上车，前去举行婚礼。克柳奇尼科夫彬彬有礼地打开塔尼娅面前的一道小门，突然用妈妈的嗓音问道："懒虫！该起床啦！上学要迟到啦！"塔尼娅醒来，看见眼前的是妈妈。妈妈微笑着问：

"又做美梦了？"

塔尼娅伸伸懒腰，睡眼惺忪地点点头。"有什么办法呢，得起床洗漱了。"她想，遗憾自己没能把那个梦做完。

"起来，早饭在桌子上，我得赶紧走了。"妈妈亲了亲塔尼娅的额头，去上班了。

塔尼娅走进浴室，往手上打肥皂，她的脑海中突然闪现出一个美妙的韵脚"金字塔——大西洲①"。两行诗句一下子就冒了出来：

> 金字塔伫立在埃及，
>
> 将挑战抛给上帝。

---

① 金字塔——大西洲：俄文中"金字塔（Пирамиды）"和"大西洲（Атлантиды）"押韵。

"不错。很美妙。"塔尼娅心想。"这将会是第三行和第四行诗。剩下要做的是给它们配上合适的韵。"塔尼娅把手伸到水龙头下面，沉思起来。诗句纷纷涌来，彼此游戏着，字眼不断地变换。塔尼娅把不需要的字眼统统筛出去。一分钟过后，诗的头两句已经大功告成：

> 可怕的大西洲的后裔，
>
> 教授祭司们奇迹。

但塔尼娅不喜欢这两句诗，她开始琢磨新的方案。一些不相干的念头溜进了脑子里。她不知怎么想起了昨天的事。

昨天塔尼娅从卡佳的磁带上把克柳奇尼科夫的讲座录音拷贝了下来。她一边听着克柳奇尼科夫的声音，一边在记忆中搜索着先例，想看看有哪些历史人物和文学名人，丈夫是比妻子大上三十岁的。就是这样的问题眼下困扰着这个十五岁的孩子。而就像成心为难自己一样，塔尼娅一个这样的先例也想不起来。

叶莲娜·阿纳托利耶夫娜在自己的房间里读着一篇关于牙釉质发育不全的文章。从女儿房间里传来的声音不时打断她的阅读。最后，她扔下小册子，开始仔细地听起录音来。

塔尼娅刚刚按下盒式磁带录音机的"停止"键，妈妈就来到了房间里。

"我看这是今天的讲座吧？"她问。

"是的。"塔尼娅有点惊讶地答道。

"内容很充实啊。很有趣，很吸引人。讲课人的声音也很招人喜欢。你自己喜欢吗？"

"喜欢。"塔尼娅实在不明白这番谈话到底要说什么。

"我听见讲课人建议你们成立埃及俱乐部。"

"对。"

"他还承诺给最优秀的人一台笔记本电脑。"

"是这么说的。"

"你想赢电脑吗？"

"不。但俱乐部我是想去的。"

"奇怪。告诉你，我有几个问题想问这个讲课人。不过我不知道能不能亲自问他。你们什么时候见面？下周四吗？"

"是的。"

妈妈点点头，没再说什么，回自己房间了……

"哎，怎么这样！"塔尼娅想。"我真是鬼迷心窍了才把声音开那么大！要是我戴着耳机听，就神不知鬼不觉了。谁知道如今妈妈会干什么？万一她忽然想见克柳奇尼科夫呢？！她想问他什么问题？要是她把事情全搞砸了呢？"

塔尼娅听到妈妈摘下电话听筒，拨了个号码，几秒钟后和电话那头的人打了个招呼。

"妈妈跟我聊完之后会马上给谁打电话呢？"塔尼娅想。"当然是给卡佳的妈妈了。"

过了一分钟，塔尼娅的怀疑得到了证实。妈妈叫了斯维特兰娜·尼古拉耶夫娜的名字。塔尼娅留心听起来。

"我不喜欢这样，"妈妈说，而斯维特兰娜·尼古拉耶夫娜看样子也赞同。"一个不相干的人罢了，完全不知道他是什么人，是干什么的。突然给你搞什么赢大奖活动，真让人难以置信！怎么，他同时既是雅库波维奇[①]，又是加尔金[②]吗？！嗯。这就是我要说的：这很让人不快。得去找校长……我也不能……不，这礼拜——无论如何也不行。你说什么？谢德赫？奥克萨娜的妈妈？她会同意的？……好，你说我记，我这就打给她。"

一分钟后，妈妈已经打电话给奥克萨娜的妈妈薇拉·巴甫洛夫娜了：

"薇拉·巴甫洛夫娜？您好！我是布拉温娜·叶莲娜·阿纳托利耶夫娜，塔尼娅的妈妈。您知道吗，咱们孩子的学校里有个大款组织了一个埃及爱好者俱乐部。您家的奥克萨娜和我家的塔尼娅决定参加。您了解这回事吗？……您认为如何？……不，我反对。他为什么要许诺给孩子们笔记本电脑呢？！他有什么权力给我们的孩子瞎送礼物？！索科利尼科娃也这么认为。我马上就给阿夫杰耶娃打电话。我想请求您……您在学校工作。您能不能去找一下校长？让他弄清楚。让他安排我们跟这个所谓的教育家见一面。您会去

---

① 列昂尼德·雅库波维奇：苏联时期和俄罗斯时期著名演员、节目主持人。

② 马克西姆·加尔金：俄罗斯著名演员、脱口秀节目主持人。

吗？谢谢。要是有什么事，您再给我打电话。好吗？好，再见。"

塔尼娅皱了皱眉。她不喜欢看到妈妈这么积极。"难道校长会听她的话，禁止埃及俱乐部？"

塔尼娅微笑了。"要是妈妈知道，那把伞是克柳奇尼科夫送的，她会做出什么来呢？她的女儿爱上了一个四十五岁的男人，她又会说什么呢？"

塔尼娅心情沉重起来，叹了口气。她怜惜起妈妈来。"她这个可怜人怎么会有个这么轻浮的女儿?!"

塔尼娅想转移一下注意力，于是打开了电视。地方台正在播本市新闻。节目已经临近尾声，所以播的都是些鸡毛蒜皮的小事。一群男孩子跑过运动场，途中穿越各种障碍，完成种种不可思议的空翻。简直可以说这是一种新的极限运动了。塔尼娅懒洋洋地看着屏幕，突然从那些男孩中认出了根卡·赫内金。她定睛细看，发现在他旁边的是谢尔盖·波塔片科。塔尼娅顿时感兴趣起来。"这是怎么回事！她的同班同学上电视了！可是他们为什么能上电视？"

这个问题由赫内金自己回答了。他忽然出现在屏幕上——晒得黑黑的，很疲惫，却很开心——他讲起了一种新的运动：

"跑酷介于运动和艺术之间，"他说，"跑酷是美和自由的结合体。它的基本创意在于快速地、更重要的是优美地超越各种城市生活设施造成的障碍。跑酷与城市密不可分。你生活在城市这个环境中，你可以随心所欲地在其间移动穿梭，扩展城市的边界。"

塔尼娅从没见过根卡这么勇敢、这么一往无前的样子。"也许这是因为我从没仔细打量过他。"塔尼娅心想。"可是，随便把别人叫作无赖和笨蛋却是多么容易啊。而了解别人的内心世界呢，却没人愿意去做。也许，还有人觉得我是个自命不凡的傻瓜呢。"

这时，镜头一转，屏幕上换成了谢尔盖·波塔片科。

"总之，我们从小就从事这项运动。"谢尔盖微笑着说。"你们说说，冬天的时候谁没从车库上往雪堆里跳过呢？！大家都这么干过……如今市里有几支从事跑酷的队伍。但我们队是最先成立的那批之一。整个夏天里我们几乎每天都训练。现在学校开学了，我们就只在每周四见面训练……"

昨天的这些事偶然地浮上塔尼娅的心头的时候，她刚刚洗完手，正要喝早餐咖啡。她在厨房里找到一个盛着荷包蛋的托盘，随后看了眼挂钟。时间很紧了。"就是说，得加快速度了。"塔尼娅下定决心。她把荷包蛋往嘴里一塞，跑去穿衣服。

"原来这就是根卡和谢尔盖为什么不想来听讲座的原因，"塔尼娅猛地恍然大悟。"每周四他们有训练。喏，现在整个学校都知道他们玩跑酷了。"

塔尼娅走出家门的时候，卡佳已经站在街上了——在等自己的小伙伴。

"塔尼娅，我还以为你已经走了呢。"她带着歉意微笑说。

"卡秋莎！你真让我吃了一惊！居然比我早收拾好！"塔尼娅喊道。"咱们走吧……"

"嗯，怎么样，你都翻录了吗？"卡佳找不到话头，于是问道。

"翻录了。"塔尼娅答道。她还回磁带，叹了口气。

"你叹气干吗？"

"我妈妈知道了俱乐部的事。她可不止是个医生，而是集华生医生和大侦探福尔摩斯于一身呢。什么事儿都能打听出来。她听说克柳奇尼科夫要奖励我们电脑后，就心神不宁了，还说想问他几个问题。"

"插一句，我妈昨天也把我教训了一晚上。"

"我妈昨晚给你妈打电话了。你听见她们说什么了吗？"

"没有。我戴着耳机听音乐呢。"

"挨训的时候你也戴着耳机？"

"我后来才挨训的。"

塔尼娅含糊不清地"嗯"了一声，沉默良久。

"我妈跟你妈说，应该去找校长。但是不管是你妈还是我妈，都不想亲自去。于是你妈建议我妈给奥克萨娜的妈妈打电话。她在学校食堂工作，去找校长是小菜一碟。"

"你妈妈真打了？"

"可不！她打了，也说定了。然后她还给阿夫杰耶娃——就是达莎的妈妈——打了电话，把她也鼓动得反对克柳奇尼科夫了。所以，真不知道这事儿会变成什么样子。克柳奇尼科夫会瞧不起我们的，他要真这么做也无可厚非。"

"塔尼娅，别担心。也许一切都会顺利的。"

"也许吧……看！是根卡！"塔尼娅喊道。"咱们走快点！"

根卡·赫内金从一栋五层楼房的拐角处走了出来。他穿戴得马马虎虎，忘记了梳头，左边脸颊上还有一道红红的新伤痕。看见女孩子们后，他加快了脚步，可塔尼娅问了他个问题，使他不得不停下来。

"根卡，等一下！你怎么一个人啊？谢廖沙呢？"

"他今天不来了，病了。"根卡不情愿地停下脚步，等女孩子们追上来。

"他怎么了？"

"是这样。他滑了一跤，摔倒了，醒来后打了石膏。"

"他是在训练时摔倒的吗？"卡佳天真地问。

听到这个问题，根卡朝卡佳投来一道锐利冷漠的目光。他的眼睛闪闪发亮。

"我们昨天看了电视。"塔尼娅赶忙解释道。

"我就知道。"根卡"哼"了一声。

"那么，你现在打算拿它怎么办呢？"塔尼娅神秘兮兮地问。

"拿什么怎么办？"根卡皱了皱眉。

"拿你出的名气啊，还能拿什么。"

"你说什么呢?！你不过是也想上电视罢了！要是真让你上电视，那又怎么样？"

"不会让我上电视的。我不上相。"

根卡瞟了塔尼娅一眼，却没有说话。他并不赞同这种说法。

"你们玩跑酷很久了吗？"卡佳突然问。

"一夏天了。嗯，是从五月里的一天开始的。我和谢廖沙一起玩。"

"谁训练你们啊？"卡佳继续刨根问底。

"没人训练我们。我们自己搞。跑酷是在法国兴起的，那儿有个专家叫大卫·贝尔，他可真是酷毙了，是个大能人。我们一个哥们儿的 DVD 上有很多视频资料，他给我们拷了三张盘。我和谢廖沙就一边看盘一边试着练。这不，昨天他练得太多了：差点没瘸着走回家。"

"怎么，他把腿摔坏了？"塔尼娅皱眉说。

"大概是脱臼了吧。"

"你们在哪儿训练呢？"卡佳问。

"随便什么地方。在院子里，在公园里，在浴场里，都可以。我们总是被赶出来——人们觉得我们是无赖。要是我们不上电视就好了。这事儿对我们不会有任何好处。队伍散了。那个起初把我们召集起来的哥们儿第一个离开了队伍。他说他对我们很失望。所以现在我跟谢廖沙两个人一起训练。"

"根卡，你是因为要练跑酷才没去听讲座吗？"卡佳讨好地问。

"每周四我们要在中央公园全体集合。讲座讲什么了？"

"你感兴趣？"卡佳很开心。"我把整个讲座都录在磁带上了。要给你听吗？"

"录在磁带上？"根卡惊讶道。

"讲课人送了每个人两本书。你和谢廖沙也有。"卡佳开始连珠炮似的说起来。

"送我们——做什么？"根卡"哼"了一声。

"书在佩利亚耶夫那儿，他今天就会给你的。不过最重要的是，讲课人提议成立古埃及学俱乐部。根卡，下周四跟谢尔盖一起来吧。伊万·尼古拉耶维奇会高兴的。"

"伊万·尼古拉耶维奇就是讲课人么？"根卡问。

"对。不过他已经不光是讲课人了，还是俱乐部的导师什么的。"

"怎么，你们一帮人竟然都参加这个俱乐部了？它怎么这么吸引你们？"

"克柳奇尼科夫说，我们中最聪明的那个年底能得到奖励，"卡佳停顿了一下，补充说。"是一台笔记本电脑。"

"真的？"根卡皱了皱眉。

卡佳点点头。

"卡佳，你知道，"根卡想了想，回答说，"对我来说还是跑酷更重要些。管他发书也好，发笔记本电脑也好，体育锻炼还是应该占第一位。"

卡佳耸耸肩，什么也没说。

"根卡，你还是再想想吧，"塔尼娅说。"也跟谢廖沙说一声。说不定他能得笔记本电脑呢。"

"是啊，"根卡叹气说，"他一直很想要电脑，而且他脑瓜也灵光。"

他们聊着聊着，不知不觉走到了学校。学校大门的台阶上站着奥列格·布佐夫。他看到根卡后微笑起来，说：

"哟！大人物来了！还没带保镖。听着，老赫，刹个闸。我找你有事。"

"干啥？"根卡第二次被人拦下，十分不满。

"昨天在新闻里看见你了。真酷。你现在是电视明星啦，大概也懒得理我了。极限运动者的范儿么。"

"唔，你看电视了。还想说什么？"

"嗯……敢情人一出名就会变成这样！你听着，我从麦弗莱那里偶然听说，你们的讲课人要成立埃及俱乐部。这是真的吗？"

"呃，我也是偶然听来的。你问这干吗？"

布佐夫咧开嘴笑了，吐了口唾沫，解释道：

"我想，你是看不上埃及俱乐部的。对你来说跑酷才是头等大事，对不对？而我呢，简直可以说是爱埃及爱了一辈子，爱到要死。要是你不想让我死，就去跟你们的讲课人说个情吧。也许他能让我顶上你的位置呢？"

"你是想赢笔记本电脑吧？你不是已经有电脑了吗？"

"笔记本更酷嘛。呃，我有的东西还少吗！你要知道，我家那个老东西答应了，等毕业时要给我搞一辆'拉达 Priora'汽车来呢。不过这不是重点。我正儿八经地跟你说：我需要参加俱乐部。"

"我没去听讲座，没当面见过讲课人。所以你要是需要，就自己去问吧。你就说，我不反对。"根卡说着，大步流星地走进了大厅。

"老赫，站住！"布佐夫喊得晚了。这时奥克萨娜·谢德赫和达莎·阿夫杰耶娃走进了他的视野。她俩穿过足球场，直接走向学校。

"啊！是闺蜜们啊！你们好！想抽烟吗？"布佐夫从口袋里掏出一包香烟。

奥克萨娜不太友好地看了布佐夫一眼，转过了身，而达莎则从递过来的香烟盒里抽了两支烟——一支给自己，一支给奥克萨娜。

"现在来不及抽了。下课再抽。"达莎朝奥克萨娜眨眨眼。

"听我说，达莎，"布佐夫嘲讽地笑了笑，"礼尚往来嘛！我听说，你们要成立个俱乐部，埃及俱乐部，还是什么的。"

"怎么了？"

"你知道，这可真不公平啊！我对埃及那可真是如醉如痴，朝思暮想，可是我得到了个屁！你们可能压根儿就不需要了解埃及，可却让你们进了俱乐部。也许，你们也不乐意去这个俱乐部吧？"

"乐意着呢！"奥克萨娜说。"我们走吧，达莎。"

"等等。"达莎摆摆手。"你想要干什么？"她问奥列格。

"达莎，跟你说：说不定有人不想去，又说不定我能替他去。问问你们的讲课人行不行。"

"他只在周四来。"

"那就周四问。我会等着的。"

"好的，我问问。"达莎说。

"你为什么要答应他？"女孩子们走进学校大厅后，奥克萨娜生气地问。

"呃，不管怎么说他给了咱们好处，"达莎耸耸肩。"再说，我只是答应而已。也许我压根儿就不会真的去问。"

"他是个混蛋，我简直不能忍！"奥克萨娜咬牙切齿地说。

"我同意。确实是个混蛋。不过等我烟瘾上来，混蛋的烟我也会拿的。"

"烟最好还是戒掉吧。"

"确实。只不过烟是戒不掉的，这你知道。"

奥克萨娜和达莎走进班里，看见了塔尼娅、卡佳、根卡和托利克·穆欣。

"麦弗莱！"达莎出人意料地用电影里的大反派比夫·坦能的声音叫道，吓得可怜的托利克·穆欣哆嗦了一下。

"你干吗?!"

"没什么。"达莎微微一笑。"你觉得昨天的讲座怎么样？那可真是个奇怪的人，对吧？对大家以'您'相称，还送书，诸如此类的。奇怪了，他找我们有什么用？"

托利克耸耸肩。

"那个人还行。挺正常的一个人。"

"不，不正常，太一本正经了。应该跟他说说。"

"那你去说呀。"

"是我们不正常才对，"塔尼娅说，"而他……"

"你可不能代表大家说话，"达莎粗暴地打断她，"要是你自己不正常，不证明其他人也不正常。"

"女孩子们，别互相指责了。"托利克说。"我们最好趁着现在没人，赶紧决定一下去不去这个俱乐部。"

"有什么好决定的?! 大家都会去的。"达莎"哼"了一声。"你倒跟我说说有哪个傻子不需要电脑。"

"我不需要! "卡佳声明。

"我也不需要! "塔尼娅赶紧说。不过看奥克萨娜和达莎的表情，她们已经看出来塔尼娅不过是跟风这么说罢了。

"看看她们! "托利克笑起来。"可真有觉悟啊! "

"所谓有觉悟，就是有人推动才觉悟的意思。"达莎解释说。

"我也不需要电脑。怎么，我也是傻子?"根卡·赫内金突然说。

达莎谄媚地笑起来，和奥克萨娜交换了一下眼神。

"唔，你可是我们的银幕之星呢。大明星要笔记本电脑干什么?"

根卡咬紧双唇。他已经要勃然大怒，大爆粗口了。不过，与之相反，他却叹了口气，猛地想到:"谢廖沙倒好，在家里躺着，没人叫他明星。他不知道出名有多遭罪。也许他是故意把腿扭伤的?! 这样就能在学校里消失一段时间了。"

这时维奇卡·佩利亚耶夫走进了教室。

"老根! 我正要找你。"

"哎，你们干吗总是老根老根地叫我! "赫内金突然发火说。

"你想想，我就上过一次电视，难道如今就成明星了？"

"什么？你上电视了？"维奇卡惊讶道。"真可惜，我没看见。喏，这是给你的书，是讲课人让我转交给你的。谢廖沙在哪儿呢？"

"他病了。他倒聪明。"

"哦……那么，再给你两本书，你交给他吧。你怎么上电视了？"

"要是再问，就现场表演给你看了。节目名叫'墓地噩耗'。"

维奇卡耸耸肩，不再追问根卡了。"反正过会儿就会知道的。"他想。

第 六 章
德留尼马克帮

第二节课是地理。下课前一分钟，奥列格·布佐夫用钢笔戳了戳坐在前面的安德烈·温格罗夫。

"老安！"

安德烈连身子都没转过来。

"老安！"布佐夫像蛇一样咝咝地低声叫。

安德烈转过身来，伸出了拳头。

"安德留！"布佐夫勉强说。

"你要干啥？"温格罗夫马上答道。

"我有话要讲。"

"下课再说。"

"当然是下课说。现在马上要打铃了。"

"我知道。"

铃响了，教室像受了惊的蜂房一样喧闹起来。

"我们出去说，"布佐夫说，"悄悄话要保密。"

"算了吧，就在这儿说吧，什么人也没有。"

"那好吧。昨天讲课人跟你们说什么了？讲他怎么搞考古发掘吗？"

"什么发掘啊？他说他只是从书上了解埃及而已。"

"哈！"布佐夫冷笑一声。"从书上！你们也信？"

"他干吗要撒谎呢？"安德烈耸耸肩。

"我不知道他为什么要撒谎，但是他绝对撒谎了，这我敢肯定。”

“你又是打哪儿知道的？你都没去听讲座。”

“我在 DVD 上见过这个讲课人。我有张讲埃及的盘，里面有所有著名的埃及学家，有札希·哈瓦斯[①]，他是埃及古迹最高委员会秘书长。这不，昨天我回到家，打开电脑，把盘播放到适当位置，一按‘暂停’，在札希·哈瓦斯右边的正是你们的讲课人！我不知道他是什么人，在那里是干什么的，但是他去过埃及，这我是可以打包票的。奇怪了，他为什么要骗你们呢？”

“不是，你确定？也许是你搞错了吧？”安德烈感兴趣起来。

“你有 DVD 播放器吗？有。明天我把盘给你拿来，怎么样？”

“拿来吧。”

“好。你绝对会相信的。”

“听着，怎么，你想代替马克斯去俱乐部？”

“怎么了，马克斯不想去？”布佐夫反问道。

“他跟大家都吵翻了，还顶撞讲课人来着。”

“太好了！那我就顶了他的名额吧。”

“你已经有电脑了呀。”

---

① 札希·哈瓦斯：埃及考古学家，1947 年 5 月 28 日出生于埃及杜姆亚特，在埃及与美国两地研修考古学，并在 1980 年荣获傅尔布莱特奖学金（Fulbright Scholar）。1987 年，他获得宾州大学埃及古物学的博士学位。从 1988 年起，他就开始教授埃及的考古学、历史与文化。现职为埃及古迹最高委员会秘书长，除此之外也任教于开罗大学、开罗美国大学以及加州大学洛杉矶分校。

"你们都这么说！是啊，我是有一台，将来还会有两台。这难道是坏事吗？！"

"不算坏，只不过其他人一台也没有呢。"

"放心，我不是为了赢电脑才想去俱乐部的。我需要多攒点儿人脉，所以想认识一下你们的讲课人。你看着，他还会介绍我认识别人呢，认识个什么埃及学家之类。你想想，学校里这些人将来都是大傻瓜，而我则会有大把的人脉。"

安德烈不友好地看了眼布佐夫，说：

"你多半是搞错了，把他跟别的什么人弄混了。但不管怎样你还是把盘先拿来……"

安德烈听说这个新闻后，走到尼基塔·叶若夫身边。

"尼基塔，布佐夫刚刚跟我说了个大新闻！可不得了！他说，他在 DVD 上看见过克柳奇尼科夫。"

"什么克柳奇尼科夫？"尼基塔没听懂。

"什么'什么'呀？昨天是谁给咱们做讲座的？你忘了？"

"哦！我明白了。那又怎么了？"

"什么'那又怎么了'？你迟钝啊？"

"你才迟钝。"

"好吧，我解释一下。克柳奇尼科夫昨天在讲座上说，他只是从书上了解埃及的。可布佐夫说，他看到克柳奇尼科夫出现在金字塔的发掘工地上。"

"布佐夫去过发掘工地？"

"哎呀！你可真把我急死了！"安德烈呻吟说。"布佐夫在一部讲考古发掘的片子里看见过克柳奇尼科夫。明白没？"

"我早就明白了。是你自己说话绕来绕去的。"

"看样子，克柳奇尼科夫是在蒙我们？"

"你更相信谁呢，是布佐夫还是克柳奇尼科夫？讲课人不会蒙我们的！"

"可是你完全不了解他啊。"

"可是我了解布佐夫，像他肚子里的蛔虫一样。他为了自己的利益是不择手段的。"

"总的来说，是这样。他是典型的小人。他说他想代替马克斯去俱乐部，不过不是为了得电脑，而是，据说，要攒人脉。"

"还攒人脉！"尼基塔嘲讽地模仿道。"可谁会让他进俱乐部？！"

"呃，不知道……他答应我明天把那张盘拿来。我们明天去马克斯家看吧？"

尼基塔想了想，说：

"咱们暂时先什么都不跟马克斯说。"

"为什么？"

"我觉得这事儿不必着急。得自个儿动脑筋琢磨琢磨。那张盘可以在你的 DVD 播放器上看。不是吗？"

"那好吧。"安德烈抽了下鼻子，他忽然冒出个想法。"听我说！万一克柳奇尼科夫有个双胞胎兄弟呢？"

"没准儿。那我们可就真搞不懂了。咱们还是先看看那个纪录片吧。布佐夫很有可能是看走眼了。"

＊　　＊　　＊

放学后，马克西姆一边扣上书包，一边叫住了尼基塔和安德烈：

"伙计们，来我家玩电脑吧。有个新游戏，酷毙了。"

他们俩站住了，交换了一下眼色。

"走吧。"安德烈答道。

安德烈、尼基塔跟马克西姆从五年级开始就是好朋友了，上学放学总是一起走。所以维奇卡·佩利亚耶夫有一次曾当众大声宣布：

"知道吗，苏联时期曾经有个漫画家组成的铁三角——'库克雷尼古索'帮。他们是库普里亚诺夫[①]、克雷洛夫[②]和尼古拉·索科洛夫[③]，仨人总是一起作画。而咱们班呢，有个类似的铁三角——德留尼马克帮——安德留、尼基塔和马克西姆。只不过可惜的是他们不是画家。"

作为回应，德留尼马克帮的成员们给维奇卡画了好多丢人的漫画，维奇卡只好在课堂上气喘吁吁面红耳赤地把它们擦掉……

"你们俩干吗都这么不爽？"马克斯问，他们正走近马克斯家住的五层楼房。

"你知道昨天去听过讲座的人都对你很不满吗？"尼基塔问。

---

① 米·瓦·库普里亚诺夫（1903—1991）：苏联写生画家、漫画家。

② 波·尼·克雷洛夫（1902—1990）：苏联写生画家、漫画家。

③ 尼·亚·索科洛夫（1903—2000）：苏联写生画家、漫画家。

"知道。那怎么了？"

"就算你自己有电脑，也犯不上拦着别人赢电脑啊！"

"啊！我明白了！对你们来说这就跟买彩票一样。"

"你昨天干吗跟讲课人过不去？！"安德烈粗声问。

"我跟他过不去了吗？"马克西姆冷笑说，打开了大门。"我不过是问了几个启发性的问题而已。"

"启发什么？"

"启发思考呀。"马克西姆走进大门，停住了脚步。"怎么样，你们还进不进来？"

尼基塔和安德烈走上三楼。马克西姆一边开门，一边回头看了眼他们。

"你们这位讲课人有猫腻。只不过不知为什么就是没人注意到这点。"

尼基塔和安德烈对望一眼。"莫非布佐夫也跟马克斯什么都说了？"

"他怎么有猫腻了？"尼基塔问。

"他太会许愿了。嗯，反正我是不信，他会喜欢埃及喜欢到白送你们一台笔记本电脑！你们进来呀……"

"要是他就是这么有钱呢？"安德烈耸耸肩，进了门。

"那就更有猫腻了。有钱人都抠着呢。"

"可这个不抠，他是个赞助人。"尼基塔一边脱鞋一边回答说。

"都一样。对赞助人来说这手笔也太大了些。不过要是他对你们这些年轻的小脑瓜感兴趣，那就另当别论了。"

"这跟我们的脑瓜有什么关系?!"

"开电脑吗？还是你们还没完事？"马克斯无所谓地问。

"等等，"安德烈说，"这跟我们的脑瓜有什么关系？"

安德烈长得不好看，有点驼背，是个"四眼儿"。他自视甚高，气量不大，记性也不好。他总是穿戴一新，还有洁癖。不过他是个老派的人：爱听古典音乐，收集邮票，酷爱天文学。除了卡明斯基和叶若夫，他从来没什么朋友。是发大财的梦想让他们走到了一起。安德烈梦想着有朝一日能在有奖竞猜节目《何物？何地？何时？》①中赢得大奖。所以他读了好多书，专找那些对行家里手来说最刁钻古怪的问题，还曾写过信给节目组。

安德烈的妈妈，波琳娜·米哈伊洛夫娜，在报社编辑部当校对员。她收入微薄，但十分疼爱儿子，为了他总是不惜一切。

马克西姆叹了口气：

"瞧见没，你们会为了他绞尽脑汁，而他呢，就能得诺贝尔奖了。"

"我们又能琢磨出什么了不起的东西来？"尼基塔惊讶道。

"是啊，能有什么了不起的东西？不过是大人们压根儿想不到的东西而已。俗话说，儿语道真言。然后他就能拿你们这些幼稚肤浅的点子去挣大钱，挣的钱多到能给自己再买一辆'标致'牌轿车。"

---

① 《何物？何地？何时？》：俄罗斯一个著名电视有奖竞猜节目。

"你干吗又拿他的汽车说事儿？"尼基塔哼了一声。

"你这都是胡扯！"安德烈很有信心地说。"你不过是没事儿找事儿而已！"

"没事儿找事儿？！你们知不知道，每天世界上都会新发明出几十种骗人的方法，现在可就要骗你们的脑子了。虽然你们也没什么脑子。"

"去听讲座的都是些总得三分的人。要是讲课人想从我们这里得到什么点子，他肯定得挑些神童们进俱乐部才对呀。"安德烈找到了一个合理的解释。

"没错，"马克西姆冷笑说，"是按照看谁最迟钝的标准挑的你们。尖子生只知道死啃书本，跟大人没什么两样。总得三分的人呢，能不经意地说点蠢话出来，而聪明人就能从中找出真理的种子。三分王们是不可预料，无法推测的。所以昨天讲课人对你们大拍马屁不是那么简单的。有一个汽车公司也收集各种稀奇古怪的点子，然后就研制出了新一代汽车……"

马克西姆·卡明斯基颇有政治天分。从小时候起，他就习惯于搜集分析信息、得出符合逻辑的结论并快刀斩乱麻地解决问题。他博览群书，棋也下得不错，可学习却不怎么样：他克服不了懒惰。

他十分固执，简直过了分。但这种固执是一种优点：这个男孩子很善于坚持自己的观点。对于任何问题，马克西姆都有自己独到的想法，至于自己的想法总是跟班里的人不合拍，他倒是一点也不在乎。同班同学对他并不友好，但是他有志同道合的人。尼基塔·叶若夫和安德烈·温格罗夫在放学后喜欢去他家打上几个小时的电脑游戏。

马克西姆的妈妈——柳德米拉·阿列克谢耶夫娜——在工厂工作，是装配工段的领导。她总是五点之后才一身疲惫地回到家里，随后就会变得容易激动不安。她不喜欢马克西姆的朋友。"我给你买电脑不是为了让你的朋友们打游戏！"每次赶巧碰上他们打游戏时，她都会这么说。马克西姆总是瞪大双眼，鼓动鼻翼，但并不跟母亲争执。

他像政客那样狡猾，继续我行我素，自行其是。事实上，他不可能与叶若夫和温格罗夫他们断绝来往。

叶若夫梦想成为一个商人。他的母亲——伊琳娜·尤里耶夫娜——在小市场里当售货员，所以尼基塔打小就对经商的事一清二楚。母亲的老板又挑剔又贪婪，搭档则手脚不干净。有一次母亲清账时钱不够数，只得自己掏钱补上。就是这个搭档悄悄告诉母亲摆脱困境的办法："你给一个顾客克扣点钱，给另一个缺点斤两。看着吧，不仅能把亏空补上，还能自己揩点儿油。"伊琳娜·尤里耶夫娜不想克扣钱数，也不想缺斤短两，光是"揩油"这个词就让她觉得不舒服。可是渐渐地，受生活所迫，她还是听从了搭档的建议。

每个正直的人都或早或晚要受到良心的折磨。伊琳娜·尤里耶夫娜竭尽全力跟自己的良心斗争，为自己的欺骗行为辩解，也总能成功为自己开脱。但是她不时会冒出一些不好的想法，觉得自己是个贼，觉得自己一无是处，靠着搭档那个老油条的提点苟活。这些想法总是让她很痛苦。

母亲的工作糟糕透顶，因此尼基塔早早就明白了为什么人们会开始酗酒。他的母亲就喝酒。起先，因为工作压力太大，她开始抽烟，然后也就迷上了喝酒。她没把儿子抛到脑后，从不喝得烂醉如泥，也不翘班，但是每天都喝酒。尼基塔眼睁睁看着她一步步堕落，觉得以后只有更糟。

有一次他碰巧得到一些老照片。其中一张上，母亲还是个小女孩，笑嘻嘻的，美丽又幸福。尼基塔简直不敢相信自己的眼睛。他盯着照片，无论如何也不相信：脸似乎还是同样那张脸，可人却完全换了个人。"难道人就这么随着年岁增长慢慢变化，再也回不去了？"他想。"难道连我也会随着时间流逝越变越糟糕？"

"我啊，一丁点儿都不相信这些埃及学家。"马克西姆忽然宣称。

安德烈摆出一副惊讶的神气，看了一眼尼基塔。尼基塔冷笑了一下，问：

"他们又怎么得罪你了？"

马克斯不答，埋头钻进书柜，拿出一摞杂志，挑出一本，扔到两人面前的桌子上。

"给。第 62 页。读了就明白了。"

尼基塔第一个拿过杂志。这是一本《青年技术》，1998 年第四期。

"你简单说说这到底是什么吧。"安德烈说。

"是啊。"尼基塔表示赞同。他已经把杂志翻到了第62页。"不然我要读到晚上呢。"

"好吧。"马克斯发慈悲说。"霍华德·卡特[①]，我想，是人人都知道的吧？"

"是那个发现图坦卡蒙法老陵墓的人吗？"尼基塔确认道。

"还'发现'……还'陵墓'……其实呀，根本就没有什么发现。"

"怎么会？"

"嗯，据说，1917年卡特在皇帝谷挖开了不知什么人的陵墓，陵墓是空的，他马上命人用沙子把它重新埋起来。随后他在别的地方挖了整整五年。与此同时，他手下的人在开罗买了不知什么人的木乃伊（那里直到现在还在出售木乃伊），在地下珠宝商那里订制了金饰品、石棺、金面具、各式壁画和器具。然后他们把这些东西运到皇帝谷，藏到那个无主的陵墓里。为了以防万一，还在入口处写上了咒语。随后，卡特把考察队的人员来了个大换血，重新发掘这个堆满了无数假宝藏的陵墓。1922年，这个鬼把戏成为公认的埃及学研究史上最伟大的发现。随后整整五年，从这个假陵墓里不断运出各种假宝藏。而那个仿造的木乃伊则受损严重：木乃伊的制作工艺太差。"

"也就是说，那不是法老的木乃伊？"安德烈哼了一声。

"当然咯。"马克斯答道。

---

① 霍华德·卡特（Howard Carter，1873—1939）：英国考古学家。

"听着，这本杂志是四月的！"尼基塔打断马克斯，"也许是愚人节玩笑呢?！ 1927 年，有二十名科考队队员死去，死因不明。二十名啊！人们都说他们的死是'法老的诅咒'。而卡特则一点儿事儿都没有。他成了世界上最有名的埃及学家，对任何诅咒都满不在乎。"

"真酷！"安德烈说。"要真是这样，那可酷毙了。"

"当然酷了。现在你们明白我为什么跟讲课人过不去了吧？"

"这跟他有什么关系？他又不是霍华德·卡特。"尼基塔嘲笑说。

"这不重要。弄虚作假的人大有人在。维奇卡·佩利亚耶夫在讲座上提到了霍华德·威瑟，他跟卡特同名，也叫霍华德。他也是个智多星，不输奥斯塔普·班德尔[1]。他命令自己手下的工程师佩林在金字塔上胡乱涂上胡夫的旋涡花饰，就好像是石匠乱画的一样。可怜的工程师整个晚上猫着腰，从资料册上临摹胡夫的名字。后来才弄清楚，那本小书上有印刷错误。但是大家还是都相信金字塔是胡夫建的了。威瑟扬名全世界，挣了大把钞票，还当上了将军。而人们呢就有样学样。一百五十年过去了，他们至今还骗游客说，是胡夫建的金字塔。"

短暂的沉默后，马克斯问：

"那么，还有什么问题要问我吗？"

"嗯，"尼基塔讥笑说，"还能有什么问题?！开电脑吧！"

---

① 奥斯塔普·班德尔：苏联文学家伊里夫·彼得罗夫所著讽刺小说《十二把椅子》中的人物。

第七章

金字塔魔法

9 月 18 日，星期一

达莎·阿夫杰耶娃吃过饭，洗了碗，正准备开始做功课，忽然响起了门铃。原来是奥克萨娜·谢德赫来了。她心情不错，脸色红润，全身戴满珠串。达莎挑剔地打量着自己这位女友，她把黑发的颜色染成亮色了，却不怎么成功，眼影涂得马马虎虎，口红也褪了色。

"你一个人？"奥克萨娜问，探头望向女友身后的房间。

"你买到了？"达莎反问道。

"嗯哼。"奥克萨娜抽了一下鼻子。

"嗯，那就来吧。"达莎终于把她放了进来，解释说："我本来想做功课的，但是既然你来了，那我们就抽烟吧。"

她到厨房拿了火柴，把奥克萨娜带到阳台上。

"你妈不会来吧？"奥克萨娜提心吊胆地环顾着阳台四周，问道。

"她来了又怎么样，"达莎耸耸肩，"她知道我抽烟。"

"她会说，是我把你带坏了。"

"别想这个。"达莎摆摆手。

"咱们抽了多久了？得有半年了吧？你体重减了哪怕有一克吗？"

"谁跟你说见效有那么快来着？！"

"这可是你说的……"

达莎·阿夫杰耶娃和奥克萨娜·谢德赫是一对好朋友，也是一对胖妞。她们早就想减肥了。看样子，正是这个共同的梦想使得她们的友谊牢不可破。

达莎和奥克萨娜长得并不难看，但总是会突然发现别人凝视她们的目光——要么满怀同情，要么充满嘲弄。这两种目光都让她们觉得不快。

去年春天，达莎从一本杂志上了解到，有一套专门适合胖子的体操。奥克萨娜提议，做操之外再加上在森林公园里晨跑，好在公园就在旁边。她们克服畏难情绪，满心不情愿地开始跑步。不巧的是，有一次她们在森林公园偶然碰到了奥列格·布佐夫。他身材健美，身强体壮，既是篮球手，又是尖子生。奥列格把她们嘲笑了一通，第二天早晨她们就哪儿也不想去了，那套专给胖子做的体操也被永远扔进了记忆的角落。

过了一段时间，某个好心的女生悄悄告诉达莎一个减肥方法——抽烟。这是条捷径，既诱人，又充满浪漫色彩。抽烟是件时髦的事，不怎么可怕，还挺酷，于是她们决定试一试。

她们去的第一家店是个烟草铺，售货员把一条简短的告示指给她们看：

本店不向未成年人出售烟草制品。

下一家她们去了一个报刊亭，一个满头白发、戴着眼镜的老人嘟囔说：

"你们的爸爸怎么也不管管你们！"

"我们没爸爸！"达莎粗鲁地答道。

"换我会抽你们鞭子的！"报刊亭的售货员在她们身后喊道。

一直找到第五家报刊亭，一个大约二十岁的女售货员才发了慈悲，卖给她们一包"亚瓦"牌香烟。

回达莎家的路上，她们预感到要发生不同寻常的事了——她们要变成大人了。她们拆开包装纸，仔细端详着，一支支地嗅着，为它们的香气而欣喜若狂。随后她们来到阳台上，坐到扶手椅里，一人拿了一支烟开始抽，刚吸了一口就咳嗽起来。奥克萨娜扮了个鬼脸，哑着嗓子说：

"真恶心！"

"只是第一回抽觉得不舒服而已，""见多识广"的达莎说。"然后就会习惯的，万事大吉。"

"然后会觉得更不舒服才对。"奥克萨娜肯定地说。

"你到底还想不想减肥?！"达莎皱眉说。

奥克萨娜无话可说。她当然想减肥，但不想以这么野蛮拙劣的方式来减。

"你确定我们抽烟就能减肥?"

"百分之百确定。"达莎安抚好友说。

"我老妈要是知道了，非杀了我不可！"奥克萨娜抽了一下鼻子，抱怨说。

"我妈知道了也不会夸我的。别想这个啦！待会儿我们嚼点口香糖。"

"妈妈真的不会发现吗？"

"我敢打包票。"

她们各自抽完一支烟后，达莎忽然笑起来：

"人们还说一滴尼古丁能毒死一匹马呢！咱们再抽一支吧，不然我连半点儿感觉都没有。"

真好笑：达莎竟把自己跟马相比。可是奥克萨娜笑不出来：她沉重地喘着气，觉得一阵阵头晕恶心。

"我可不抽了！"她答道。

"怎么，这么衰？"达莎嘲笑说。"我可还要抽！"

她抽起烟来，优雅地靠在扶手椅的椅背上，开始把烟圈往奥克萨娜的脸上喷。然而，抽了三四口后，达莎的脸色苍白起来，她垂下头，把烟扔到地上。

"你怎么了？"奥克萨娜被她吓到了。

"难受！"达莎开始急速地深呼吸，随后呻吟起来。"头昏脑涨的。感觉我马上要吐了。"

奥克萨娜不知所措。她从椅子上跳起来，随时准备跑去打电话，或者去浴室，再或者去厨房——去哪儿都行，只要能救好朋友。不过没轮到她救达莎，达莎已经慢慢缓过气来了。她拿了一块口香糖，努力挤出一个微笑：

"好了，劲儿过去了。现在咱们可明白了，两支连着抽就太多了。"

"达莎，要不咱们还是别再抽了吧？！"

"你不想抽那就随你便。一个月以后我会瘦得跟小树苗儿一样，而你呢，还是跟现在一样胖！"

奥克萨娜皱了皱眉。跟达莎在一起时事事都是达莎说了算，这令她不快。可是，有什么办法呢，奥克萨娜从来不认为自己有领袖气质，也从不试图当头儿。

奥克萨娜和达莎就这样多了抽烟的坏习惯，这不仅没能让她们瘦下来，反而成了她们的头号麻烦，因为她们已经戒不掉烟瘾了。

起先她们一天抽两支烟，后来抽五支，再后来每个课间都要跑出去抽烟。开始她们还瞒着母亲，不过纸里终究包不住火。

奥克萨娜的妈妈——薇拉·巴甫洛夫娜——在学校食堂里当厨师。她是个胖胖的女人，个子不高，有一张圆圆的脸和一头油黑蓬松的头发。这份在学校食堂的工作对她来说既方便，又有利可图。薇拉·巴甫洛夫娜可以照顾女儿，看她吃没吃饱，而且每天都能带食堂的饭菜回家。

从一年级起，奥克萨娜就习惯了平时在家跟在学校里吃的一样。母亲跟她解释说，这是做多了剩下的："如果不拿，就只有倒掉。"但奥克萨娜还是觉得不舒服。后来她猜到这些吃的是偷来的。她为母亲感到羞耻，为她那件厨师穿的白大褂和破破烂烂的围裙感到害臊。每当母亲来班里看她，她都觉得不自在。而母亲呢，好像故意为难她似的，当着所有人的面塞给自己的宝贝女儿小甜饼啊、糖果啊什么的。等奥克萨娜长大了些，她试图让母亲知道这样做是丢人的事，可是母亲却大发脾气，大喊大叫，于是奥克萨娜听到类似这样的指责："你这个忘恩负义的傻妞，不知天高地厚，还想教训你妈，没良心的，我可是辛辛苦苦把你养大的。别人当妈，孩子像个孩子，我当妈，倒有个娇小姐要伺候！你知道我一个人把你拉扯大有多不容易吗！"

母亲很快就知道奥克萨娜抽烟了。什么口香糖到头来都盖不住烟味儿，而薇拉·巴甫洛夫娜的嗅觉又特别灵敏。奥克萨娜做好了最坏的打算，可母亲的反应却出乎意料：她哭了。不过这并不妨碍她把女儿仔仔细细盘问一番。是谁，什么时候，又是在什么情况下提议她抽第一支烟的？奥克萨娜没有出卖朋友，她回答说，是自己要抽的。

三天后，达莎也暴露了。她的母亲——阿拉·鲍里斯耶夫娜——在房管所当段长。她每天中午十二点整回家吃午饭，也给达莎做午饭，上班时则抽出个一小时去小市场买食物，去理发店或者去邮局。这样很方便。

阿拉·鲍里斯耶夫娜跟她最喜欢的歌手阿拉·鲍里斯耶夫娜·普加乔娃[1]同名，她对此很骄傲。她的外表跟这位巨星一点也不相像，于是她就努力在各种细节上模仿自己的偶像。她照搬普加乔娃的表情和手势，做一模一样的发型，却总是只能招来同事们的讪笑。人们背后叫她"布罗什金娜太太"[2]。

---

① 阿拉·鲍里斯耶夫娜·普加乔娃：苏联和俄罗斯流行歌手，其名字和父称与小说中的人物相同。

② 布罗什金娜太太：是阿拉·普加乔娃的一首歌的名称，主人公布罗什金娜太太是一个被丈夫抛弃的女子。

有一次阿拉·鲍里斯耶夫娜回家比平时早了些。还在街上，她就发现达莎在阳台上，嘴里叼着根烟。回家后，她跟达莎进行了一场不愉快的谈话。达莎向母亲解释了她为什么要抽烟。但是阿拉·鲍里斯耶夫娜不理解女儿的话，宣布说从明天开始停掉她所有的零用钱。她觉得，这是最干脆最有效的办法。

每个瘾君子或早或晚都会赶上手头既没烟又没钱，烟瘾偏偏又上来的时候。达莎和奥克萨娜知道，小伙子们这时会跟路人"讨"一支烟。人们觉得男的这么干很正常，还把这叫作"互相支援"。可是当姑娘们也这么干时，她们却发现男人们对抽烟的姑娘有一种毫不掩饰的反感。有的男的轻蔑地转身背对她们，有的则生气地瞪着她们，还有的成心想羞辱她们，嘴里直接不干不净起来。

奥克萨娜和达莎意外地得出了一个让人伤心的结论：大多数抽烟的男人并不喜欢抽烟的女人……

生活在继续。夏天过去了，学校又开始上课。这对好朋友还是没能戒烟。她们向相熟的男孩子"讨"烟抽，多数时候是找奥列格·布佐夫。他在她们锻炼时嘲笑她们，现在却热心地供给她们有害的香烟。达莎天真地以为，奥列格这么做是出于友情……

奥克萨娜把烟抽了一半，做了个鬼脸，把烟头从阳台上丢了下去。天上照着太阳，吹着清风，而心里却感到十分厌恶。

"哎呀，干吗乱扔！"达莎抱怨道。"本来可以一人抽一半的。"

"本来还可以彻底戒掉呢。只不过你没有自制力罢了。"

"难道你有？"

"我也没有，不然我也不会事事都听你的了。还是把口香糖给我吧。"

"上屋里去。"

她们来到达莎的屋里。屋里像往常一样乱七八糟：沙发没铺好，衣服凌乱地摊在椅子上，桌子上摆满了书籍和课本。不过，奥克萨娜家里也没比这里强多少。她看到桌子上放着那本讲金字塔的书，问：

"达莎，你还没读这本书吗？"

"没呢，"达莎答道。"你知道我懒得读书的。"

"就是说你不打算去俱乐部了？"

"为什么不去？！去啊！"

"你想得到笔记本电脑？"

"就跟你不想似的。"

"我是想。我已经开始读这本书了。你知道我读到了什么吗？"

"什么？"

"我读到，处在金字塔周围的人不知为什么完全不想吃饭。他们没有食欲，很快就瘦了下来。小型的金字塔模型也有这种效果。我就想，要是咱们俩也试着搞搞金字塔呢？"

"怎么搞？搞什么样的金字塔？"

"咱们可以用纸粘个金字塔模型，实验一把，周四的时候跟讲课人讲讲取得的成果。这样第一个设想就是我们提出的了。"

"要是什么成果都没有呢？"

"那又怎么了？！没有结果也是结果呀。"

"那要多大的金字塔呢？"

"我想，每一面有画册那么大就足够了。"奥克萨娜从牛仔裤口袋里掏出一张折了四折的练习纸，"我这儿写着所有尺码。这么着，侧面的基准长度是 232 毫米……你拿本画册来。"

"听着，小娜，干吗要精确到毫米？"

"达莎，我们是在做金字塔呢，还是在瞎闹着玩？！"

达莎耸耸肩。

"这就是了！"奥克萨娜用教训的语气说。她一下子就爱上了扮演发起者的角色。当领导的感觉原来这么愉快，一点也不复杂。"接下来，边心距是 187 毫米。"

"等一下，小娜。边心距是什么？"

"哎呀，你呀！该好好学学几何了！边心距就是从金字塔顶端引出的侧面的高度。明白了吗？剪刀在哪儿？"

"给你。听着，你来画，我来剪。"

"那好吧。只不过要由我来粘。胶水呢？"

这时达莎意识到，她的领导权正从手中悄悄溜走，奥克萨娜抢得了主动权，正要开始发号施令。达莎决不能允许这种情况发生，她连忙把主导权重新夺回手中。

"小娜，"达莎拿起那本讲金字塔的书。她决定自己来把事情搞清楚。"你读的哪一页？"

"第 340 页。"

　　达莎埋头读了起来，随后喘了声粗气，哼了一声，终于说：

　　"这儿可一个字也没提他们变瘦了。这些埃及学家不过是有那么一段时间没胃口不想吃东西，如此而已。何况所有埃及学家可能本来就都瘦得跟猴儿似的。他们用不着再瘦了。你试试在荒野里顶着毒太阳过上那么一个月，咽气都有可能。"

　　"那么，我们就不做实验了？"奥克萨娜一下子灰心了。

　　"为什么不？！做啊！你来画图，我来剪……"

　　等到金字塔做好了，达莎把它拿在手里，挑剔地打量一番后，满意地说：

　　"再画一个。我们再做一个。"

　　"再做一个干吗？"

　　"一个给我，一个给你。然后咱们就一起打坐……"

　　这一天阿拉·鲍里斯耶夫娜下班早了些。她尽量不弄出声响，打开门，悄悄穿过走廊，来到女儿房间里，正看到达莎和奥克萨娜躺在地板上，肚子上摆着纸做的金字塔。

　　"你们这是在干什么？"她双手一拍。

　　达莎和奥克萨娜像被烫着了一样从地板上蹿起来。

　　"妈，我们在入定打坐呢。"达莎生气地答道。她觉得不好意思，也有点被吓到了，于是就把自己的不满都发泄到母亲身上。"你啊，妈妈，总跟个游击队员似的进门。我都给吓着了，还以为是贼呢。"

　　"好吧，我错了。"阿拉·鲍里斯耶夫娜说，暗自想："谢天谢地！就算打坐也比抽烟好。"她想去厨房，却突然站住了，说：

"地板上冷，会受凉的。你们要是还要打坐，就上沙发上来吧。达莎，你又没叠被？！"

"妈，我这就叠。"

"你们想吃东西吗？"

"不呢。"达莎回答说。

"奥克萨娜，你呢？"

"谢谢您，阿拉·鲍里斯耶夫娜，我刚吃过。"

"怪了，达莎，你一整天什么也没吃。"

"就是现在也不想吃。"达莎耸耸肩，微笑着说。

"那好吧，接着练吧，不打扰你们了。要是想吃东西了，我这儿有粥。"

等阿拉·鲍里斯耶夫娜去了厨房，奥克萨娜激动地叫道：

"达什卡！真的没胃口吃饭哎！一点胃口都没有！"

"我也一点都没有！"达莎满意地笑起来。

"也许这样咱们就能瘦下来了？"

达莎严肃起来。

"事儿还没成，先别这么说。"

又打坐了半个小时，她们还是去了厨房，乖乖地一人吃了半盘子荞麦粥配肉饼……

不过却发生了一件她们无论如何也没预料到的事。不知怎么，她们同时不再犯烟瘾了。这是她们在转过天来，课间大家都跑出去的时候才意识到的。奥克萨娜若有所思地看着达莎，而达莎则看着

奥克萨娜，无需只言片语，她们就已经明白，奇迹发生了。纸做的
金字塔没能帮她们变瘦，却让她们戒掉了抽烟这个有害的习惯。

　　达莎和奥克萨娜没有急于庆幸。她们觉得迟早还是会犯烟瘾
的。但是无论是周二还是周三，她们都完全没有再抽烟的欲望。奥
克萨娜拿出一包烟在手里揉搓着，可达莎总是摇头。

　　"那咱们就把它扔了吧。"奥克萨娜提议说。

　　达莎摇摇头。

　　"咱们还是把它留着做个见证，证明我们其实强大得多。"

　　但是奥克萨娜坚决地说：

　　"还是扔掉吧！"

　　这一次，就连达莎也不得不同意她的话了。

第八章

头一个设想

9 月 21 日，星期四

校长皱着眉看着克柳奇尼科夫。

"嗯，祝贺你啊。山雨欲来了。"

"什么山雨欲来？"伊万·尼古拉耶维奇不明白。

"家长们向你开炮了。"万尼林嘲笑说。"可我没马上给你打电话。我想，不妨让他们等等。反正他们是家长嘛。"

"家长们想见我？真的吗？"克柳奇尼科夫高兴起来。听了这个消息，他似乎还挺兴奋。

"我跟你说正经的呢，"万尼林瞪大眼睛说。"布拉温娜的母亲是位医生，索科利尼科娃的母亲则是位教师。这两位女士都很高傲，不好招惹。她们住在同一栋楼里，每天都见面。她们很想知道，你是什么人，是干什么的。她们没亲自来找我，而是派了个代表来。奥克萨娜·谢德赫的母亲薇拉·巴甫洛夫娜在学校的食堂工作。她们就把她派来了，是以家长们的名义，受他们的委托来的。我明白她们对你许的那个愿不满。所以，不管你乐不乐意，你都得跟这些妈妈们会一会。"

"我乐意着呢。"克柳奇尼科夫又微笑了。

"那么，你就去食堂吧，问问薇拉·巴甫洛夫娜。跟她商量好你方便跟她们见面的时间。"

"去食堂？"克柳奇尼科夫沉思起来。"要不，等讲座之后再去？"

"那也可以。随你便。"

"老维，办公室的事儿你怎么决定的？"

"什么办公室？！哦！你说办公室啊……呃，你知道，现在我还说不准。"

"那什么时候能有准信儿呢？"

"等你跟家长们见过之后。取决于见面的结果。"

"你觉得他们坚决反对成立俱乐部吗？"

"他们不反对成立俱乐部。他们反对的是你这个组织者。我个人是这么感觉的……你包里是什么？又带书来了？"

"又带来了。"

"而学生们大概连上次发的书还没翻开呢。"万尼林嘲笑说。

"等时候到了就会翻开的。"

"好吧，去教室吧，不然你的'埃及人'们就都溜了。"

"怎么，你今天不去了？"

"今天不去了。"

"那好吧。万一有事，我给你打电话。"

克柳奇尼科夫走出校长办公室，走过教师休息室和生物办公室，拐入左边的课间休息厅。正在这时，有人喊他：

"伊万·尼古拉耶维奇？"

"哎，"克柳奇尼科夫停住脚步回头看。一个身穿白大褂、头戴厨师帽的矮矮胖胖的女人向他走来。克柳奇尼科夫一下子就明白了，他面前的是奥克萨娜·谢德赫的母亲，但是还是想确认一下。

"薇拉·巴甫洛夫娜？"

"哎。校长已经跟您提过我了？"

"就在刚才。您自己来找我真是太好了。"

薇拉·巴甫洛夫娜打量了克柳奇尼科夫一下，说：

"您给人的印象不错。可别人跟我说了您一大堆不是……您干的事可真够奇怪的：又送书，又许愿说要奖励电脑。我们，也就是家长们，有些问题要问您。您同意跟我们见个面吗？"

"同意。不过什么时候呢？明天晚上七点合适吗？"

"明天是周五？"薇拉·巴甫洛夫娜想了想，咬了咬嘴唇，点了点头。"好吧，我想七点前大家都能到。不过我得跟其他人打电话商量一下。"

"当然了。那么您今晚给我打电话好吗？这是我的电话号码。"克柳奇尼科夫从口袋里掏出一张精美的名片。"我也想问您一个问题。可以吗？"

薇拉·巴甫洛夫娜耸耸肩，笑着说：

"请问吧。"

"有几个家长要来？"

"呃，至少有四个吧，怎么了？"

"那其他人呢？是来不了、不想来还是完全不知道这回事？"

"有什么区别。四位母亲的意见您还觉得少?!"

"有道理……那好吧，就是说，明晚七点。现在，不好意思，有人在等我……"

克柳奇尼科夫最担心的是，被他选中的九年级学生里只有不到一半的人来上俱乐部成立后的第一堂课。当他在班里看到八个"埃及人"时，他卸下了心头一块大石。他走上讲台，摆好笔记本电脑，开玩笑地打招呼：

"嗯，你们好啊，埃及学家们！我看到，咱们的队伍缩小了。真遗憾。不过八个人也不错。这是俱乐部……"

"得到笔记本电脑的几率增加了。"维奇卡·佩利亚耶夫评论说。

"对，不过下次请不要为这种鸡毛蒜皮的事打断我。"克柳奇尼科夫答道。

尼基塔·叶若夫和安德烈·温格罗夫睁大眼睛盯着克柳奇尼科夫。昨天晚上，他们看了那部引起一场小风波的讲吉萨考古发掘的纪录片。他们没在片子里看到克柳奇尼科夫，就连远看长得像他的人都没有。如今只剩下猜测布佐夫为什么要拿这张盘骗人了。

"他不在片子里。"尼基塔耳语道。

"当然不在。"安德烈回答说。

"那布佐夫干吗要糊弄我们？"

"难道我知道？！也许是他看错了？"

"不会，错不了。他是想让咱们离开俱乐部，他好顶替别人。"

"好，这下咱们可什么都明白了。那咱们跟布佐夫怎么说呢？"

"啥也不说。跟他有什么好说的？！"

"没错。没什么可说的。"

"盘你暂时先别还他。"

"为什么？"

"让他吃点儿苦头。"

"好吧，就让他吃点儿苦头好了……"

与此同时，克柳奇尼科夫继续说：

"上周四我提到要成立俱乐部。你们可能会问：'为什么要成立俱乐部？'首先，是为了提高你们的兴趣。其次，成立俱乐部也会有益处。不仅对你们有益处，我希望能对全世界的科学事业也有益处。'我们要学些什么呢？'你们又会问。什么都学。我们将研究历史、神话、宗教、文字、文化和飞碟学。嗯，就是跟古埃及有关的一切学问。比如，今天我们要讲一点关于地理和文字的知识。但是首先我想好好认识一下你们。对于一个不知名的讲课人来说，你们不过是一群形象模糊的听众。而现在我成了你们的辅导员，你们每个人都应当成为一个鲜活生动的人。现在我给你们发小册子，读完它，你们就能掌握古埃及文的读写。我挨个儿喊你们的姓名，你们就举起手来……我想记住你们每个人的样子。我现在记性不太好，所以我希望能第一眼就把大家记住。好的，阿夫杰耶娃·达莎。"

"是我。"达莎举起手。

"很高兴认识您。"克柳奇尼科夫对达莎微笑说。"这是给您的书。祝您读得愉快。"

达莎有点受宠若惊。她已经习惯于男人们面带嘲笑或者不快地看她了，还是第一次见到真正的绅士。一时间她感到十分幸福，微笑了起来。但她的幸福感没持续多久，克柳奇尼科夫已经叫下一个名字了：

"布拉温娜·塔尼娅。"

塔尼娅呆呆地站起来。这个人她昨晚刚刚梦见。她愿意追随他直至天涯海角。对他的某种感情在她心里苏醒过来，这是她以前不曾料到的。

她对他的感情，他一丁点儿也不知道，也任何时候都不该知道。任何时候都不该。一丁点儿都不该。

"就是说，您是塔尼娅？"塔尼娅觉得，克柳奇尼科夫很吃惊。他的双眼一时间忧郁起来，而又满含善意。不过他很快就恢复常态，笑了一下，说："这是给您的书。请坐。"

塔尼娅扫了一眼封皮。小册子叫《象形文字入门》……

"我们组建俱乐部的话，最好给它起个合适的名称。"把小册子分发完毕后，克柳奇尼科夫说。"我提议大家都来想一想，下周四交流一下……就这样。今天谁没来？赫内金和波塔片科看样子是决定根本不来了。而冈察洛娃和卡明斯基，我希望咱们还能在课上见到他们。佩利亚耶夫！维克多！您把书转交给赫内金和波塔片科了吗？"

"嗯，转交了。"维奇卡答道。

"那么，他们什么反应呢？"

维奇卡耸耸肩，皱眉说：

"没什么反应。"

"真可惜。我还是希望能让他们迷上埃及。维克多，请把这些书也转交给他们。"克柳奇尼科夫把两本小册子放到维奇卡面前的课桌上。

"好，我会转交的。"维奇卡答应说。

"伊万·尼古拉耶维奇，"塔尼娅突然说，"赫内金和波塔片科周四来不了。他们每周四有训练。"

"他们练跑酷。"卡佳解释说。

"还上电视了呢。"托利克·穆欣补充说。"您没瞧见？"

"练跑酷？"克柳奇尼科夫感兴趣起来。"在奔跑中克服障碍，这当然是好事了。那么他们是压根儿就不喜欢古埃及呢？还是只是因为周四没空？你们怎么看，咱们可不可以换个时间上课？或许，这样他们就能来参加俱乐部了？"他环视了一下在场的人。

大家都不吭声，不时交换一下眼神。塔尼娅心想："怎么？周四这个时间其实还不错呀。为什么要改时间呢？而且重要的是，干什么为了他们改时间？！"

与此同时，达莎·阿夫杰耶娃已经把塔尼娅的想法说了出来：

"俗话说，七个不等一个。就是说，他们只有两个人，而我们……"

"就还是在周四吧。"安德烈·温格罗夫补充说。

"明白了，"克柳奇尼科夫点头说。"那好吧，总能想出个办法来……总的来讲，我感觉，光有周四是不够的。所以我提议找个周日一起去树林里采蘑菇。"伊万·尼古拉耶维奇仔细地观察着他们的反应。教室里一片沉默，气氛有点不自然。"怎么，你们不想去？"克柳奇尼科夫惊讶说。

"那采完了，拿蘑菇怎么办呢？"尼基塔·叶若夫皱着眉问。

"唔，要是你们不想采蘑菇，可以这么着——就当去散散步。现在森林里可棒了，正是落叶子的时候。来回坐 Gazelle 牌汽车，嗖的一下就能到。怎么样？"

"我同意！"塔尼娅举手说。

"还有我！"卡佳赞成说。

"我们也去。"奥克萨娜和达莎异口同声地说。

"现在要问男生们了，"克柳奇尼科夫笑了一下，看了一眼维奇卡·佩利亚耶夫。"男生们，你们想不想一起？如果想，我建议我们下周去，下周日是 10 月 1 日。"

"10 月 1 号可是我的生日。"尼基塔说。

"太好了！"伊万·尼古拉耶维奇听了很高兴。"孩子们，咱们一起出去玩，给尼基塔庆祝生日。尼基塔，你不反对吧？"

尼基塔迅速盘算了一下，这一趟要花多少钱。"有多少钱也不够啊！"他心想，耸了耸肩：

"我不知道。"

"所有花销都包在我身上。"克柳奇尼科夫说。"我请你们好好考虑一下，跟家长商量商量，下周四告诉我你们是怎么决定的……现在我们来讲点儿地理。"

克柳奇尼科夫打开笔记本电脑，开了机，屏幕上出现了斯芬克斯的画面。照片每隔五秒就换一次。屏幕上交替出现着棕榈林、宽阔的河面和荒原。克柳奇尼科夫讲起了地理：

"希罗多德说，埃及是尼罗河的赠礼。这么说十分准确，因为要是没有尼罗河每年的泛滥，就不会有埃及。顺便说一句，尼罗河——这是个希腊语名称。埃及人自己称它为'itera'，意思是'河'。有时候埃及人也称它为'哈比'，这是一个善神的名字，他居住在河流上方，能给田地带来肥沃的淤泥。从古时候起，埃及人就把河水的泛滥跟索吉思——也就是天狼星——在地平线上的显现联系在一起。古埃及人将这颗星视为伊希斯的眼泪，她正在为被塞特所杀的俄赛里斯放声痛哭。我希望大家都清楚讲俄赛里斯死去和复活的那个神话。在古埃及人看来，俄赛里斯是人类耕种过的'黑土'的化身，而塞特则象征荒原，也就是'红土'。

"祭司们不仅从事祈祷活动，还是杰出的学者。他们编制精准的历法，观察天象和尼罗河水的涨落。法老总是提前就能得知，哪天晚上河水会暴涨。到了那一天，法老由侍从前呼后拥地来到河边，大声命令河水泛滥，并把一张写有这样的指令的莎草纸投入水中。农民们由此相信，他们的富足生活完全是得益于法老的意志。所以他们在法老还在世的时候就把他当作神来崇拜。

"在这个河水泛滥之夜，也就是6月17日到18日夜间，尼罗河水变为砖褐色，并开始不断上涨，一直涨到9月26日，随后开始下降，到了12月初，河水才恢复到原来的水位，颜色也恢复正常。古时候河水涨幅达五六米，现在，建成阿斯旺水坝后，河水的涨幅只有三米了。

"埃及只有三个季节：洪水季、收获季和干旱季。天空总是晴朗无云，降水极少，十分炎热。欧洲游客最好在一二月间前往埃及，那时候气温不高于20℃。三月的时候从利比亚沙漠刮来阿拉伯人所说的喀辛风①，这是一股西南风，携带着大量沙尘……

"请听我说！"克柳奇尼科夫突然中断了自己的讲述。"咱们还是好好互相认识一下吧！请记下我的电话号码。八点之后我一般都在家。为什么事给我打电话都可以。一周见一次实在太少了，所以给我打电话吧。不管是想到什么有意思的点子，还是有什么难解决的问题，哪怕是作业做不出来也可以打电话问我。"

"作业嘛，我们自己可以从答题手册上面抄答案。"维奇卡·佩利亚耶夫讥笑说。

"这样可不好。"克柳奇尼科夫马上回应说。"我们那时候可没有什么答题手册。可我们不仅知道怎么答题，还完全理解并能讲出来。"

"那如果是个小白怎么办？"维奇卡正色道。

"什么？"克柳奇尼科夫没听懂。

"哦，我是说，白痴。"

"每个人生来都有天赋，都是天才。只要不把自己当成白痴就好。你呀，佩利亚耶夫，是个聪明小伙子。你好好想想，自己的天赋在什么地方。你要找到它，发展它。要是你不想发展它，那么你

---

①　喀辛风：阿拉伯语，指非洲东北部和红海上的干热南风。

可就真是个……"

"白痴了！"达莎帮克柳奇尼科夫把话说完，马上问道："伊万·尼古拉耶维奇，为什么你对大家都称'您'，单单对维奇卡称'你'呢？这样可不好。您还是跟大家也都称'你'好了。"

克柳奇尼科夫笑了：

"好。我原以为那样更好。不过既然你们这么决定了……大家都想这样吗？"

"没错！"大家七嘴八舌地说。

"一致同意。"克柳奇尼科夫又笑了。"就是说，心有灵犀呀！你们知道，我邀请你们来参加俱乐部，是为了跟你们一起解决一些埃及学里实际存在的谜题。我会对你们的想法给予指导的。我要给你们的种种设想打分，并计算总分。起先我想用五分制，不过后来我想明白了，需要采用一个更严格的评价体系。所以，对于确实很有价值的设想——前提是它有充分的科学依据——我给打一个绿色的三角形，这是金字塔的象征，相当于一百分。差一点的中等设想，我们给打一个红色的圆圈，相当于十分。而那些异想天开或者滑稽搞笑的设想呢，我们给打一个黄色的正方形，相当于一分。"

"我提议，就把那些异想天开的设想叫'想天开'。"佩利亚耶夫贸然说。

克柳奇尼科夫咳嗽了一下，责备地看了他一眼，接着说：

"所以，滑稽搞笑的想法也同样欢迎。十个搞笑的想法就等于一个中等的设想，而十个中等的设想就等于一个有科学价值的设想。谁的分数最高，谁就能在年底得到我答应过的笔记本电脑。"

大家一下子活跃起来，笑着彼此交换眼色，但是克柳奇尼科夫举起右手吸引他们的注意力：

"当然，设想随时都能有，但我还是建议你们多读书。我已经给你们每人发了三本书了。我还会继续发，但你们得读。今天的小册子讲的是埃及文字。我们稍微讲几句。

"埃及文字很讲究理性，它没有元音。口语里当然有元音，但文字里没有。元音缺失不影响阅读，还节省了在纸上或者石头上书写的空间，也节省了抄写员和石匠的时间。一些象形文字传达的是一个单独的音或者几个音的组合，其他象形文字则表示整个的词或者概念。文本中还有一些辅助性标记——限定符号。谁能说出来，是谁破译了象形文字？"

卡佳·索科利尼科娃马上举起了手。

"请回答。"克柳奇尼科夫说。卡佳想站起来，但被他止住了。"我说过了，不用起立。"

"是商博良。"卡佳说，又解释道："是法国学者让 - 弗朗索瓦·商博良①。拿破仑军队里的一名士兵发现了一块石头，上面有希腊语和古埃及语的铭文。"

"对。就是罗塞塔石碑。"克柳奇尼科夫点点头，电脑屏幕上

---

① 让 - 弗朗索瓦·商博良（Jean-François Champollion）：法国历史学家、语言学家，是第一位识破古埃及象形文字结构并破译罗塞塔石碑的学者，被誉为"埃及学之父"。

展示出一块玄武岩石板的碎块，上面写满了各种符号。

"这些符号很长时间里谁也看不懂。而商博良就能看懂。"卡佳说完不作声了。

"石板上的铭文由两种语言写就。"克柳奇尼科夫说。"读懂希腊文本并不困难。上面说，两种文本的内容是完全一致的。所以罗塞塔石碑就成了解开象形文字的钥匙。商博良把写在椭圆形旋涡花饰边框里的希腊语名字'托勒密'和'克娄佩特拉'与同样写在这种边框里的象形文字进行了比较。他认为边框里的文字含义是一样的。商博良确定了符号和发音的对应性，随后读懂并译出了几个象形文字。你们不要以为这是件容易的事情。商博良做了大量的工作，随后编纂了第一本古埃及语词典。可惜的是，他只活了四十二年……"

塔尼娅忽然想起了父亲，他也只活了四十二年。

"这样，我说过，埃及人用象形文字记录的只是辅音，"克柳奇尼科夫接着说，"为了能或多或少地把埃及文本连贯地读下来，埃及学家们约定，在两个相连的辅音中间加入'e'这个音。自然，只使用一个元音的词听起来不怎么悦耳。所以有很多高贵气派的名字早就不是原来的发音了。但可惜的是，古埃及语单词真正的发音我们永远也无法得知了。

"在当代，许多埃及人从事十分赚钱的营生。他们应游客的要求在莎草纸上写下游客的名字。应该说，从埃及带点这种小玩意儿回来还不错。确实也有人制作并贩卖假的古代莎草纸，这就不光彩了。你们来试一试弄懂象形文字，并用古埃及文写点儿什么，哪怕是自己的名字也好。"

"伊万·尼古拉耶维奇，您去过埃及吗？"卡佳问，她早就想知道了。

"没有。"克柳奇尼科夫微笑说。"但我希望有朝一日能去。"

"唔，而我们肯定是去不了埃及的。"安德烈·温格罗夫叹气说。"可光在家里待着又能有什么发现呢？"

"安德烈，你这话不对。"克柳奇尼科夫摇摇头说。"你知道有多少发现是通过笔头得出的吗？！特别是在天文学里。比方说，珀西瓦尔·洛韦尔[1]早就预言了冥王星的存在，比克莱德·汤博正式发现它要早上三百年。"

"伊万·尼古拉耶维奇，您说过，我们要进行科学研究。"维奇卡·佩利亚耶夫说。"就算我们通过笔头真的发现了什么吧，可是全世界怎么知道有这回事呢？"

"我今天本来不想谈这个的。不过，既然你们问了，那我就说一说。你们的设想会暂时存在我的记事本里，但随后我会把它们转移的，"克柳奇尼科夫停顿了一下，以便加深他们的印象，"转移到我们俱乐部的网站上。网站现在还没有，不过很快就会有的。如果你们同意，我不仅会把你们的设想放到上面，还要放上你们的照片和姓名。还会有一段关于你们学校的简短介绍……只是我不知道

---

[1]　珀西瓦尔·洛韦尔（Lowell Percival，1855—1916）：美国天文学家。

你们对这件事怎么想。"

"挺好。"维奇卡·佩利亚耶夫代表所有人说。

"伊万·尼古拉耶维奇，"托利克·穆欣举手说。"我能不能提出第一个设想？"

"当然可以。孩子们，我们现在听听阿纳托利的想法。"

"我读到，起初大金字塔是用石灰岩镶嵌的，是理想的金字塔形状。它在阳光下特别耀眼，让人无法直视。还有，金字塔会发出声音。"

"没错。不过，你能否简短说说你的设想？"

"国王墓室、大走廊、竖井，特别是减压室，加在一起可以起到扩音器的效果，相当于一个音响系统。我读到，石棺是由一种大理石制成的，这种大理石能发出特别响亮的声音。如果敲击石棺，发出的声音像铃铛一样。而在其中一间减压室里，地上铺着一层厚厚的黑色灰尘。从前有一种耳机，里面装的是煤灰。也许，金字塔里面的黑色灰尘就是煤灰呢？嗯，我想的大概就是这么多。"

"真是有趣的想法。"克柳奇尼科夫称赞说。"当然，还需要再斟酌一下，不过已经值得打一个绿色的三角形了。阿纳托利得一百分。谢谢你开了个好头！太棒了！孩子们，现在你们应该知道我想让你们做什么了吧。就是要提出类似的设想。"

托利克·穆欣喜不自禁。他没想到原来这么简单。其实这个点子不是他想出来的，而是昨晚吃晚饭时父亲叶甫盖尼·彼得罗维奇跟他说的。托利克被表扬弄得飘飘然，把这件事忘了个一干二净。

"阿纳托利，趁我还没忘，咱们谈谈那个黑色灰尘。"克柳奇尼科夫说。"我在一个地方读到，这些灰尘是某种昆虫的翅膀的残余，根本不是煤灰。还有，在减压室里长时间生存着许多蝙蝠，就是它们把那里搞得脏兮兮的。"

奥克萨娜用手肘碰了达莎一下：

"要不要说说金字塔？"

达莎咬了咬嘴唇，摇摇头。

"为什么？"奥克萨娜问。

"会惹人笑话的。"

奥克萨娜耸耸肩，摆了摆手：

"随你怎么想好了。"

卡佳·索科利尼科娃举起手：

"伊万·尼古拉耶维奇，石棺会发出声音，这当然很好。不过要是把它挪开呢？！也许，它底下就是档案馆或者别的什么走廊呢？"

"太棒了，卡佳！"克柳奇尼科夫笑着说。"孩子们，我跟你们说过，好的问题已经相当于半个答案了。卡佳提的就是这样的好问题。她得到一个红色的圆圈，也就是十分！"

尼基塔·叶若夫和安德烈·温格罗夫彼此对视一眼，摸不着头脑。同学们一个接一个地得到嘉奖，而他们脑子里除了电脑游戏以外空空如也。"要是照这么下去，笔记本电脑就要落到不知哪个丫头片子手里了！"他们两个想。

"只不过，卡佳，我要让你失望了！"克柳奇尼科夫接着说，"一百多年前，这个问题已经由伟大的埃及学家弗林德斯·皮特里①提出过了。他把石棺抬高了整整八英寸，确信下面什么也没有。顺便说一句，石棺重达三吨。它有很多惊人的特性，要谈起来话可就长了。它由一种接近巧克力色的花岗岩制成，跟用来砌成国王墓室墙壁的那种花岗岩不同。人们不清楚它是从哪里运来的，也搞不懂它是怎么被打磨光滑的。在那个年代根本不存在这样的技术……

"但是还是让我们回到文字的话题上来，"克柳奇尼科夫走到黑板前，拿起了粉笔。"就拿叶卡捷琳娜这个名字来说吧，如果您允许，"克柳奇尼科夫彬彬有礼地向卡佳·索科利尼科娃做了个手势。"这个名字里有四个辅音，分别是KTPH②。我说过，埃及人不写元音。所以这个名字可以用四个象形文字来表示。"克柳奇尼科夫开始在黑板上画一些奇怪的符号，并对每个都做出解释。"这是'篮子'，表示'K'音。这是'面包'，表示'T'音。这是'嘴'，表示'P'音。而这是'水'，表示'H'音。我们再加上一个限定符号'一个坐着的姑娘'，表示这是一个女人的名字。"

塔尼娅瞟了卡佳一眼，不满地挑了挑眉。"为什么伊万·尼古拉耶维奇偏偏在黑板上写卡佳的名字？！"塔尼娅的心里满怀醋意地

---

① 弗林德斯·皮特里（1853—1942）：英国考古学家，埃及前王朝文化的发掘主持者之一。

② KTPH：叶卡捷琳娜俄文拼写为ЕКАТЕРИНА，含有四个辅音，分别为KTPH。

问。"他选这个名字，是因为里面的辅音比你的名字多！"[①] 塔尼娅的理智回答说。"怎么，你已经吃上醋了？""什么啊，你胡思乱想。""你就是在吃醋！我可不瞎！""那怎么了，我就吃醋又怎么样?！关你什么事？""你吃醋，说明你爱上他了！"塔尼娅的心灵忧伤地叹了口气，不再回答了。

"伊万·尼古拉耶维奇，我有个想法！"维奇卡·佩利亚耶夫突然叫道。"我是刚刚才想到的，"他补充说，好像是在道歉一样，随后一口气说："捷克人——是古埃及人的后代！"

"为什么？"克柳奇尼科夫惊讶地说。

"因为捷克人的姓很奇怪，也全是辅音，什么 Hekrdl 啦，Strebl 啦，Drbal 啦。"

"怎么，佩利亚耶夫，你还有捷克亲戚？"奥克萨娜·谢德赫嘲笑说。

"你从哪儿整来的这些名字啊，拗口死了！"尼基塔·叶若夫抱怨说。

"好了，不谈捷克人了。玩笑开过就算完。我们还是来讲叶卡捷琳娜的名字。"克柳奇尼科夫举手示意他们安静。"现在剩下要做的是把象形文字写得简洁美观，并用旋涡花饰围起来。这种旋涡花饰象征着保护。"克柳奇尼科夫接着说。"埃及人十分重视对名字的保护。他们认为一个人不仅有一个灵魂，而是有好几个，名字

---

① 　塔尼娅的大名是塔季扬娜，俄文拼写为 ТАТЬЯНА，含有三个辅音。

也是其中一个。以后我们会谈到宗教，到时候我会告诉你们，埃及人能有多少个灵魂。

"孩子们，如果你们想用象形文字写自己的名字，今天发的小册子的第33页上有一张表格，对你们会很有帮助。写完展示一下你们的成果。"克柳奇尼科夫看了看表，突然着忙起来。"不过时间不够了。真遗憾，我得赶紧走了。谁能把书转交给冈察洛娃和卡明斯基？"

"呃，给冈察洛娃还说得过去，"达莎·阿夫杰耶娃说，"可干吗要给卡明斯基？"

"伊万·尼古拉耶维奇，这个卡明斯基可是个蛮子！"塔尼娅·布拉温娜叫道。

"我想，他已经为他的言行感到后悔了。"克柳奇尼科夫说。"所以，谁把书转交给他呢？"

"我来吧。"安德烈·温格罗夫提议说。

"好，"克柳奇尼科夫说，"那谁给冈察洛娃？"

"呃，我顺手一起转交好了。"安德烈说。"明天上学时给他们。"

"好的。"克柳奇尼科夫点点头，叹了口气。"嗯，'埃及学家'们，再见！"

"伊万·尼古拉耶维奇！"卡佳突然说。"今天可以给您打电话吗？"

塔尼娅惊讶地看了卡佳一眼，目光严肃。"怎么这么随随便便的？”她生气地想。

　　“当然可以，打吧。”克柳奇尼科夫转向大家。“孩子们，如果有人因为某些原因没有马上说出自己的想法，可以打电话跟我说。哪天都可以。如果暂时还没有想法，也可以打电话来，我们可以谈谈心。”

第九章
谈 心

9月21日，晚间

克柳奇尼科夫一整天都在想着："会有人来电话吗？还是不会？"

八点整，电话响了。"有人给我打电话！"他微笑着想。他扫了一眼来电号码，拿起了听筒。

"喂？"

一片沉默。电话那头只能听见不知是什么人的紧张的呼吸声。克柳奇尼科夫等了几秒钟，说：

"听不见。请您重拨吧。"

一分钟后，电话铃又响了，但显示来电的是另一个号码。听筒里传来一个女孩子愉快的声音：

"伊万·尼古拉耶维奇！我是卡佳·索科利尼科娃。我没什么想法，只是打个电话而已。可以吗？"

"我听着呢，卡佳。"克柳奇尼科夫微笑说。

"您想出打电话这个主意真是太好了。班里不是所有人都能下定决心说出自己的想法的。比如我，非常迷恋埃及，整个夏天都在读相关的书。"

"你读的什么书，卡佳？"

"一本讲神话的，还有一本关于哈特谢普苏特的小说。从今天起我要开始读《金字塔的传奇》。"

"是扎马罗夫斯基①的书？"

①　扎马罗夫斯基（1919—2006）：捷克作家，创作过多部历史虚构小说。

"对。"卡佳停顿了一秒，回答说。

"是红色封面。"伊万·尼古拉耶维奇确认说。

"没错，您也有？"

"有。很好的书，一定要读完它。是从图书馆借的吗？"

"不是。是我妈妈给我的，她找工作上的朋友要的。他们根本不需要这本书。这书很旧了，破破烂烂的。他们想把它扔掉。我还没读开头，但是已经得到了点儿新鲜知识。您知道吗，我喜欢把书随便翻开，从中间读起。我读了一段，讲的是攀爬金字塔。原来爬金字塔有很大的生命危险，爬上去要花一个多小时。"

"对，一个半小时。这还是说现在已经把金字塔的所有装饰面都去除之后。但是曾经可以沿着光滑的表面直接跑上金字塔顶。莱特·哈葛德[①]在小说《黎明的女王》里提到过这种金字塔通道。没读过吗？"

"没有。不过我们有哈葛德的书。我读读看。"卡佳沉默了一会儿，自嘲说："嗯，大概我说得太久了。谢谢您。也许今天还会有人给您打电话呢。晚安！"

"晚安。"克柳奇尼科夫答道，挂上了电话。他沉思了几分钟，摸着自己的下巴。

"晚安"！想想吧！他有多久没听到过这么简单而又友好的话

---

① 莱特·哈葛德（1856—1925）：英国维多利亚时代受欢迎的小说家，以浪漫的爱情与惊险的冒险故事为题材，代表作为《所罗门王的宝藏》。

语了！

电话又响了。又是一个新号码打来的。

"他们是商量好了还是怎么的？"克柳奇尼科夫暗自嘲笑说。

"伊万·尼古拉耶维奇，是您吗？"一个妖媚的声音问。

"是我。"克柳奇尼科夫说。"您请说。"

"伊万·尼古拉耶维奇，我是奥克萨娜。没人给您打过电话吗？"

"只有卡佳·索科利尼科娃打来过。怎么了？"

"怎么？！她又提出来一个设想？"

"没有。她没什么设想，不过是打个电话而已。"克柳奇尼科夫想起了卡佳的原话。

"啊，那就好。不然可就不地道了。我们之前对埃及一无所知，而她已经读过好几本书了。伊万·尼古拉耶维奇！我和达莎·阿夫杰耶娃做了个实验，在自己身上做的。我们研究了金字塔的魔力。"

"实验？"克柳奇尼科夫吃了一惊。"什么实验？"

"伊万·尼古拉耶维奇，您得保证不跟任何人说，自己也不要笑出来！"

"好。我保证！"

"我和达莎以前抽烟，差不多有半年了。不久前我们戒了。说戒就戒了，我们俩都是。已经有四天我们没抽烟了。"

"好样的！可你们的实验是什么呢？"

"呃……您知道吗，我们用纸糊了几个小型金字塔，举在手里半个小时。"奥克萨娜决定不多谈打坐冥想的事。"之后就再也不想抽烟了。"

"姑娘们！你们真是棒极了！奥克萨娜，一定要跟达莎说。我非常为你们高兴。关于金字塔的种种神奇之处有很多传说。在金字塔里，钝了的刀片会自己变锋利。种子放在金字塔里一段时间后，发芽率会提高。关于这个，我们以后应当在俱乐部里讲一讲。而你们做的实验应该得一个红色的圆圈，也就是十分！"

"哦！谢谢，伊万·尼古拉耶维奇！唔，我差点忘了！我妈妈让我转告您，明天七点她们在 215 办公室等您。"

"在 215？好的。请转告你妈妈，我一定去。"

"一定转告。您知道吗，您给她留下的印象很好。她是站在您这边的。"

"很荣幸。"克柳奇尼科夫微笑说。

"您可别忘了给我和达莎打分呀。"

"好，现在就打。"

"嗯，那再见。"

"再见。"克柳奇尼科夫挂上了电话，耸了耸肩。"在 215 房间。为什么是在 215？"

半小时后，佩利亚耶夫打来电话。

"伊万·尼古拉耶维奇，我有个'想天开'。"

"你有什么？"克柳奇尼科夫没听清。

"'想天开'。就是异想天开的想法。"

"哦！"克柳奇尼科夫大笑起来。"好，请胡说八道吧。"

"胡话讲，金字塔是古时候的一套游乐设施。有埃及小山，地下木制滚道，等等等等。"

"埃及小山？"克柳奇尼科夫又大笑起来。"有意思。嗯，维克多，你得到一个红色的圆圈，因为你的设想挺新奇。"

"圆圈？"佩利亚耶夫惊讶说。"十分？可是这个设想完全是胡说八道啊。"

"没什么。你的胡说八道挺不错。接着琢磨吧。"

"好吧，那谢谢了。我们一起琢磨……"

克柳奇尼科夫去了趟厨房，给自己倒了杯茶，这时电话突然又响了起来。

"伊万，是我。"电话里传来尼林沙娅的声音。"你干什么呢？"

"我喝茶呢。"

"薇拉·巴甫洛夫娜告诉你明天在 215 房间见面了吗？"

"她女儿奥克萨娜给我打过电话了。可为什么要在 215 房间？"

"明天你就知道了。顺便说一句，薇拉·巴甫洛夫娜对你评价不错。你给她留下的印象很好。嗯，好，明天见。"

电话又响了，显示来电的号码之前打来过。"这是那个八点整的时候打来过的号码。"克柳奇尼科夫暗自说。"有意思，是谁呢？"

"是我，塔尼娅。"电话里说。"伊万·尼古拉耶维奇，我打来得不算太晚吧？"

"还好。你有想法？"

"没有。我只是打个电话而已。您想不想听我给您读首诗？"

"你自己的诗？"

"不知道。写倒是我自己写的，不过现在我感觉好像这诗很久之前就已经被写出来了。您说，有这样的事吗？"

"有，"克柳奇尼科夫沉吟了一下。"读吧。"

"我起初写得不太好，后来改了一遍。现在这诗是这样的：

> 如同古老大西洲的寄语，
>
> 又像在呼唤新的奇迹，
>
> 金字塔伫立在埃及，
>
> 将挑战抛给上帝。

"是不是太短了？"塔尼娅问。

"怎么会呢。简短——正是天才的姐妹。"克柳奇尼科夫回答。"重要的是，你的诗里有点值得玩味的地方。"

"什么地方？"塔尼娅惊喜地说。

"你提出了一个设想，认为金字塔可能来自大西洲，可能是大西洲的居民建造的。"

"嗯，是的。"

"你的想法不算坏。也许，你不是第一个这么设想的，但是你用诗的语言把它说了出来。所以你得到一个红色的圆圈。大胆假设吧！"

"伊万·尼古拉耶维奇，除了我和卡佳，还有谁今天得到了圆圈？"

"嗯，有奥克萨娜、达莎和佩利亚耶夫。"

"维奇卡?！"

"为什么你这么吃惊？"

"呃，他不怎么正经。估计他的设想也不怎么正经。"

"他也这么想，不过我改变了他的想法。"

"他提出了什么设想？"

"我暂时先不说。"

"那好吧，再见。"

"晚安……"

还没过五分钟，电话就又响了。

"喂？"

"伊万·尼古拉耶维奇，您好！我是娜塔莎·冈察洛娃。是卡佳把您的电话号码给我的。我没打扰您吧？"

"娜塔莎！很高兴能跟你通话。你拿到书了吗？"

"没有。但是我知道书在温格罗夫那儿。谢谢您。"

"你今天没来上课。是不感兴趣吗？"

"感兴趣的。只不过我没法儿去。"

"怎么了？是家里出什么事了吗？"

"不是，不是家里。伊万·尼古拉耶维奇，我不是打小报告的人，本来什么都不想跟您说的，但是后来……简单说吧，我不想告密！"

"什么告密啊？！你在说什么？"

"伊万·尼古拉耶维奇，您记得吧，上次讲座您是跟校长一起来的？是您请他来的，还是他死乞白赖地非要跟着来的？"

"呃，没什么死乞白赖的，这么说可不合适。他只不过是想知道我要给他的学生讲什么而已。"

"明白了。就是说，他想知道……"

"嗯，是的，这可以理解。我还奇怪为什么他今天上课不来了呢。"

"没什么可奇怪的。这是因为我。他请求我——您知道，可彬彬有礼了——告诉他今天课上都讲了些什么。我一时糊涂就答应了。后来我明白了，这可是告密啊，于是我就没去。我不想告密！您明白吗？"

"当然，我明白。这么说吧，娜塔莎。如果尼林再让你这么做，你就跟他说一句话就好了。"

"怎么，把他骂一顿？"娜塔莎惊讶地问。

"什么啊！绝对不行！你只说，这可不符合教育原则！就行了。他就会觉得害臊的，你看着吧。"

"真的吗？"

"真的。我很了解他。"

"唔，谢谢，伊万·尼古拉耶维奇！谢谢您的建议。"

"不用谢。下周四来上课吧，我等你来。"

"伊万·尼古拉耶维奇，我听说您今天留了个什么作业。"

"是的，娜塔莎，给咱们的俱乐部想个名字吧。好不好？"

"好的，小菜一碟。"

"嗯，那就周四见了！晚安。"克柳奇尼科夫忽然有点儿想跟这个小姑娘说点儿亲切的话，于是说道："你真是个棒小伙，娜塔莎！"

"为什么是小伙？"娜塔莎惊讶说。

"我小时候有首歌这么唱。嗯，再见。"

十分钟后电话又响了。

"伊万·尼古拉耶维奇，晚上好！"托利克·穆欣打招呼说。"您记得我那个金字塔是扩音器的设想吗？"

"当然记得。我还建议你再斟酌一下。你已经斟酌过了？"

"没有。而且这个设想也根本不是我想出来的，而是我父亲。我就是为了这个打电话过来的。"

"说下去，阿纳托利。"

"我不该得那个绿色的金字塔的。请把它勾掉吧，就当我之前什么都没说。"托利克重重地叹了口气。看得出，他做出这个决定十分艰难。

"托利克，你是认真的吗？"克柳奇尼科夫不安起来。

"绝对认真。伊万·尼古拉耶维奇，我觉得，分数应该赢得光明正大，得自己动脑子琢磨。我想您是同意我的话的。"

"你说得没错，当然是这样。你决定这么做，是个真正的男子汉的表现。太好了！不过，我不会把你的分数勾掉的。好不好？"

话筒里，托利克喘了声粗气。

"那好吧。不过我一定会自己想出点儿什么来的。"

"我相信！加油！"

十点整，尼基塔·叶若夫打来电话。

"伊万·尼古拉耶维奇，我想跟您谈谈马克斯。"

"卡明斯基？"

"是的。"

"那就谈谈吧。"

"当然，他说了您好多坏话，但是他这个人并不坏。"

"我也这么想。所以，请转告他，如果他想来俱乐部，就来吧。"

"我怀疑他不会来。他瞧不起埃及学家。"

"怎么?！为什么啊？"

"因为图坦卡蒙。"

"你解释一下。"

"在《青年技术》这本杂志上有篇文章，说图坦卡蒙陵寝这个考古发现是造假。就是因为这篇文章，马克斯才会有这种念头。他说，所有埃及学家都是骗子，谁也不能相信，还有，您在利用我们。"

"我利用你们?！"克柳奇尼科夫叫出声来，随后沉默了很久。

"伊万·尼古拉耶维奇，对不起，我本不应该说这些的。既给您找不痛快，又让马克斯不好做人。"

"我不会跟任何人说的。"克柳奇尼科夫答道。"只是，你知道吗，在我看来马克斯想错了，我会试着向他证明这点的。"

"伊万·尼古拉耶维奇，用不着证明！让我跟他再谈谈吧。"

"那好吧。尼基塔，你的生日怎么办？也许我提议在野外给你过生日有点儿不合适？"

"确实有点儿。"尼基塔叹了口气。"说实话，我不喜欢过生日。"

"怎么这样？为什么啊？"

"呃，别人过生日都会来好多客人，好吃的摆得桌子都放不下，家长们把孩子捧在手心里，关怀备至，送好多礼物。而我的家长呢，只有我妈，还总是醉醺醺的。去年我过生日，她完全给忘干净了。过了一周才想起来，求我原谅她。我原谅了。可有什么用呢？呃，您看，我什么都跟您说了。你不会跟别人说吧？"

"谁也不说。听着，尼基塔，你妈妈在哪里工作？是干什么的？"

尼基塔没有马上回答，在话筒里喘了半天粗气。

"在市场里卖肉。"

"在哪个市场？"

"就是我们这儿这个市场。从家到那儿只要五分钟。伊万·尼古拉耶维奇，她没到市场工作之前是在商店里上班，是个工业品商店。那会儿她根本不喝酒。"

"工业品商店？"克柳奇尼科夫又问道。

"对。她以前长得很美，从不坑人。自从她去卖肉之后，卖东西就开始缺斤短两了。在那里非得这样不可。或许您自己也知道。"

"尼基塔，怎么才能在市场上找到你的母亲？"克柳奇尼科夫突然问道。

"找她干什么？"

"我想跟她认识一下，说说话。"

"如果您是想帮我，那最好还是算了。"

"不，尼基塔，就算我想帮忙，也是帮你妈妈。"

"怎么帮？"

"现在我还不知道。我只是想跟她说说话。"

"但是您不会告诉她我给您打过电话吧？"

"当然不会。"

"她工作的地方在市场大门口附近。往右拐。"

"她怎么称呼？"

"伊琳娜。她的工作服上别着名字标牌。"

"尼基塔，你说话这么大声你妈不会听见吗？"

"她不在家。她总是很晚才回来。"

"而你就整天一个人在家？！"

"习惯啦。我有吃有喝，是她买来的。伊万·尼古拉耶维奇，她好像回来了。再见！"

克柳奇尼科夫挂上电话，沉思起来。在他老朋友当校长的学校里，他随便挑选了十二个九年级学生，成立了古埃及研究俱乐部。事实上，他成了这些孩子的辅导员。将来，他想成为他们的朋友。但是这件事并不容易。尼林是对的：山雨欲来。他有能力去解决自己和别人的问题吗？他有权利介入一些自己还都不怎么熟识的人的私生活吗？

　　"好吧。等等看就知道了。"伊万·尼古拉耶维奇决定。"就算明天跟家长见过面后俱乐部只剩下四个人了，我也不会抛下这四个人不理的！"

＊　　＊　　＊

9月22日，星期五

　　克柳奇尼科夫在家长见面会上迟到了。他的车坏了，在八点十分的时候才赶到215房间。校长看了看表，仿佛在表示抗议，随后站起身来，给他让出位置，宣布：

　　"好，让我们来认识一下。这是伊万·尼古拉耶维奇，是俱乐部的领导。"

　　克柳奇尼科夫拘谨地笑了笑，走到讲台前，打了个招呼：

　　"你们好！对不起我迟到了。有什么问题就请问吧，我已经准备好了。"

　　叶莲娜·阿纳托利耶夫娜感兴趣地看了一眼这个花白头发的陌生人。克柳奇尼科夫外表像个军人似的整洁端正，身材匀称，衣着很有品位。他的脸显得真诚又有教养，疲惫的双眼中流露出和善与聪慧。可以说，他的外表一下子就很讨叶莲娜·阿纳托利耶夫娜的喜欢。当然，她决定绝不流露自己的好感。何况她来这儿也不是来看什么仪表堂堂的男人的，而是来捍卫自己的利益的。

　　"伊万·尼古拉耶维奇，您请坐。"万尼林说。"现在我向您介绍尊敬的家长们。这位是斯维特兰娜·尼古拉耶夫娜。这位是薇拉·巴甫洛夫娜。这位是阿拉·鲍里斯耶夫娜。而这位是叶莲娜·阿纳托利耶夫娜。"

克柳奇尼科夫恭恭敬敬地向每个人鞠躬，随后坐了下来，环顾四周。215 房间看上去不怎么样：天花板上的灰泥剥落了，墙上有道道水迹，窗户玻璃也残破不全。"干吗非得在这儿见面？"克柳奇尼科夫又想道。

"伊万·尼古拉耶维奇，"叶莲娜·阿纳托利耶夫娜开口说。"我直说了吧，您的这个提议透着奇怪。先是办讲座，让大家都大吃一惊。孩子们完全搞不懂，这讲座对他们有什么用。现在呢，又搞了个俱乐部，让人生疑。为的是什么？"

"叶莲娜·阿纳托利耶夫娜，您记不记得，苏联时代孩子们梦想的是成为什么人？就是我们这代人曾经梦想成为的。是宇航员，是学者，是军人。难道不是这样？！而您知道，现在的孩子梦想成为什么人吗？"

"您用不着作总结！"叶莲娜·阿纳托利耶夫娜打断他说。"我们的孩子梦想成为什么人，这我们很清楚。"

"我不得不总结。现在我的俱乐部里有八个人。我不揣冒昧，成为了他们的辅导员。"

"可您有孩子吗？"斯维特兰娜·尼古拉耶夫娜马上问。

"没有。"克柳奇尼科夫脸色忧郁起来，斯维特兰娜·尼古拉耶夫娜则高傲地微笑了一下。

"以前是谁负责青年一代的教育？"克柳奇尼科夫接着说。"是家庭和学校。而现在是谁在负责？其实没人负责。家长们没时间，你们自己也知道是为什么。学校呢，则逃避了这个责任。以前有少先队，有辅导员，有少年宫，有夏令营。现在这些都没有了。孩子们从电视上和网上接受教育。家长们往往不清楚孩子们看的是什么，玩的又是什么。孩子们丧失了求知的兴趣。为什么要做题呢，既然有好心的叔叔卖给他们答题手册？！为什么要读历史小说呢，既然电视上把一切都事无巨细地演出来了？！教学过程已经完全被破坏了。"

"伊万·尼古拉耶维奇，现在不是在说学校，我们还是说重点吧！"万尼林打断克柳奇尼科夫。"谁有问题？"

"您到底是什么人呢？"达莎·阿夫杰耶娃的母亲阿拉·鲍里斯耶夫娜问。

"我是什么人？"克柳奇尼科夫反问，耸了耸肩。"以前是个工程师。当过'倒爷'。现在我在城里有几个销售网点。我卖工业品，挣的是干净钱。如果有钱，关键是要花在实处。"

"您觉得您花在实处了？"阿拉·鲍里斯耶夫娜嘲讽地笑着说。

"难道没有吗？"

"您是教育学专业的吗？"斯维特兰娜·尼古拉耶夫娜问。

"我只有些教育天赋而已。我是工程技术专业的。"

"看看您吧，您很富有，有几家店铺，"薇拉·巴甫洛夫娜说，"您何苦管什么孩子的教育问题？难道您没别的事可干了吗？"

　　"是呀，"阿拉·鲍里斯耶夫娜同意说，"您怎么会想到这么做的？"

　　克柳奇尼科夫苦笑了一下：

　　"你们这么问，就好像我干了什么坏事一样。难道我教孩子什么不好的东西了吗？！"

　　"可我们不知道您在教他们什么啊。"阿拉·鲍里斯耶夫娜说。

　　"你们不知道我在教什么，问题就在这里！本可以问问你们的孩子的……真奇怪。不知为什么，从来没人想到去问问惯偷，他为什么会想要偷东西。总是这样，人人都能理解别人的恶念，根本不需要解释什么。而善念呢，脑子里根本容不下。哎，我能跟你们说什么呢？我想，每个人在人生中都会有那么个时刻，觉得是时候该做些好事来弥补犯下的错误了。"

　　"是犯下的错误还是犯下的罪过？"斯维特兰娜·尼古拉耶夫娜狡黠地微微眯起眼睛问道。

　　"两者都是。哎，你们不要这么看着我！人非圣贤，孰能无过。我是说实在的！而我也确实没什么事情可做。我单身一人，寂寞无聊。只有帮孩子们打发打发课余时间，我才不会让自己无聊得死掉。"

　　"那您成立俱乐部到底是为了孩子们呢，还是为了自己？！"

　　"当然是为了孩子们……"克柳奇尼科夫耸耸肩，又补充说："嗯，也有部分原因是为了自己。"

　　"也许，您喜欢当焦点？把自己当成是个上知天文下知地理的教授，然后为此而洋洋自得？"叶莲娜·阿纳托利耶夫娜出人意料地发动了攻击。

"唔，总的来说，当焦点是件让人愉快的事。不过您猜错了，我并不喜欢当焦点，也完全没必要当焦点。我也不是教授，而只是个辅导员。"

"您干吗总是说'辅导员''辅导员'的？"阿拉·鲍里斯耶夫娜说。"咱们现在这个年代哪儿还有什么辅导员呀？"

"是啊。真可惜，这个词的意思已经被遗忘了。那是很久之前的事啦。"

"请听我说！我们干吗要绕圈子？"叶莲娜·阿纳托利耶夫娜叫起来。"伊万·尼古拉耶维奇！我们想知道的是：您为什么要给孩子们许愿说要给他们笔记本电脑？！谁给您权利来收买我们的孩子？！您为什么要把自己的兴趣强加给孩子们？！还是说，您要替我们来决定我们的孩子要成为什么样的人？！"

"我绝对没有强加的意思。每个孩子自己决定来不来上课。上节课已经有四个人没来了。"

"上帝保佑！可是剩下的八个人也只是为了您许诺的电脑才来的。"斯维特兰娜·尼古拉耶夫娜说。

"您这么说可不对。您家的卡佳本身就对埃及很着迷，跟我无关。就算没有什么笔记本电脑，这个课她也很感兴趣。顺便说一句，我倾向于把俱乐部办成通识性的，而不局限于一个狭窄的专业。"

"要说通识性，我们有学校呢。用不着再来个俱乐部备用。"阿拉·鲍里斯耶夫娜说。

"要不然，我们问问孩子们他们需不需要俱乐部？"克柳奇尼科夫问。

"您已经把他们收买了，还问个什么劲儿?!"

"请允许我这么做吧。每天电视上都放各种广告，什么'集满百个得一个'之类的。不知为何大家对此倒是习以为常。我做的哪里比电视上的广告糟糕?"

"糟糕的是，您是专门针对他们的!"叶莲娜·阿纳托利耶夫娜气愤地瞪了他一眼。

"好吧。我明白了。你们希望我不去打扰你们的孩子。是这样吗?"

"我们希望您宣布，不会有什么笔记本电脑。"叶莲娜·阿纳托利耶夫娜说。

"嗯，好吧，就按你们说的来。我会跟你们的孩子宣布，他们不会得到笔记本电脑了。然后再让他们自己决定来不来参加俱乐部。你们满意了吗?"

"十分满意。"叶莲娜·阿纳托利耶夫娜第一个站起来，没有道别就朝门口走去。其他人跟在她身后鱼贯而出⋯⋯

克柳奇尼科夫和校长两个人单独留在了教室里。尼林微笑着，好像知道点儿什么只有他自己才知道的事一样。他走到自己的同窗好友面前，拍了拍他的肩膀，说:

"伊万!你可让我失望了!你的好口才哪儿去了?难道应该这么跟女人说话的吗?"

"我累了。"克柳奇尼科夫答道。他从夹克衫的口袋里掏出一盒药片。

"你这是什么东西？"尼林感兴趣地问。

"是硝酸甘油。"克柳奇尼科夫苦笑了一下。"心脏不给力啦。"

"伊万，可得好好保养心脏啊！"尼林告诫说。

"不是谁都做得到的。"克柳奇尼科夫叹气说。

"都是因为你神经太紧张了。"尼林很有把握地宣称。

"不，我只是太累了。"克柳奇尼科夫反对说。

"哎，别难过，"尼林笑着说，"看看我给你分了间什么样的办公室吧！简直棒极了！只要装修一下，就可以在墙上挂上各种宣传画了：木乃伊啊，石棺啊，哪怕挂上斯芬克斯也行。你还可以从别的班招孩子过来。我这学校里有天分的孩子多得是。你的俱乐部肯定能办成的。我已经决定了。"

"你是说真的吗？那为什么还要开家长见面会?!装修之后，这间教室就归我了?!"

"唔，当然不是永远归你。给你一年。"尼林把手一挥。

"是啊，自己的东西你是不会放手的。"

"这我可就不懂了。你这是不打算跟我道谢了？"

"不是，以后我会谢你的。那么，也就是说，我的事儿不会有什么问题了？"

"你指什么问题？"

"比如说运送建材啊，铺屋顶啊什么的。"

"不会有问题的。我会提前告诉守卫和值班员的。你明天就开始都可以。"

克柳奇尼科夫点点头，忽然问：

"你记不记得，我第一次来找你的时候，管你要九年级的学生名单来着。我挑了咱们这个三班。你记不记得，咱们俩当时也是在三班。"

"嗯，我记得。怎么，这个对你来说这么重要吗？"

"是的。而且我也已经熟悉这些孩子了。我不会再去别的班挑了。就算最有天分的我也不要了。跟别的孩子我搞不来了！"

"可是你的俱乐部只剩下四个小毛孩了啊！"

"没什么。是眼下只剩四个，我可没那么容易放弃。我会努力让其他人都回到俱乐部的。"

"可真是盲人说瞎话！"尼林怀疑地说。

＊　　＊　　＊

克柳奇尼科夫晚上十点回到家里。开门的时候，他听到电话在响。"不知是我那些'埃及学家'里的哪个打来的。"他想。他没猜错。

"伊万·尼古拉耶维奇！您好！"他在话筒里听出了塔尼娅·布拉温娜的声音。

"啊！是女诗人啊！你好！今天你要做点儿什么消遣呢？"克柳奇尼科夫开玩笑说，他的声音很疲惫。

"没什么可消遣的。没心情。"塔尼娅忧郁地叹了口气。

"怎么了？"

"伊万·尼古拉耶维奇，今天见面会怎么样？"

"唔，怎么样，"克柳奇尼科夫叹气说，"怎么样，就那样。

我认识你妈妈了。她是个很招人喜欢的人。我们谈了谈，分开的时候已经成为朋友了。就这些。"

"伊万·尼古拉耶维奇，您还是说实话吧。反正我以后也会知道的。"

"实话？"克柳奇尼科夫反问道。"那好吧。我答应过送给你们中的一个人笔记本电脑。见面会上，我被要求放弃这个许诺。我答应她们了，对不起我出尔反尔了。"

"伊万·尼古拉耶维奇，这都是我的错！要不是我，我妈什么都不会知道的。"

"塔尼娅，就算有人错了的话，那也是我错了。我本来应该把一切都考虑周详，三思而行的。我建议你不要对你母亲有任何隐瞒。现在不要，将来也不要。比母亲更好的朋友你是找不到的。"

"伊万·尼古拉耶维奇，不管怎样我还是会去俱乐部的！电脑我又不需要。"

"莫非我已经开始让你对埃及感兴趣了？"克柳奇尼科夫的声音变得温暖了一些。

"不仅我一个呢。卡佳也是。我不知道奥克萨娜和达莎怎么想，不过我和卡佳不需要任何笔记本电脑。我们只是会去俱乐部而已，就这么简单。"

"塔尼娅，我非常高兴你和卡佳已经开始对埃及感兴趣了！"克柳奇尼科夫叹了口气。"我也很羞愧，不能兑现之前给你们做出的许诺了。嗯，好吧，我会想点别的办法出来的。不会让你们得不到奖品的。"

第十章

正经生意人

9 月 23 日，星期六

菜市场上乱哄哄的，空气闷热。在这儿不管想买什么都应有尽有：肉啊，奶酪啊，香肠啊，巧克力啊，韩国沙拉啊，甚至还有活鹦鹉装在笼子里出售。大门口附近是卖肉的和卖鱼的。

克柳奇尼科夫一下子就注意到了尼基塔·叶若夫的母亲。不过，她的外表没什么特点：一头染过的头发，一张黯淡的脸庞，一对眼袋。典型的女酒鬼。十年前她可能挺可爱的，可是现在……

看到有位衣冠楚楚的顾客走近，卖肉的女售货员们开始争先恐后地吆喝：

"买我的吧！"

"我的更新鲜！"

"我给您挑最好的！"

克柳奇尼科夫朝她们敷衍地笑了笑，却走到了尼基塔的母亲跟前。她正卖肉给一位女顾客。这位顾客是个干瘦干瘦的白头发老太太，穿一身灰色裙子，戴着块白色三角头巾。

"请给我称点儿肋排。"老太太说，瞟了一眼克柳奇尼科夫。

克柳奇尼科夫站在柜台边，挑起肉来。他不需要买肉，只不过需要找个话头而已。

伊琳娜·尤里耶夫娜给老太太称了一公斤的肋排。老太太付账时突然不小心把一个硬币掉到了地上。克柳奇尼科夫回头，正看到老太太弯腰捡一枚五戈比的硬币。他可怜起她来。

"这么点儿零钱对她来说也是钱啊。可是人们一天要给她少算或者少称多少钱的呢?!"他忧郁地想。

老太太把一口袋肋排放在袋子里,走远了。伊琳娜·尤里耶夫娜用疑问的眼光看了看克柳奇尼科夫。

"我要那块。"克柳奇尼科夫用眼神示意。

"这块吗?"伊琳娜·尤里耶夫娜拿了一块牛肉,反问道。

"没错。"克柳奇尼科夫冲她微笑了一下,掏出了小钱包。伊琳娜·尤里耶夫娜把肉放到称上,飞快地瞄了他一眼,拿起了计算器。她的食指在按钮上停了一秒。

克柳奇尼科夫宽厚地看着她,几乎略带讽刺。

"四百七十五卢布。"伊琳娜·尤里耶夫娜轻快地说。

克柳奇尼科夫毫不犹豫地递给她一张一千卢布的纸币,突然说道:

"不好意思,您看着挺面熟的。您的儿子是不是在一零一中学上学?"

"我儿子?"伊琳娜·尤里耶夫娜反问道。"是在一零一中学。怎么了?"

"是尼基塔·叶若夫,在九(三)班吧。"克柳奇尼科夫确认说。

"没错。"伊琳娜·尤里耶夫娜微笑起来。"您是老师吗?是教哪门课的?"

"我不是老师。您儿子参加了一个俱乐部,我是那儿的领导。难道尼基塔没跟你提过俱乐部的事?"

"没有。"伊琳娜·尤里耶夫娜耸耸肩，把零钱找给了克柳奇尼科夫。"这个俱乐部是干什么的？"

"是古埃及研究俱乐部。难道尼基塔一个字都没跟您提吗？"

"我想起来了！"伊琳娜·尤里耶夫娜微笑着说。"我看到他有几本讲埃及的书来着。看他读这些书，我还以为是历史课留的作业呢。请您等一下！"她突然想起来，脸红了。她猛地觉得很羞愧，因为她刚刚给这个人少算斤两了，而这个人原来是指导她儿子学习的。"把您的肉给我，我重新给您称一下。"

"怎么了？"克柳奇尼科夫故作不解。

"我好像多收您钱了。"

克柳奇尼科夫满意地笑了笑，但什么也没说。

"唔，确实是多收了！"伊琳娜·尤里耶夫娜松了一口气。"多收了您二十卢布。请您原谅，我累坏了。您以后常来吧，我天天在这儿工作。我们家的肉是顶呱呱的，包您满意。"

"谢谢，伊琳娜。我能叫您的名字吗？"

"哦，当然可以。也可以以'你'相称。"

"既然我们已经认识了，您能不能帮我个忙，给我提个建议呢？"

"什么事啊？"伊琳娜·尤里耶夫娜警惕起来。

"您知道吗，我除了组织俱乐部，还做生意。我有个商店，需要一个女售货员。但不是随便什么售货员都行，我要没有不良习惯的。您有没有人选可推荐？您可认识这儿所有的人。"

"您既是生意人，又搞教育？"伊琳娜·尤里耶夫娜惊讶地说。她沉思起来，环顾了一下四周，突然问："您有家什么店？是食品店吗？"

"是工业品店。"

"是吗?！"看得出来，伊琳娜·尤里耶夫娜很感兴趣。"那卖什么呢？"

"卖皮革制品啊，雨伞啊，各种零碎东西。"

"您知道吗，我以前碰巧也卖过皮革制品。那是在我来这儿工作之前了。但是您大概不会要我的。"

"为什么？"

"您大概需要的是年轻人。而且我还有些不良习惯……"

"什么不良习惯？"

"我抽烟。"

"那您就戒掉好了！"

"如果我戒掉，您就要我吗？"

"您在这儿挣多少？"

伊琳娜·尤里耶夫娜垂下眼睛，飞快地伸出几根手指，表示她就挣这个数。

"有点少啊。我可以给您再加两根手指。"

"您说真的？"伊琳娜·尤里耶夫娜又惊又喜。

"只要您戒掉所有不良习惯。"

伊琳娜·尤里耶夫娜发起愁来，说出了自己可怕的秘密：

"办不到的。我酗酒。"

"您知道吗，我以前也喝酒。后来戒掉了。现在感觉自己就跟换了个人一样。"

"真羡慕您。"伊琳娜·尤里耶夫娜哽咽着说。

"用不着羡慕。应该克制自己，戒掉它！"

"可您不是蒙我吧？"

"我说的是正经生意人的话，绝不蒙人！"

伊琳娜·尤里耶夫娜笑了笑，问：

"能考虑考虑吗？"

"我们这样好了：今天是 23 号。您辞职没有问题吗？"

"哪怕明天就辞都可以。"

"好的。10 月 2 号起您来我这里上班。可是有试用期的！我会很严格地考察的……这是我的电话号码。"他从口袋里掏出一张名片，递给伊琳娜·尤里耶夫娜。"请您 10 月 1 号给我打电话。六点之后打。"

他们分手了，彼此对这场谈话都很满意。克柳奇尼科夫离开的时候感觉自己履行了一项义务，也很高兴给了别人重新变得正直而幸福的机会。

他拎着一塑料袋的里脊肉，却不知道该拿它怎么办。"为什么要买这个呢？"他想。"反正我也不会去做的。难道把它再拿回去不成？"

在市场出口处，克柳奇尼科夫看到了那个拎着肋排的老太太。

她的白色头巾打老远就能看见。克柳奇尼科夫在街上赶上她，问道：

"对不起，您不反对吧？"

老太太站住了，仔细看了看克柳奇尼科夫。她认出来了，这是那个在肉类柜台前站在她旁边的人。

"反对什么？"她终于问。

"反对缅怀我的亲人，请您收下。"克柳奇尼科夫答道，把自己刚买的肉递给老太太。

"我不反对，"老太太想了想，说。"只是请您告诉我您亲人的名字。"

克柳奇尼科夫的表情忽然变了。老太太感觉，他好像猛地老了十岁。

"多谢您了。"克柳奇尼科夫说，快步向汽车走去。

"您没说名字！"老太太喊道。"年轻人，您忘记告诉我名字了！"

但是克柳奇尼科夫没停步，连头也不回。他坐上车，"砰"的一声关上门，慢慢地把车开出停车场。老太太耸耸肩，看了看塑料袋，里面有一大块里脊肉。这种肉她已经有十五年没吃过了……

对于伊琳娜·尤里耶夫娜来说，克柳奇尼科夫成了命运的使者。她不知道他们的会面并非出于偶然。她高兴的是，生活突然开始向好的方向发展了，需要做的只是给它加把劲儿——克制自己，改掉不良习惯。

"刚才讨好你的是个什么人？"旁边摊上的女售货员走过来，

粗鲁地问伊琳娜。"莫非是跟你说他看上你了？"

伊琳娜·尤里耶夫娜不解地看了她一眼。她的思绪现在早就不在这里了。她正想象着自己在舒适的皮革制品部里工作。

"莫非这有朝一日真能实现？"她心想，神经质地咬着双唇。

"给我来根烟，"女售货员碰了碰她。"伊琳娜，你怎么了，迷迷瞪瞪的？"

伊琳娜·尤里耶夫娜从口袋里掏出一包烟，递给了她。

"给你。你可以不用还我了。"她说。"我戒了。"

"过半小时你就会找我要的。"女售货员哼了一声。

伊琳娜·尤里耶夫娜掏出镜子照了照，心想："他在我身上看到了什么呢？"她又想到了儿子："尼基塔能有这样的老师可真好啊！得好好问问他俱乐部的事。"

伊琳娜·尤里耶夫娜一整天都很开心，对顾客十分有礼貌，没给任何人缺斤短两，也没给任何人多算钱。她感觉太好了，简直无法形容，可以说是心花怒放。她非常想抽烟，但是一想到很快自己的生活就会发生巨变，她就觉得心里暖洋洋的，正是这个想法支撑着她。她已经算好了距辞职还有几天。她也暗自发誓，再也不碰尼古丁和酒精了。她苦笑着打量着自己疏于保养的双手，心想："命运赐给你机会，不好好把握可是罪过。加把劲儿，伊琳娜！"

一整天里她总是想起克柳奇尼科夫——想起他的脸，他说的话，他做的手势。他给伊琳娜留下了很深的印象，不过她明白，他对她感兴趣仅仅是因为她是个售货员。她一遍又一遍地拿出克柳奇尼科夫的名片，暗自重复着他的名字和父称——伊万·尼古拉耶维奇。

傍晚，伊琳娜·尤里耶夫娜回家的时候是清醒的，这是很久没有过的事了。她一整天都没有抽烟，也婉拒了邻摊售货员请她喝的啤酒，所以感觉自己旗开得胜。她想让儿子开心开心，于是给他带了酥糖、饼干、糖果还有柠檬水。她一边从包里掏出吃的，一边高兴地说：

"尼基塔，恭喜我吧，我之前的日子一去不复返啦！"

这话她是笑着说的，是在开玩笑，可是尼基塔没听懂。伊琳娜·尤里耶夫娜是真心流露出喜悦之情，可尼基塔却被母亲吓到了。他以为母亲又在清账时钱数不够，所以又喝醉了。伊琳娜·尤里耶夫娜察觉到了儿子眼中的惊慌，拍了拍他乱蓬蓬的头顶，安慰说：

"没出事，一切正常。日子正在好起来。我得到份工作。想想看，还是在我最喜欢的皮革制品部！真让人惊讶！"

尼基塔一下子开心起来。不过他以为克柳奇尼科夫跟母亲说了他打电话的事，所以很不安。

"这事儿这么顺利，我自己都不敢相信，"伊琳娜·尤里耶夫娜接着说，"当然，一切都还没准谱儿。"她叹了口气，补充说。"尼基塔，你想想看，我已经七个小时没抽烟了！"

尼基塔产生了怀疑。"也许，给妈妈工作的不是克柳奇尼科夫，而是别的什么人？"为了证实自己的怀疑是错的，他试探性地问母亲：

"妈，是份什么工作啊？在哪儿啊？"

"在一家什么商店。具体在哪儿还不知道。不过我有这个人的电话号码。哎呀，我还没跟你说最重要的呢！这个人是你的老师。就是说，是俱乐部的领导克柳奇尼科夫·伊万·尼古拉耶维奇。"

"伊万·尼古拉耶维奇？！"尼基塔不知为何很惊讶。

"我自己这一整天里也在吃惊呢。真有这样的人吗，又是老师，又是生意人！"伊琳娜·尤里耶夫娜继续跟儿子讲自己的感受。"他又招人喜欢，又彬彬有礼，又快活，又富有！只不过头发全白了。他挺年轻，只比我小一点，可是头发全白了……尼基塔，你知道吗，他提出了一个条件：他要的是没有不良习惯的售货员。你觉得怎么样，我能戒掉吗？"她重重地叹了口气，没把话说完。

尼基塔认真地看了母亲一眼。他在她的目光中读出了坚定和自信。霎时间他似乎感觉母亲变年轻了，变得像那张老照片上的一样了——变得又美丽，又幸福。

"妈妈，你会一切顺利的。"尼基塔说。"你需要什么时候打电话给他呢？"

伊琳娜·尤里耶夫娜沉思起来。

"10月1号。是你的生日呢！听着，儿子，你可是我的福星啊！"

尼基塔微笑起来。妈妈记得他的生日！

"妈，我真为你高兴。"他说。"只要你真的一切顺利。只要他没骗你。"

"你说什么呀！他答应了，是正经生意人说的话呢。"

第十一章

垂直行者

9 月 23 日，星期六

那位买肋排的老太太，准确地说，是卡卢金娜·柳波芙·季莫菲耶夫娜，回到家里，摘下三角头巾，拎着沉甸甸的包进了厨房。厨房里正忙活着的是她的女儿——尼娜·伊万诺夫娜·赫内金娜。她正在烤馅饼。

"尼娜，你不知道出了件什么怪事！我还是第一次碰到，"柳波芙·季莫菲耶夫娜说起来。"我从教堂出来，去了趟市场买肋排。买完后正要回家，突然有个男的——看得出，他很有钱，也很有教养——追上了我，请求我缅怀他的亲人，还塞给我一个袋子。我问他，他的亲人叫什么名字，他不说话，急急忙忙去开车，就那么一言不发地坐上车就走了。我只来得及把他的车牌号记下来，是333PYC。我往袋子里一看，里面都是肉。你看，是这样的肉，"柳波芙·季莫菲耶夫娜掏出里脊肉放到桌子上。"然后我就明白了，他这肉是给我买的。他看见我买的是肋排，显然是可怜起我这个老太婆了。只不过要是请别人缅怀自己的亲人，一般送的都是面包啊，水果啊，蔬菜啊什么的。他送的却是肉。"

"也许他就不知道一般都该怎么做。"尼娜·伊万诺夫娜答道。"只要是真心实意，用肉也可以。现在又不是什么斋戒期。"

"他没说名字。"柳波芙·季莫菲耶夫娜重复说。"不然我可以把名字写到我的追荐亡人名簿上，为他们祈祷。"

"妈，也许他不说名字是有原因的呢。咱们拿这肉怎么办？"

"嗯，咱们拿来给根卡包饺子吧。他今天又要去练跑酷？"

"是的。谢廖沙的腿伤了，在家待了三天，咱们家这个就不知道该怎么办了——他还想一个人去训练来着。我真不喜欢他练跑酷。"

"为什么不喜欢呢？这也是运动，是锻炼身体啊。其他人啊，你看着吧，傻瓜就是傻瓜。可是咱们家的小伙子是有正事做的。"

"他最近好像有什么心事。不知道是怎么回事。"

"他长大啦。也许是喜欢上了什么姑娘，却是单相思。"

"哎哟，现在这些姑娘啊！"尼娜·伊万诺夫娜呻吟着说。"又抽烟，又说脏话，说得比男人还难听。上帝保佑，可不要让咱们的根卡有这样的媳妇啊！"

"根卡又不是傻子。他会明白这个道理的。这不，他好像过来了。"

这时，走廊里门哐的响了一声，传来鞋落地的声音，不知什么东西从挂钩上掉了下来。根卡出现在厨房里。

"姥姥，妈妈，你们好。给我点儿吃的，然后我就要跑走啦。"

"洗洗手。坐下来。吃不吃土豆馅饼？"尼娜·伊万诺夫娜问。

"还用问吗！这可是我最爱吃的！当然吃。"

"又跟谢廖沙俩人一起去吗？"柳波芙·季莫菲耶夫娜问。

"不是，今天是仨人一起去。"根卡答道，站在洗脸盆旁边往手上打着肥皂。

"还跟谁一起？"柳波芙·季莫菲耶夫娜惊讶地问。

"跟我们班的娜塔莎·冈察洛娃。她请我给她表演一下各种基本 vault。"

"vault 是什么？"尼娜·伊万诺夫娜警惕起来。

"他们管跳跃叫 vault。"姥姥听根卡讲过，于是向女儿解释道。

"莫非娜塔莎是认真想练跑酷？"尼娜·伊万诺夫娜惊讶地问。

"那怎么了？"根卡哼了一声。

"呃，我觉得这项运动不适合女孩子。"

"不是的，妈妈，现在大家都一样，谁都能玩。"根卡挥了挥手。

尼娜·伊万诺夫娜叹了口气，摇了摇头。她从小受到的教育很严格，因此并不同意儿子的观点。

"你们又要坐车去市中心吗？"柳波芙·季莫菲耶夫娜问。

"嗯哼。"根卡嘟囔着说。

"难道就不能在这儿练吗，离家近一点？"

"姥姥，那边有个小院子，条件超级棒。没错，那里在施工，住户还对我们大喊大嚷，不过那都是小事。"

"怎么会是小事？！哎！在那里可要注意，多加小心。我们都为你担着心哪。谢廖沙一个礼拜都单腿蹦来蹦去的，而你的擦伤到现在也没好。你得随身带个小药箱。"

"我带着呢。有绷带，有碘酒，有膏药。都带着呢。"

"哎，根卡，要不你还是待在家里吧，"尼娜·伊万诺夫娜说。"老老实实做作业。读本什么书也好。"

"是呀。你不是有几本讲埃及的书吗，"姥姥同意妈妈的话，"为什么不读呢？"

"我读过了。姥姥，你知道吗，原来，中世纪的时候人们认为金字塔是约瑟[①]的粮仓，还给它们画上了窗户。而在胡夫大金字塔的走廊里，就像《圣经》里一样，有人类七千年历史的密码。"

"呃，这是学者们瞎编出来的。"柳波芙·季莫菲耶夫娜皱了皱眉，生气地吧嗒了一下嘴。"你读得不是地方，根纳季。"

"唔，好吧，我得赶紧走了。"根卡着忙起来。"我要迟到了……"

如果昨天有人跟根卡说，他会当上跑酷教练，还要指导一个同班女生，根卡一准儿不相信。但是娜塔莎·冈察洛娃求他的正是这件事，他没法拒绝。根卡忽然对这个娇小玲珑、一头棕红色头发的小女生产生了好感。他一整天都在琢磨，应该把娜塔莎带到哪里，跟她展示些什么，又该教她点儿什么。谢尔盖·波塔片科已经被他彻底忘记了……

谢尔盖和娜塔莎在有轨电车车站等根卡。看到他来了，谢尔盖示威般地看了看表，摇了摇头，叹了口气。根卡做了个手势，表示"没什么大不了的，没办法。馅饼实在太好吃了"。

"喂，你怎么那么晚啊？"谢尔盖埋怨起根卡来。"电车都过去四辆了。"

根卡没理他。他一门心思在娜塔莎·冈察洛娃身上。娜塔莎穿着一身雪白的运动服和一双粉色的运动鞋，腰上挂着数码相机，装在相机套里。

---

① 约瑟：《圣经》神话中雅各和拉结的爱子，后来成了埃及宰相。

"唔，我这套装备如何？"娜塔莎神气活现地眨着眼问道。

根卡本来想称赞一下娜塔莎的衣服，但是，他耸耸肩说出来的却是：

"你会把衣服弄脏的。"

"哈，我自己弄脏自己洗。"

"你这是数码相机？"根卡瞟了一眼相机，问。

"这不是我的，是我兄弟的。他借给我一天，来给你们拍照。"

"你这主意想得可真好，"谢尔盖夸娜塔莎说。"你还有兄弟？"

"是啊。有个哥哥。"娜塔莎答道。

"竟有这事！"谢尔盖"嗯"了一声。"我们在一个班里一起学习了八年，可是彼此居然一点儿也不了解。"

"他比我大七岁，"娜塔莎决定再多讲讲自己的哥哥，"是一家广告杂志的设计师。他上班的时候，我就玩他的电脑。他许我这么干，一点儿也不小气。"娜塔莎叹了口气。"现在他很快就要结婚了，要搬去跟妻子一起住，把电脑也带走。"

"唔，到那时你就已经赢了笔记本电脑啦。"谢尔盖开玩笑安慰娜塔莎。

"未必呢，"娜塔莎微微一笑，"机会小得很。"

"电车来了。"根卡说。"是我们要坐的那趟。走吧。"

四十分钟后，电车载着他们来到了市中心。谢尔盖和根卡带着娜塔莎走了一趟他们的路线。路上他们争先恐后地向她讲解各种跳跃的原理，向她展示该怎么跳。他们奔跑着跳过长椅，跳过栅门，跳过围栏……

　　他们在一座老房子的院落里停了下来。这座老房子不同寻常——有几条宽阔的坡道，入口处有几个石制的圆球，楼高三层，第三层的房檐下刻有雕花。根卡和谢尔盖都不知道这座房子建成多久了，不过很显然，它的生命已经走到了尽头。房子周围环绕着新盖的建筑，院子里被挖遍了，儿童游乐场也堆满了建筑垃圾。

　　"我们就是在这儿训练的。"根卡对娜塔莎说。"以前还好些：这儿还有各种攀援设施，秋千什么的。很快房子就要被拆了，到时候就得找新地方了。"

　　"为什么要拆？"娜塔莎环顾四周，耸耸肩说。"房子是很老了，不过还很结实啊。大概是革命之前建的了。那时候建的房子永远都不会倒。"

　　"这儿的地在市中心，贵得很。还留着这片废墟不划算。"谢尔盖说。"而要是在这儿建十二层的高楼呢，能挣大把票子，足够一辈子在加纳利群岛上晒太阳了。"

　　"唔，那你们在哪儿跳呢？"娜塔莎问，从相机套里掏出了相机。"开始吧，现在我就开拍了。"

　　谢廖沙和根卡对视一眼。根卡向他眨了眨眼。

　　"娜塔莎，你看见大门口那些石球了吗？"他问。

　　"嗯，看见了。"

　　根卡助跑了一段，跑上坡道，左手碰了石球一下，一个三百六十度转身，一下子跳了过去。

"唔，怎么样？"他跑到娜塔莎身边，问道。

"酷毙了。成龙可以歇歇了。我连拍了四张。"

"真酷。"根卡笑着说。

"现在轮到我了。"谢廖沙说。他开始助跑，重复根卡的动作。只是他落地时不太成功，一下子就一瘸一拐的了。

"还是那条腿？"根卡问。

"嗯哼。"谢尔盖闷闷不乐地答道。"没什么，已经没事儿了。"

"唔，那好吧，"娜塔莎对根卡说。"现在我要跳了。你给我拍。"娜塔莎把相机递给根卡。"看，按这里。明白吗？"

根卡和谢尔盖对视一眼。根卡耸耸肩。

"唔，好吧，你跳吧。"他说。"只不过要小心点儿！"

"废话。"娜塔莎笑了笑。"我轻得很呢！"

娜塔莎简直不是跑上，而是飞上了坡道，在圆球上做了个空翻，顺顺当当地落在了台阶上。看到她的跳跃，谢尔盖和根卡惊讶得张大了嘴。

"拍下来了吗？"娜塔莎回到出发点，问道。

根卡摇摇头。

"哎呀，你呀！"娜塔莎倒没生气。"好吧，现在我再来一次。可别再忘了。"

娜塔莎又跳了一次，这次还加了点复杂的花样。

"我练过三年体操。"她向目瞪口呆的小伙伴们解释说。

"那怎么不练了？"根卡问。

"没前途。教练不想在我身上花时间辅导。唔，所以我就走啦。你们知道吗，体操跟你们的跑酷很相近。要是你们愿意，我可以教你们这么跳。"

根卡抽了下鼻子。他情绪有点低落。"看见没，才当了一会儿的教练！"他心想。"现在到底要谁教谁了？"

"咱们换个地方。"谢尔盖忽然提议。"我们要把你训练成垂直行者。"

"什么行者？"娜塔莎颇感兴趣。

"垂直行者。大卫·贝尔[①]是这么称呼跑酷运动员的。"谢廖沙答道。

他们拐过房角。这儿有一座平房跟房子相连，由灰色砖石砌成。谢尔盖瞬间沿着有豁口的墙壁爬上了屋顶。他坐到屋檐上，耷拉下双腿，神气活现地向娜塔莎喊：

"嘿，来啊，体操运动员，来这儿啊。"

"你是怎么做到的？"娜塔莎皱着眉问道。

"你难道没看见吗？"谢尔盖挖苦说。

"喂，快说，别捣乱。"娜塔莎请求说。

"那儿有些碎砖。"根卡跟娜塔莎解释。"还有些小坑，只有鞋尖儿伸得进去。你可不要自己试着去爬，不是谁都做得到的。多少人都在这儿受伤了，数都数不清。我自己就在这儿掉下来过两次。"

---

① 大卫·贝尔（1973 年 4 月 29 日——　）：法国一线男演员，跑酷创始人。

娜塔莎看了根卡一眼，又转眼去看谢廖沙，随后走近墙壁，仔仔细细地观察砖墙上的凹陷处。

"爬得上去。"她平静地说。"我很轻的。"

根卡没有回答，重重地叹了口气。他有种不好的预感，可是他不打算说服娜塔莎放弃。

娜塔莎开始助跑。她跳了一下，像猫一样轻盈地沿着有豁口的围墙向上爬，几乎快要爬到屋顶了。可就在这时她的右脚滑了一下，踩空了。娜塔莎身体悬空，双手抓着屋顶，双腿乱蹬着寻找支点。谢廖沙伸手给她，根卡则冲到墙下，伸手去接娜塔莎的右脚。可是娜塔莎没坚持住，掉了下来，崴了脚。

"哎，你看，我说过了你会把衣服弄脏的。"根卡叹气说。"没碰着吧？"

"我的脚！"娜塔莎呻吟说。

根卡在她身旁蹲下来。他感觉娜塔莎很疼，可是不知道该怎么帮她。谢廖沙从屋顶跳下来，这次又没成功。他一瘸一拐的，装模作样地嚎起来，勾得娜塔莎不由得勉强笑了笑。

"唔，你怎么样啊？"谢廖沙问。"还能走路吗？"

"我现在就试试。"娜塔莎答道。她站起来，撑着那条没扭伤的腿迈了一步，疼得咧起了嘴。

"哎呀，来这儿吧！"根卡说，一把抱起了娜塔莎。"回家去。"

"放开！我自己走！"娜塔莎抗议说，用拳头敲了根卡的额头一下。根卡笑了笑，说：

"你确实很轻！只是你别着急呀。我把你送到车站去。"

"根卡，"谢尔盖叫住他。"咱们不坐电车了。打的吧。"

"我没钱。"根卡叹气说。

"我有。有两百。嗖的一下就能到。现在我们只要打辆车就行了。"

娜塔莎还是挣脱了根卡的怀抱，由他搀扶着一瘸一拐地向车站走去。

"我们坐电车回去！"她坚决地说。"没必要浪费钱。"

"我说了打车！"谢廖沙坚持说。

"没错。"根卡点头说。"娜塔莎，我们不知道你的脚是怎么了。要是只是脱臼那还好说。"

大街上有很多出租车来来往往，但大多都拉了乘客。一辆辆出租车飞驰而过。发动机罩上的方格条纹和跑私人运输的公司名称吸引着行人的目光。谢尔盖伸手拦车，但是没有一辆空车停下。

"他们是不想挣钱还是怎么着？"谢尔盖生气地说。他跑到机动车道上，夸张地打着手势，可是出租车还是从他身边飞驰而过。

"他们不想拉我们这样的半大孩子。"娜塔莎说。"觉得咱们没钱。"

"唔，也许有的车是被预订了，有的是开往汽车房呢。"根卡为出租车司机们辩解说。

"娜塔莎，你的脚怎么样了？"谢尔盖已经问过好几次了。

"挺疼的。"娜塔莎答道。"咱们还是去坐电车吧。更快些。"

"到车站还得走一段路呢。"根卡哼了一声。

"还是打车吧！"谢尔盖断然说。

"那你就伸手拦车吧。"根卡跟谢尔盖说。"这不，来了辆'三套车'①。"

忽然传来急促的刹车声，谢尔盖吓得一下子跳回人行道上。一辆带染色玻璃的黑色"标致"牌轿车停在了他身旁。司机下了车，摆摆手，喊道：

"娜塔莎！上车，我送你！"

"伊万·尼古拉耶维奇！"娜塔莎高兴地说。"您这是从哪儿来？"

"从来处来。"克柳奇尼科夫嘟囔说。他显然情绪不佳。他已经注意到娜塔莎一瘸一拐的。"你的脚怎么了？"

"看样子是脱臼了。"娜塔莎惭愧地一笑。

"啊，那坐这儿吧。"克柳奇尼科夫说，在娜塔莎面前打开车的后门。"坐下坐下，让我们看看你的脚。"

"伊万·尼古拉耶维奇，您是医生？"娜塔莎坐到后座上问道。

"对。我是眼科医生。"克柳奇尼科夫开玩笑说。他蹲下来，解开娜塔莎的鞋带，小心地捧起她的脚，仔细察看起来。"确实是脱臼了。不过有办法。"他很有把握地说，用力把娜塔莎的脚往自己这边一扭。

---

① 此处借用《三套车》这首俄罗斯著名民歌的名称。

娜塔莎惊讶地"哎哟"了一声，眼神瞬间变得凶巴巴的：

"伊万·尼古拉耶维奇！您在干什么啊！"她叫起来。

"我在实施急救呀，"克柳奇尼科夫笑着说。"现在全好了。"

谢尔盖和根卡对望一眼。

"怎么，小伙子们，你们是在等我特意邀请咯？"克柳奇尼科夫转向他们说。"赫内金和波塔片科。我没叫错吧？你们要回家吗？"

"我们坐电车走。"谢尔盖垂着头说。

"哪儿来的什么电车，"克柳奇尼科夫摇摇头。"都给我上车吧。路上我们可以谈谈跑酷，谈谈埃及……"

"那好吧。咱们就直接谈埃及吧。"谢尔盖答道，上了车。"我们明白，您想搞个什么教育学实验。不过有意思的是，是根据什么原则挑的我们？又不像是电脑随机分的。"

"当然不是。是我自己挑的你们。嗯，我们这就出发？"克柳奇尼科夫问。

谢尔盖、根卡和娜塔莎在后座上坐好，"标致"牌轿车缓缓开动了。

"伊万·尼古拉耶维奇，"娜塔莎说，"我的脚已经不疼了。您真是医生啊？"

"当然不是了。只不过就像一位作家说的，'精博兼顾'总是没坏处的。我正在努力照做。"

"伊万·尼古拉耶维奇，到底是根据什么原则挑的我们？"谢尔盖再次问道。"您直说好了，我们不会难过的。"

"是啊。"根卡赞同说。"有人想来您的俱乐部却没名额，而您却挑了些对埃及啥也不了解的傻瓜。也许，让别人代替我们去更公平些？"

克柳奇尼科夫沉默了很久。他知道这个棘手的问题迟早要被提出来，可是他却没有想好该怎么回答。老老实实说实话呢，可能会把一切都搞砸了，而撒谎他又不习惯。他只好避而不答。

"孩子们，"克柳奇尼科夫叹气说，"不管怎么样吧，我挑了你们，你们这十二个人。各人兴趣爱好都不一样，而我当时需要想个主题好把你们联合起来。于是我就想到了埃及。但是埃及并不重要，重要的是交流，包括一对一的电话交流……是谁想来参加俱乐部？"

"我们班的奥列格·布佐夫。"娜塔莎说。"他已经跟所有人都嘀咕过这事了。"

"可他怎么不来找我？"

"也许是害臊，也许他就那么骄傲来着。"娜塔莎耸耸肩。

"他才不会害臊呢。"根卡讽刺地笑了一下。"他是个无赖。他在打什么小算盘。"

"一般来说，我不想随便把什么人都招到俱乐部里去。"克柳奇尼科夫说。

"这就对了！"娜塔莎同意说。"现在的人数还说得过去，不少了。"

"而且……我非常希望我挑中的人都愿意来俱乐部。谢尔盖，根纳季，这首先就是指你们。"

　　"您这么想让我们去听课？"谢尔盖笑了笑，问。"难道没我们就不行吗？"

　　克柳奇尼科夫回头看了一眼谢尔盖，注意到他专注的目光中带着探寻的意味，于是答道：

　　"没你们不行。来不来？"

　　谢尔盖和根卡对视一眼。

　　"我们会想办法来的。"根卡不太情愿地答应道。

　　"那就今天给我打电话吧，我们谈一谈。这是我的电话号码。"

　　娜塔莎坐在车上，猜测着母亲见到她会说什么。也许会说："我可警告过你！可能会摔断腿的！你看这个什么跑酷把你搞成什么样了？还说什么交到了谢廖沙和根卡两个朋友呢，少跟我扯了！"

　　"那怎么了，他们是很棒的小伙子！"娜塔莎想象着自己如何回答妈妈。"我走不了路，根卡还抱着我走呢！跑酷我以后还会练的。等脚好了就练。"

　　娜塔莎想到这里就开心起来。她看了看根卡，又看了看谢廖沙，微微地笑了。不知怎么，她隐隐知道，就在这一天，一下子有两个人爱上了自己。

第 十 二 章

小动作

9 月 25 日，星期一

尼林沿着走廊向教员休息室走去。走廊里飘荡着一股可疑的油漆味。"不知什么地方在刷油漆。"校长心不在焉地想。

他走进教员休息室，一进门就听到物理老师亚历山大·鲍里索维奇低沉的声音。他正在跟年轻的生物老师——瓦列里娅·尼古拉耶夫娜争论，后者是前不久才来到这所学校的。

"如果学生听不懂您讲的，您怎么办呢？"亚历山大·鲍里索维奇问，又自己回答说："没错，您会重复一遍。您会放慢速度，用浅显易懂的语言讲，有时还得重复第二遍，第三遍。可是您是在给整个班讲课啊，班里有三十个人甚至更多。总有人听完三遍还是不懂。而当您苦口婆心地给他们讲的时候，那些一听就明白了的人就会觉得烦了。所以只需要讲一次，但这是为了让所有人都能懂。"

年轻的生物老师对此怎么想，从她脸上就能看出来。"哎呀，这个搞物理的可让我忍无可忍了！"她大概在这么想。

维克多·亚历山德罗维奇·尼林有时候觉得，他这所学校的教师们对他来说就像是多出来的一个班，还是最不可预料、最难以驾驭的一个班。尼林一进教员休息室就觉得浑身不得劲儿。大部分老师都是女的，尼林宁愿对她们敬而远之。你永远也不知道女人心里在想什么。学校里的男老师只有三位：物理老师、体育老师和劳动课老师。三个人都比尼林小，在一众女教师里如鱼得水。

"上帝保佑，还有办公室可以躲，可以在那儿管理这所学校。"

尼林想，准备从教员休息室逃之夭夭。不过就在这时，数学老师塔玛拉·彼得罗夫娜拦住了他的去路。

"维克多·亚历山德罗维奇，"她说，"学校里气氛很不好啊。孩子们不想学习。"

"大惊小怪！"尼林暗自哼了一声。"这帮孩子什么时候想学习过?!"

"怎么回事？"他表现得很不安。

"孩子们不想为了分数学习而已。"物理老师亚历山大·鲍里索维奇走过来，纠正塔玛拉·彼得罗夫娜说。

"那他们想为了什么学习？"尼林嘲讽地笑道，试图让这个问题显得不值一哂。"难道想为了钱？"

"为了笔记本电脑啊。"物理老师回答说。"这没什么好笑的。"

"您一个劲儿维护的那个人是个不相干的人。真不明白他在学校里搞些什么。"塔玛拉·彼得罗夫娜说。"也许您跟他有什么计划，觉得他能搞出点儿什么来。那就让大家知道你们的计划嘛，这样我们就不会被鸡毛蒜皮的事情打扰了。可是目前我们只看到，一个不相干的人粗暴无礼地干涉了教学进程。也许他倒是想办点儿好事，可我们看到的结果正相反。所有孩子都在跟我们嘀咕这个俱乐部的事儿。'如果是个比赛的话，为什么不让所有九年级学生都参加？'这就是问题所在。今天上第二节课的时候，布佐夫大声拿这件事开玩笑，结果课上不下去了。"

"塔玛拉·彼得罗夫娜，"万尼林重重地叹了口气。"一切都在我的掌握之中。很快俱乐部就开不起来了。"

"您为什么要把 215 办公室给他？"

"开始在上课时间搞装修。"物理老师随声附和说。

"装修？"万尼林笑了一下。"不会马上就装修的。他还要考虑考虑值不值得这么大费周章。装修可是很费钱的。"

"你对自己的同学可真不了解啊。装修已经搞完啦。"塔玛拉·彼得罗夫娜摇摇头。"您难道没闻到，整个走廊都有一股油漆味儿吗？"

"维克多·亚历山德罗维奇，215 办公室离您的办公室可近得很啊。"物理老师提高声音。"可您都不知道在您眼皮底下发生了什么。"

"亚历山大·鲍里索维奇，"万尼林一下子严厉起来。他皱了皱眉，补充说："好吧，我一定把情况搞清楚。"

尼林从教员休息室走出来，当即向 215 办公室走去。他很生克柳奇尼科夫的气，但他也觉得自己确实对这位昔日同窗了解得太少了。他知道克柳奇尼科夫在工科学校读书，知道他当过工程师，知道他现在在经商。他还知道他除此一无所知了。

最近的十年里尼林和克柳奇尼科夫没见过面，连电话也没打一个。当时没这个必要。

"我们从来都不是朋友。要是我们从来都没见过就更好了！"尼林想，在 215 办公室的门前停了下来。

门后一会儿响起一个女人的声音，一会儿又传来椅子轻轻挪动的声音。门和地板之间的缝隙被一块抹布堵得严严实实。这是为了不让走廊里有油漆的味道。

"这些阴谋家！"尼林想到油漆工就来气。他悄悄把门打开，往办公室里望了一眼，轻轻咳嗽了一声。办公室里，三个女油漆工正在干活。她们在漆窗户。其中一个，也是最年轻的那个，回头看了一眼尼林，说：

"请把门关上！"

这让尼林有点不爽。他走进来，在身后把门关上，说：

"首先，你们好！其次，我是这个学校的校长。再次，你们在这里干什么呢？可没得到我的同意啊。"

"我们以为您知道呢。"另一个年纪大一点的女的笑了一下，说。"我们在刷油漆呢。"

"我们要把它刷完。"那个年轻一点的女的微笑着说。"维克多·亚历山德罗维奇！您没认出我吗？我七年前在这里上学来着。我叫娜佳·福缅科。您还记得吗？"

尼林看了她一眼，点点头。他不记得娜佳·福缅科这个学生了，但是不愿意表现出来。他忽然不知怎么有点不安。他环顾四周，叹了口气。天花板洁白耀眼，墙壁被漆成了鲜嫩的青草的颜色，没刷完的窗户大敞四开着。装修已经快要结束了。"好吧，跟油漆工也没什么可说的了。"尼林心想。他没说再见就走出了办公室。

他生克柳奇尼科夫的气，是因为克柳奇尼科夫忙不迭地就开始装修，毫不吝惜金钱，而这都不是他所希望的。他走进办公室，在办公桌前舒舒服服地坐下，用手机给克柳奇尼科夫打了个电话。

"伊万，你好。我是尼林。你这装修搞得太急了吧？"

"你这问题真奇怪，"克柳奇尼科夫回答。"我以为我们都说好了呢。你不是都跟门卫提前说了吗。我在门卫那儿也确实没碰上什么困难。"

"为什么你当时没跟我说这周末就要装修？"

"对不起，我自己周五的时候也还不知道啊。"

"你可以周六给我打电话啊。周六不上班，往家里打啊。"

"听我说，维克多，出了什么问题？"

"首先，没有人在学期中间搞装修。其次，老师们很不满。我跟你说过山雨欲来吧？现在可好，雷已经打得轰轰响了。九年级三班的课都没上成。没人愿意学习，都想得奖励。"

"听我说，我没答应过给全学校的人都配电脑啊。你把孩子们集合起来，跟他们谈谈。你可是校长啊。这还用我教你吗？！至于装修的事，我全明白了。我太急着装修了，你也太急着许愿了。那么，你可以把你的话收回去。"

尼林深深地叹了口气。他对克柳奇尼科夫的怨气一下子消失得无影无踪了。

"伊万，简单说吧，我们这么办。你把装修搞完，开始上你的课。到时候再看。不管怎么说，我不是你的敌人。"尼林说完就挂上了电话。

"也不是我的朋友。"克柳奇尼科夫挂上电话，说道。

他情绪低落，心情沉重。他明白，跟尼林商量不到一起去。"上帝保佑装修的事情一切顺利吧。钱已经花出去了。谢天谢地，没打水漂儿。"他想。"当然，迟早是要离开这个学校的。没准儿这倒更好。可惜的是家长们不理解我。也许是我自己的错：我自作聪明，想了奖励电脑这么个馊主意。本来可以换个方式的：让所有人都来听讲座，只让那些对埃及感兴趣的人来参加俱乐部。那样损失就会小得多，俱乐部收到的效果也会明显得多了。那样更简单，也更容易让人接受。而现在我却不得不绞尽脑汁，想方设法不在孩子们面前丢人，还得把家长们争取过来。"

＊　　＊　　＊

9 月 26 日，星期二

这一个礼拜里，奥列格·布佐夫每天都缠着安德烈·温格罗夫问：

"怎么样，看了吗？"

而每次温格罗夫都回答：

"别缠着我了！还没看呢！"

布佐夫迫不及待地想知道，片子给安德烈留下了什么样的印象，他在片子里找没找到克柳奇尼科夫，如果没找到，那又是为什么。

历史课上，安德烈出人意料地把盘还给了布佐夫。安德烈把盘塞给他，一句话也没解释，这倒让布佐夫更激动了。他等不到下课，就用铅笔在安德烈背后捅了一下，悄声问：

"你看了？"

"看了，别缠着我了。"安德烈答道。

"看见他没？"奥列格不肯放弃。

"你拿我当傻子呢?！"安德烈骂道。

"你说什么呀?！"奥列格皱了皱眉。"我说认真的呢！"

"里面根本没他。倒是有个白头发的男的，不过不是克柳奇尼科夫。"

"不可能！"奥列格生起气来。"我可是亲眼看见的！"

"你这个奇葩，给我拿来的是这张盘吗？"

奥列格打开盒子，读了一下片名：

"就是这个！"

"唔，那就是你自己笨了！"安德烈得出结论说，转过身去。

"闭嘴，你这个坏蛋！"布佐夫勃然大怒，但就在这时，老师批评了他。

娜塔莎·冈察洛娃看到了他们传递光盘，连盒子上的片名也看到了。她对这部片子很感兴趣，就在课间的时候去找安德烈，问：

"安德留沙，那张讲埃及的盘是你的吗？"

"是布佐夫的。"安德烈简短地答道。

"可你看过了？有意思吗？"

"一般般。"安德烈耸耸肩。

"听着，我也想看。你觉得布佐夫会让我看吗？"

"不会的。"安德烈摇摇头。"他不会给你的。"

"为什么？他不是给过你吗？"

"要不是他用得着我，他连我也不给呢。"

"他用得着你做什么？"娜塔莎很感兴趣。

安德烈叹了口气，心想："这些丫头片子可真招人烦！好吧，只好跟她解释了。"

"布佐夫看了这部片子，发现里面有克柳奇尼科夫。你想想看，克柳奇尼科夫出现在埃及的考古发掘现场。"

"真的？"娜塔莎睁大双眼。"他去过那里？"

"没去过！他跟我们说过的。我相信他！"

"我也是！"

"而布佐夫说克柳奇尼科夫撒谎。"

"他有什么权利指责别人?！"娜塔莎生气地喊道。

"简单说，布佐夫给了我盘。我和尼基塔看了，但是伊万·尼古拉耶维奇不在片子里。这一点我百分之百确定。可我不明白布佐夫想从我这里得到什么……我感觉，他希望俱乐部办不起来！"安德烈忽然自己得出了结论。

"就是这么回事！"娜塔莎点点头。"他可真爱眼红，简直糟透了。听着，可是我现在必须看看这部片子！我要去问问他。也许会给我呢。"

"唔，那你就去试试吧。"安德烈笑了笑。"也许会给的。给你来一拳……"

奥列格·布佐夫心情不好。他不明白发生了什么事。莫非他确实看错了，把心里想的当成亲眼见的了?！为了证明不是这样，奥列格准备把片子再看一次。今天就看，一放学就看。

这时娜塔莎·冈察洛娃忽然走到他跟前：

"奥列格！我看见你有张讲埃及的盘。给我看看吧。"她请求说。

"不给!"布佐夫断然说。

"怎么，你舍不得还是怎么着？"娜塔莎不肯罢休。

"别缠着我!"布佐夫猛地推了娜塔莎一下。娜塔莎生气起来，挖苦说：

"哦哦哦！我明白了！你是想当埃及学家哪！当然咯，埃及那边可是眼巴巴地等着你光临呢！人们坐在发掘现场想着：什么时候'踮着脚尖走路的骷髅先生'才能来我们这儿呢？"

布佐夫皱着眉瞪了娜塔莎一眼。她的话像烧红的烙铁一样刺伤了他的自尊心。他随时准备动手打娜塔莎。周围人爆发出的笑声成了导火索。奥列格在狂怒中一拳打在娜塔莎的脸上，她没站稳，侧身倒在课桌上。

布佐夫觉得还不解气，于是破口大骂起来。

这时根卡·赫内金出现在他面前。

"混蛋！"他叫道，扑到布佐夫身上。"你这猪猡竟敢打人? 看我怎么收拾你！看我怎么收拾你！"

布佐夫摆出防守的姿势，灵巧地避过了赫内金冲动的一击。看样子，布佐夫不仅是个篮球手，还是个出色的拳击手。他抓住机会使出自己拿手的短侧拳，从左边打中了根卡。根卡晃了晃，差点没跌倒。他被打得晕头转向，再也无法反击了。

布佐夫高兴得太早了。就在这时，谢尔盖·波塔片科把他打倒了。布佐夫倒下后马上站了起来，一连串拳头开始拼命往谢尔盖身上招呼。

"你想怎么着?!"布佐夫吃惊地叫道。"我打死你这傻帽!"

这句威胁只招来谢尔盖的嘲笑罢了。他像一辆坦克一样，冷静镇定。如果说根卡打架的时候情绪激动、大喊大叫地飙脏话的话，那么谢尔盖打架时则一语不发，显得又谨慎又精明。他简直不是在打架，而是在工作呢。他像蝴蝶一样绕着布佐夫游走，一拳拳向他打去，就像车工在整治毛坯。他的每一拳都打到了实处。布佐夫感觉很不好过，但就在这时上课铃响了。

谢尔盖住了手，回头看了一眼娜塔莎。随后忽然猛地向前一蹿，狠狠地打在布佐夫的下巴上。

"要是你再敢跟她动手，我就打得你满地找牙!"他对布佐夫说，然后气定神闲地回到了自己的座位上。

布佐夫坐下来喘口气，忽然发觉自己有颗牙被打掉了。他用舌头舔舔，感觉嘴里有个豁口，于是懊恼得呻吟起来。美观的牙齿是成功人士良好形象的一部分。在最显眼的地方缺了颗牙，还怎么当成功人士?!"这帮混蛋，我会跟你们算总账的!"布佐夫想，气得咬牙切齿。"等着瞧吧，跟你们算总账!"

这时生物课开始了。女教师瓦列里娅·尼古拉耶夫娜走进了教室。她很年轻，经验尚浅，脾气还很急躁。"课间的时候班里出了什么事？"她一下子就明白了。"大概是打架了。对！一点儿不错！"

"你们好，"瓦列里娅·尼古拉耶夫娜说，走到讲台前。"都请坐吧。跟我说说是怎么回事。"

班里没人吭声。布佐夫、波塔片科和赫内金的样子很狼狈：赫内金的鼻子流着血，波塔片科的上衣撕破了，而布佐夫双眼都成了乌眼青。瓦列里娅·尼古拉耶夫娜面带责备地摇摇头：

"难道你们就不能跑到街上去打吗?！"

面对她的诘问，只有佩利亚耶夫出声回应：

"大家注意啦！到街上去打！这就是当代教育工作者积极的人生态度！"

瓦列里娅·尼古拉耶夫娜瞬间做出了反应：

"好了，够了！我去找校长！让他来摆平你们！还有你也是，佩利亚耶夫！"

瓦列里娅·尼古拉耶夫娜像子弹一样嗖地走出了教室，懊恼地"砰"的一声关上了门。

班里热闹起来：

"得，又一节课上不成了。"尼基塔·叶若夫说。

"成了优良传统了。"佩利亚耶夫嘲笑说，他的心情丝毫没受影响。

"她哪儿也不会去的。马上就会回来上课，就跟什么事儿都没有一样。"马克斯·卡明斯基安慰大家说，不过他的话谁也不信。

"安静！大家都坐好！"卡佳·索科利尼科娃命令道，但是没人听她的。

瓦列里娅·尼古拉耶夫娜没去找校长。她站在门后，注意听着班里的动静。"意志要坚强！要坚强！"她暗暗对自己说，不过这句话也平复不了她的心情。等班里安静下来后，她还是进了门，开始上课。

根卡去了洗手间把血迹洗掉，谢尔盖把上衣脱了下来仔细察看着，娜塔莎从包里掏出了一面小镜子和粉扑，而布佐夫则请假去了医务室……

放学回家后，奥列格赶紧走到镜子前，张开了嘴。上边一颗门牙只剩下一半了。"哼！这帮混蛋！只好去把牙接长，然后再镶上牙套了！"奥列格想。"这样我笑起来的时候样子就彻底毁了！"

他的乌眼青看着糟糕透了。"这俩眼圈儿不会很快消下去的，"奥列格阴郁地笑了笑。"明天我要戴着墨镜去上学，就跟'终结者'一样。"

奥列格转身离开镜子，打开电脑，把盘插入 DVD 光驱里。他自认为观察力很敏锐，也很骄傲自己的记性不赖。他的眼很尖，从来没坏过他的事。可当他把片子重看一遍后，却沮丧极了。没错，安德烈说得对：奥列格把一个白发的埃及人误认成克柳奇尼科夫了，结果在看第二遍的时候发现，克柳奇尼科夫跟这个人一点儿也不像。奥列格想了半天也想不透，他怎么会犯这种错误。

他很快就对克柳奇尼科夫兴趣全无了，对俱乐部也是。但是在意识到自己的图谋失败了的同时，他想要报复的欲望也苏醒过来，还更加强烈了。奥列格决心非要报复不可。

他在网上找到机动车数据库，用黑色"标致"牌轿车的车牌号轻而易举地查到了克柳奇尼科夫的住址和电话号码。他当然不打算找到克柳奇尼科夫家里去，不过可以打个电话给他。于是他就真打了：

"伊万·尼古拉耶维奇？"

"是我。您是？"

"我是九年级三班的布佐夫·奥列格。能问您个问题吗？"

克柳奇尼科夫沉思起来。他已经听说过这个名字了。大家的评价不怎么高。

"你问吧。"

"为什么您不往俱乐部里招那些真正对埃及感兴趣的人呢？"

"真正感兴趣？"克柳奇尼科夫反问。"照你看，谁对埃及真正感兴趣呢？"

"我们班有配得上参加的人。哪怕招我也行啊。"奥列格无礼地贸然答道。

"你想说的是，我往俱乐部里招的都是些不配参加的人？"克柳奇尼科夫提高了声音。

"我可没说这个。"布佐夫微微一笑。"尽管可能确实是这么回事。您了解自己挑的这些人吗？要知道，他们里面有几个人可是纯粹的窝囊废，不可救药。就拿根卡·赫内金来说吧，总是不及格，是个流氓，还往学校带啤酒，在课上喝。您给他们发邀请函的时候知道这回事吗？还有那两个胖妞——奥克萨娜和达莎。她们又抽烟，又说脏话，还总翘课。"

　　"打住，奥列格。"克柳奇尼科夫叹了口气。"怎么，你是在给我收集你同学的黑材料吗？你觉得他们不配参加俱乐部，想顶替别人的位置？对不起，这是不可能的。"

　　"我没打算顶替谁的位置。我现在这样挺好。"

　　"那就安分点，别搞小动作。"克柳奇尼科夫挂上了电话。

　　"那好吧。"布佐夫哼了一声。"那咱们就搞点大的！"

第 十 三 章
谈心 2

9 月 27 日，星期三

　　娜塔莎早就想养个宠物了，只不过不知道养什么好。她既喜欢小猫，又喜欢小狗，还喜欢鹦鹉，甚至连马也喜欢。她的妈妈——瓦列里娅·弗拉基米罗夫娜在幼儿园当老师。

　　"养马就算了吧！"当娜塔莎跟妈妈讲自己的想法时，妈妈笑着说。"听着！"她忽然说。"我们一个老师前几天说想转让一只兔子，带笼子一起转让。照她的说法，只象征性地收一点点钱。要不我们买下？"

　　"买吧。"娜塔莎马上同意了，但是想了想又问道："可是她为什么要卖掉呢？兔子不会有病吧？"

　　"她说她是买来给儿子当生日礼物的。她儿子是个一年级学生，跟兔子玩了一个礼拜，然后就开始折磨它，根本不想照顾它。所以这个老师就想把兔子转让给好心人。买不买？"妈妈又问道。

　　"买！"娜塔莎肯定地说。

　　"你会照顾它的吧？"

　　"当然啦。我又不是一年级小孩。"

　　第二天，妈妈带回家一只笼子，里面装着一只兔子。它白白的，毛茸茸的，有一双鼓出来的黑眼睛和灵敏的鼻子。它扇动着耳朵，总是这儿闻闻，那儿嗅嗅。当娜塔莎想抚摸它时，它就舔起她的手指来。

　　"怎么样，喜欢吗？"妈妈问。

"喜欢！"娜塔莎心满意足地笑起来。"它几岁啦？"

"统共多少年，就有多少岁。四十还不到，刚好满半载。"妈妈套用马尔夏克的诗回答说。"它还很小呢。"

"它还会长吗？"

"唔，会长一点儿。它是观赏兔。成年的兔子重三斤呢。怎么样，咱们要了？"

"要了！"娜塔莎抱起兔子说。"喔！有小二斤呢！妈！我真喜欢它！"

"我以后用不着给它再找买主了？"妈妈叹了口气，问。

"用不着了！咱们要定了。"

"那好吧。你要给它起什么名字？"

"就叫'小二斤'好了！"

"还算独特。"妈妈笑了笑……

从那时起到现在已经两个月了。娜塔莎全心全意地宠爱着自己的兔子。兔子长大了些，也熟悉了新环境。每天娜塔莎把它从笼子里放出来，让它在房间里跑一跑。"小二斤"什么都感兴趣：拖鞋啦，管子啦，家具啦。不过它最喜欢的是啃墙纸。不得已，只好让它在阳台上活动。

"小二斤"非常喜欢让人抚摸它的头和背，轻轻挠它的后脑勺和脸颊。它能在娜塔莎的膝上一坐好久，垂着耳朵，眯着眼睛，悠然享受主人的爱抚。但只要动作一停下，它就开始舔娜塔莎的手指，求她接着爱抚。如果不理会它，它就会发出搞笑的低吼，还会咬人手指，不过一点也不痛。

"小二斤"的胃口没得说。它能整日整夜地吃绿叶菜，吃个没完。为了给它拔草吃，娜塔莎特意跑到森林公园去，还跑到远处的林间空地去，那里离公路和遛狗场更远。她从森林里摘来车前草和草莓的叶子、蒲公英和三叶草的花儿、野苹果树和野樱桃树上的嫩芽。整个九月都阳光灿烂，青草蹭蹭地猛蹿，草莓居然还冒着初寒开花了。不过马上就是十月了——冷冽的秋雨和阴沉的铅云就要袭来了。到时候就不得不给兔子换点干的东西吃……

娜塔莎是个幻想家，喜欢做白日梦。照镜子的时候，她一会儿想象自己是歌星，一会儿想象自己是电影明星，一会儿又想象自己是总统夫人。镜子里未来的名女人眼睛下面挂个乌眼青似乎也不算什么大事。

未来的总统她还没找到。不过她的朋友中却有两个货真价实的骑士——波塔片科和赫内金。看样子，他们两个几乎同时狂热地爱上了她，都把她视为心上人，像骑士崇拜贵妇人那样。原因显而易见。娜塔莎知道是因为自己又美丽，又聪慧，还擅长运动。

但是问题来了：他们俩之中她应该青睐哪一个呢？应该把自己的手伸向谁，把自己的心托付给谁呢？将来她要成为谁的妻子呢？

要是从谢廖沙和根卡当中挑，简直能让人发疯。他们就像兄弟一样彼此相像，兴趣爱好也一模一样。只不过姓名不同罢了。

上小学前娜塔莎就知道，她的姓名跟普希金的妻子娜塔莉娅·尼古拉耶夫娜·冈察洛娃一模一样。有这样的姓名让人觉得又高兴又光荣。妈妈喜欢提醒娜塔莎，她有一个多么光辉的姓氏。妈妈教会娜塔莎，要为自己的姓氏而骄傲，所以娜塔莎早早就想到，等到结婚的时候就得改姓了。当然，娜塔莎知道，妻子有权利不改姓丈夫的姓，而是保留自己的娘家姓。但是爱情是可怕的东西，一个女人，除非她是超级巨星，一般都会牺牲掉自己的姓氏来讨爱人的欢心，不管她本来的姓氏有多好听。这不，住在九号房间的邻居柳芭莎结婚前本来姓彼得洛娃，婚后就改成了科什金娜。如今她的姓名成了个让人难堪的绰号——"科什金娜·柳波芙"①。

就算要改姓，那也得改个好听的。而谢廖沙和根卡的姓一点儿都不合适。娜塔莎想象着自己要被叫作"波塔片科女士"或是"赫内金娜夫人"就一下子浑身不自在起来……

放学后，根卡和谢尔盖两个人一起送娜塔莎回家。娜塔莎已经不一瘸一拐的了，但脚还是不时隐隐作痛。

"怎么这样！我的脚刚好，布佐夫昨天就推了我一下，结果我又把脚扭了。"娜塔莎向自己的"骑士们"抱怨说。

"昨天揍他揍得还不够狠！"根卡哼了一声。"还得再打。"

"且慢动手。"谢尔盖笑了笑。"先等他的牙长出来。"

"根卡，我不明白你为什么要给我出头？"娜塔莎说。"唔，他是推了我一下。那又有什么大不了的？"

"他是个混球！"根卡气愤地眨着眼睛说。"混球就该被收拾。"

---

① 科什金娜·柳波芙：意为"小猫的爱情"。

"可现在全班都以为你是我的对象。"

"他们这么想，只是因为我为你出了头？"

"当然。"

"那就让他们这么想好了。我确实喜欢你！"

"可谢尔盖给你出头，就没人觉得不对劲儿。大家都知道你们俩是好朋友。"娜塔莎说。

"我根本不是想给他出头，我想保护的人是你。"谢尔盖答道。"我也喜欢你。"

娜塔莎抬头望天，重重地叹了口气。

"这算怎么回事，集体表白吗?!天知道该怎么回答你们！"娜塔莎看了看谢廖沙，又看了看根卡。"你们这俩玩跑酷的，我一个都不喜欢！我再也不会跟你们一起去训练了！话说回来，下次训练是什么时候？"

* * *

马克西姆·卡明斯基觉得很无聊。没错，他是有电脑。没错，他是有好看的书报杂志。可是现在，可能是人生头一回，他想普普通通地跟人说说话。他跟同学们把关系搞僵，还狠狠顶撞了克柳奇尼科夫后，就主动跟兴趣相投的朋友们断了来往。本来一切都可以挽回的，可是他过于自傲，不愿去俱乐部认错。

古埃及老早就让马克西姆着迷了。光是讲神话和考古的书他就读了不止一本。读之前他就明白了：有两种埃及学——官方埃及学和民间埃及学。官方埃及学断言，埃及的所有金字塔都是法老们在公元前 3100 年以后建造的，而民间埃及学则推测，至少有一半的金字塔建成时间要更早，而且是由某种远古文明借助一种非凡的技术建造的。如果说关于官方埃及学的资料十分翔实丰富的话，那么关于民间埃及学的资料则几乎没有。

官方的学说经常故意篡改事实。马克斯是在扎马罗夫斯基的《金字塔的传奇》里第一次了解到学术造假的。书里说，弗林德斯·皮特里 ① ——日后的大埃及学家——有一次当场抓住了一个叫什么格洛弗的医生：当时这个医生正在胡夫大金字塔国王墓室的通道里用锉刀拼命地锯一处凸起处。他之所以铤而走险，为的只是让通道的形状跟他的某个假设相符。

马克斯极其厌恶官方学者这种肆意歪曲事实、学术造假和隐瞒真相的行为。

起初，马克斯把克柳奇尼科夫也当成了官方埃及学学者的一员。所以他才在讲座上顶撞了克柳奇尼科夫。

叶若夫和温格罗夫每周四都把克柳奇尼科夫的赠书转交给马克斯，还会讲讲俱乐部的新闻。这让马克斯特别感兴趣。慢慢地，他

---

① 弗林德斯·皮特里（1853—1942）：英国考古学家。埃及前王朝文化的发掘主持者之一。早年在英国南部考察史前古迹，后到埃及进行考古调查和发掘。曾任伦敦考古学院埃及学教授，是第一个使用严格科学方法进行田野发掘的考古学者。他通过对埃及、希腊考古遗物的交叉断代，推广了比较考古学的研究方法，又奠定了考古学中人工制品分析的基础。他创立的"考古序列断代法"，至今仍在考古工作中应用。

明白了，他对克柳奇尼科夫的第一印象是错的，克柳奇尼科夫不是官方埃及学的信徒，而是正直的民间学者，还很会讲故事，是个讨人喜欢的人。他不记马克斯的仇，还反复说，马克斯随时都可以回俱乐部来。

马克斯倒是想回来，可是无论如何也克服不了自己的自尊心。他还感觉自己很有必要为自己的粗鲁向克柳奇尼科夫道歉。于是他决定打电话跟他谈谈。

"喂？是伊万·尼古拉耶维奇吗？"

"是我。"

"您好！我是马克西姆·卡明斯基。"

"你好！请说吧，马克西姆。"

"伊万·尼古拉耶维奇，我在上上个星期四顶撞了您。请您原谅。"

"唔，你就当已经道过歉了吧。请接着说！"

"谢谢您送的书，真的，我已经读了……"

"好啊，马克斯。你能打电话来太好了。明天课后来 215 办公室吧，我等你来。"

"嗯，您知道吗，伊万·尼古拉耶维奇，我很想来，可是有人会不高兴的。会出事的。我当时跟大家都吵翻了。塔尼娅·布拉温娜都准备把我的眼珠子抠出来了。"

"你听说过那句俗话吧，'念旧恶者独眼龙，心胸宽者双目全'。"

"听说过。可有多少只眼睛都不够他们打的，伊万·尼古拉耶维奇。"

"马克斯，你来吧。我会跟他们谈谈的。我敢说，没人会责备你的。我们是一个集体，团结才是力量。"

"唔，那好吧，伊万·尼古拉耶维奇，我尽量来，但是不能打包票。行吗？"

"行。"

"还有，您想出奖励电脑这个主意可是打错算盘了。这个点子大赛正在破坏大家的关系。每个人都为了赢电脑而跟自己的同学对着干。而您可是说团结才是力量的。"

"没错，马克斯，你说得对。我正后悔没想到这点呢。不过，做了就是做了，后悔也没用了。"

"我听说，家长们对您有很多攻击。"

"是这样。"克柳奇尼科夫赶紧转移话题。"听着，马克斯，我听说你瞧不起埃及学家？为什么啊？"

"他们捏造事实。有一个埃及学家在国王墓室里把'多余'的地方锯了下来，另一个埃及学家在金字塔上把胡夫的名字写错了，还有一个凭空造出了'图坦卡蒙'陵墓！"

"那你又为什么生我的气呢？如果不用保密的话？"克柳奇尼科夫开玩笑地问。"我貌似没有捏造事实啊。"

"我以为，您是这些官方埃及学家的支持者。您讲座一开始讲的那些东西，我老早就不信了。您错就错在把第三王朝、第四王朝和第五王朝的金字塔混为一谈。而它们是根本不能混为一谈的，"马克西姆飞快地说起来，好像是害怕被打断似的。"大金字塔、曲折金字塔、红金字塔和美杜姆金字塔被错误地归入了第四王朝，而它们是由史前巨石建成的，这些巨石水平放置，没有任何多余的角度。石块的大小都是标准化的，彼此严丝合缝。而第三王朝和第五王朝的金字塔是由黏土混着沙石制成的砖块砌成的，向中心倾斜，为的是不让金字塔倒塌。最关键的是，几乎所有的埃及金字塔都建在非常古老的史前建筑物的遗址上。"

"马克西姆，我原以为听众都对金字塔一无所知呢。"克柳奇尼科夫叹气说。"唔，我当时得找个话头开始讲，不是吗？原来你在金字塔学这个领域里挺有心得。你读了什么相关的书？"

"安德烈·斯克利亚罗夫的《古埃及众神的文明》。"

"你是什么时候读的？"

"前不久。"

"唔，那我们俩应该能很默契地猜出对方的想法。因为我也是前不久才读的这本书……明天我要讲大金字塔。你来吧，会很有意思的。"

"伊万·尼古拉耶维奇，让我想想，回头再给您打电话好吗？"

"好吧。我等你电话。再见。"

*　　*　　*

克柳奇尼科夫的电话又响了起来。"谈心"在继续着。

"伊万·尼古拉耶维奇，晚上好！您听出我是谁了吗？"

"晚上好，卡佳。我听出来了。你今天又是没想出什么设想，只是随便打打电话吗？"

"不是的。今天我可有设想。还不少呢。"

"唔，你说说看。"

"伊万·尼古拉耶维奇，当初马蒙哈里发[①]手下的人在向上的通道里发现了花岗岩制成的石板。他们在旁边更柔软的石灰岩里打了通道，绕了过去。可是要是石板封住的恰好就是通往其他走廊和房间的入口呢？"

"完全有可能，卡佳。只是可惜的是，我们无法证实这一点。金字塔是埃及最主要的名胜古迹。它得让政府有钱可赚。大多数游客都不怎么了解金字塔的构造，就像他们不怎么了解笔记本电脑的构造一样。他们只要看看大走廊和国王墓室就心满意足了。至于其他的事情，他们没时间做，政府也不会允许他们做的。"

"伊万·尼古拉耶维奇，我还想到，竖井可能是给那些尚未被发现的房间通风用的。"

"有可能。卡佳，如果我给你这两个设想只打一个红色圆圈的话，你不会难过吧？"

"不会的。我的设想多着呢。"

"哦！你今天可真是思如泉涌啊。你说吧。"

---

① 马蒙哈里发（786—833）：阿拉伯帝国哈里发，813—833 年在位。他命人采用爆破石材的办法开出通道进入金字塔。在挖掘途中，他们偶然发现了原有通道，从而勘察到内部的一些构造。

"吉萨的三座金字塔——象征埃及的三个季节。"卡佳说。"大金字塔象征洪水季'阿赫特'，哈夫拉金字塔象征收获季'佩雷特'，门卡乌拉金字塔则象征干旱季'夏矛'①。"

"卡佳！我更喜欢你这个设想。棒极了！再给一个圆圈。"

"伊万·尼古拉耶维奇，我还没说完呢。"

"难道你还有？"

"还有个设想。应该还存在另一座一模一样的斯芬克斯狮身人面像。"

"另一座？很好。顺便问一句，它在哪里呢？"

"不知道。也许在红海海岸的另一边，在西奈半岛上，也许在撒哈拉沙漠里。"

"好吧。你说完了？"

"说完了。"

"祝贺你，卡佳！你今天得了三个红色圆圈。接着加油吧！再见！"

半小时后，安德烈·温格罗夫打来电话。

"伊万·尼古拉耶维奇？您现在方便吗？"

---

① 埃及人根据尼罗河的涨落和农作物的生长变化，将一年分为 3 个季节，每个季节 4 个月。第一个季节叫阿赫特，意为"泛滥"，是尼罗河水泛滥的季节（7 月—10 月），第二个季节叫佩雷特，是"出"的意思，意即河水退却，土地露出水面，幼芽出土，是农作物播种与生长的季节（11 月至第二年 2 月），第三个季节叫夏矛，是"无水"的季节（3 月—6 月），是农作物收获的季节。

"嗯。你想问什么？"

"不是。我想出了第一个设想，但是不知道您会不会喜欢它。"

"安德烈，我想尽量公正客观地评价你们的设想。所以不能简单说我'喜不喜欢'它……不好意思我打断你了。你说吧。"

"伊万·尼古拉耶维奇，我闲下来的时候算了算吉萨三座金字塔的体积，得到的结果很有意思。如果我算得没错的话，哈夫拉金字塔和门卡乌拉金字塔体积的总和跟胡夫大金字塔的体积相同！"

"真的吗？"克柳奇尼科夫很感兴趣。"听着，这挺有意思的。只是我不知道这意味着什么。你按什么公式算的？"

"伊万·尼古拉耶维奇，您这可小瞧我了！我是按从课本上学的公式算的呀。底面积乘以高度的三分之一。"

"结果分毫不差吗？"

"也不是。胡夫大金字塔的体积比哈夫拉金字塔和门卡乌拉金字塔体积之和要多上十六万五千立方米。"

"啊！看到没！我们不仅不知道你的假设有什么实际用途，你的计算还存在缺陷！"

"伊万·尼古拉耶维奇！可是误差只有百分之六呀！"

"已经很高了，安德烈。很高了。当然，你肯定是用金字塔公开的参数计算的咯？"

"当然了。是我从书上看来的。"

"明白了。如果我们能用最精确的边长和高度来计算，那也许能把误差减到最小……唔，这样吧，你的这个发现很独特，我给你打一个绿色的金字塔！一百分！不过你可别泄劲儿啊！你既然发现了这个问题，现在就得想想怎么才能正确地解释它。"

"伊万·尼古拉耶维奇！"安德烈高兴地笑起来。"我还以为您要狠狠批评我一顿呢。看来我没白翻几何课本吧？"

"当然没白翻。"克柳奇尼科夫答道。"继续加油吧！"

克柳奇尼科夫正准备上床睡觉，电话第三次响了起来。

"伊万·尼古拉耶维奇，我打来得不算太晚吧？"电话里传来马克斯·卡明斯基的声音。

"还好。"克柳奇尼科夫说。"怎么样？你来不来俱乐部？"

"不来，伊万·尼古拉耶维奇，真对不起，可是我不会来的。"

"马克西姆，你再考虑一下！我保证会一切顺利的！没人会骂你的！"

"不了，伊万·尼古拉耶维奇，我已经决定了。再见。真抱歉。"

"唔，随你吧。"克柳奇尼科夫耸耸肩，挂上了电话。

第十四章

石　镜

9 月 28 日，星期四

克柳奇尼科夫花了一周时间就把 215 办公室的装修搞完了。早在 23 号星期六的时候，一个跟他相熟的电工就把房间里所有的电线都换了。周日的时候，几个粉刷工人给墙壁和天花板涂上了腻子，粉刷完毕。铺屋顶的工人则上了房顶。克柳奇尼科夫给工匠们提了个条件：活儿要做得快，但与此同时还要尽可能地不惹人注意。为此他许诺说会加钱。

油漆两天就干了。周三晚上，电工把克柳奇尼科夫买来的灯装好了，安上了插座和开关。玻璃工把裂了的玻璃换成了新的。房顶的装修也在周三结束了。

周四，俱乐部的例会"依法"在装修完毕、带着新鲜油漆味儿的办公室里举行。暂时还没有直观教具，不过黑板上挂了一幅大大的埃及地图。

"唔，你们觉得教室怎么样？"克柳奇尼科夫一边走向讲台，一边快活地问道。"当然咯，装修并不豪华，但是进行的速度很快，屋顶也不会再漏雨了。我想，我们以后就要在这里学习一段时间了。"

"就是暂时不会赶我们走咯？"佩利亚耶夫问。

"唔，今天我们有几个人？"克柳奇尼科夫没理会维奇卡接的下茬。"哦！已经有九个人了！真让人高兴。我有两个消息要跟你们说，一个好消息，一个坏消息。先说哪个？"

"先说坏的吧。"佩利亚耶夫代表大家答道。

"好吧。你们记得吧，我曾答应，要在学年结束的时候给你们中间最聪明的那个发奖。"

"发僵？"佩利亚耶夫嘲笑说。

"佩利亚耶夫，要是你再开玩笑，发僵的就是你了。"克柳奇尼科夫和颜悦色地反驳道。"不过，大概你们已经知道了，你们的家长并不喜欢我这个奖励电脑的主意。我不得不放弃这个打算，还许诺说，不管是布拉温娜·塔尼娅，还是索科利尼科娃·卡佳，又或是阿夫杰耶娃·达莎，再或是谢德赫·奥克萨娜都不会得到电脑。我已经答应家长们了，所以就会照办。这是个坏消息……另一方面，我不是出尔反尔的人。我想找个办法弥补，我觉得我找到了。我跟自己说，这么做两全其美。女生们不该没有奖品。我决定把获胜者增为男女两人。到时候男生得电脑，女生得一个特别奖。这就是好消息。寒假的时候，获胜的女生和她的妈妈可以去埃及！"

教室里变得鸦雀无声。克柳奇尼科夫微笑着打量着他们。他对自己这些"埃及学家"的反应十分满意。

"点子竞赛继续进行。不过我决定不在学年结束的时候宣布结果了，而是在本学期结束的时候宣布，大约在十二月初吧。两项奖品——旅行和电脑——将在新年前夕颁发给获胜者。塔尼娅、卡佳、达莎、奥克萨娜，我对你们有个请求。请把我的这个提议告诉你们的妈妈，问问她们是否同意寒假跟你们一起去埃及。如果她们担心出国护照和签证的事，我可以代办所有手续。我想尽可能早些得知她们是否同意，这很重要。"

"伊万·尼古拉耶维奇，可您呢？"卡佳·索科利尼科娃忽然问。"您可没去过埃及。难道您不去吗？"

"我？"克柳奇尼科夫笑了笑，耸耸肩。"老实说，我没想过这回事。也许这是个好主意。现在我们来说说作业。首先，我们的俱乐部应该有个名字了。其次，我想读读你们用古埃及文写的自己的名字。你们都试着写了吗？咱们来个一举多得吧。我给你们发张纸，你们在上面写上俱乐部的名字，再签上自己的名字，用旋涡花饰圈起来。"克柳奇尼科夫开始发练习纸。

"伊万·尼古拉耶维奇，俱乐部的名字我倒是想了，可是象形文字……我不知道要学象形文字。"娜塔莎·冈察洛娃说。

克柳奇尼科夫注意到她左眼有个乌眼青，只不过十分仔细地涂上了粉底霜。可他不打算盘问娜塔莎这是怎么回事。

"娜塔莎，用不着学象形文字，因为实在太多了。你试着写写自己的名字就行。"

大家都拿起笔来。有的匆匆忙忙地写了一行又一行，有的则盯着天花板沉思。五分钟后，克柳奇尼科夫开始收练习纸。他认真地看着大家写的东西，看了几分钟。

"我不说都是谁写的，"克柳奇尼科夫说，"只念念所有你们想出来的名字，然后再宣布大多数人赞成哪个。现在名字有：'金字塔'、'斯芬克斯'、'俄赛里斯'、'伊希斯'、'吉萨'、'尼罗河'和'白墙'。说实话，我更喜欢最后一个。这个名字很独特。

这是埃及古代都城'孟菲斯'翻译过来的意思。不过大多数人赞成'金字塔'。所以从今天起我们就管俱乐部叫'金字塔'了。就这样吧！现在再说象形文字。本来你们随便写写我就很满意了。不过佩利亚耶夫写的真是出乎我的意料。你们看看他写的。"克柳奇尼科夫走到黑板前，拿了一支粉笔，写起象形文字来，边写边评论说："'维克多·佩利亚耶夫，上帝之子，南北埃及的统治者，愿他像太阳神般长生不老'。嗯，佩利亚耶夫，你还真不谦虚啊……顺便说说南北埃及。在埃及出现王朝之前，事实上存在两个独立的埃及国家，都由法老统治。北埃及的法老戴红色王冠，而南埃及的则戴白色。南北埃及之间爆发了一场战争，为的是统一全国。南方人胜利了，埃及统一后，第一任法老美尼斯开始佩戴白红双色王冠，并被称为南北埃及的统治者。

"很有可能，红白双色的门卡乌拉金字塔正是为了纪念南埃及战胜北埃及而修建的。那么它的修建者就是美尼斯了。这可是大大早于左塞法老[①]修建的阶梯金字塔啊。不过这只不过是猜想而已。

"众所周知，美尼斯建立了孟菲斯城，也就是白墙之城。埃及的历史正是发源于此。也许这些你们都已经读过了，但是我想让你们回忆回忆。如果有人有新的设想，请讲出来吧。"

"我有个设想。"维奇卡·佩利亚耶夫举手说。"我读到，胡夫大金字塔里的石棺会发出钟鸣般的响声。如果这是祭司们召集人

---

① 左塞法老：公元前约 2780 年—前 2760 年在位，埃及法老，第三王朝的创建人。

们来开会的一种方式呢？唔，就像基辅罗斯的市民大会^①那样。"

"像市民大会那样？"克柳奇尼科夫微笑了。"很好，佩利亚耶夫，不过这是个'想天开'。你得到一个黄色的方形。谁还有想法？"

"伊万·尼古拉耶维奇，你干脆给佩利亚耶夫出张黄牌得了，就跟足球比赛里似的。"托利克·穆欣开玩笑说。

"还可以用英语打分——'Green''Yellow''White'。"奥克萨娜说。

"那好吧，我们就用英语吧。"克柳奇尼科夫同意了。"谁还有想法？"

"我有。"尼基塔·叶若夫说。"我认为，吉萨的金字塔可能是按顺序建的，从最小的门卡乌拉金字塔开始。而倾斜的走廊可能是起重机的一部分。"

"好吧，我信了。这可不是'想天开'了。给你打一个红色圆圈，尼基塔。'Red'。"

"伊万·尼古拉耶维奇，能问个问题吗？"娜塔莎·冈察洛娃举手说。"您是把这些设想都记在脑子里吗？"

"我用录音机录下来。"克柳奇尼科夫答道。"等回到家里，我会听录音，把你们的设想存到电脑硬盘上。"

"明白了。那请您把我的设想也录下来吧。我认为金字塔和斯芬克斯狮身人面像可能是建在古代海洋的海岸上的，起灯塔的作用。

---

① 罗斯的市民大会：古代及中世纪罗斯某些城市的最高权力机关。

后来海水退了，灯塔则留在了荒漠里。"

"有意思。不过要是这样的话，金字塔至少得有十万年的历史了。你也得到一个 Red，娜塔莎。"

"伊万·尼古拉耶维奇，"达莎·阿夫杰耶娃说，"如果金字塔是时光机呢?! 或者是复活仪? 把死去的法老往石棺里一放，转天，啪! 他又活了，嗯?"

"比真人还真呢。"维奇卡·佩利亚耶夫补充说。

"达莎，我很怀疑古埃及人能不能让死人复活。"克柳奇尼科夫微笑了。"不过这个想法很独特。Red。"

"伊万·尼古拉耶维奇，"娜塔莎·冈察洛娃忽然想起来，"我想补充一下，可以吗?"

"当然可以，你说吧。"

"如果金字塔不是建在陆地上，而是建在水下的呢? 如果古时候埃及是海底，而海里存在着一个水下文明呢?"

"扯得也太远了!"维奇卡·佩利亚耶夫嘲笑说。

"你是想说，除了我们人类文明以外，在地球上还存在着别的什么文明?"克柳奇尼科夫问。

娜塔莎没说话，点了点头。

"这样一来，住在海底深处的人是怀着什么目的而决定要建大金字塔，我连猜都不打算猜了。要想猜到，首先得明白美人鱼是怎么想的。娜塔莎，金字塔不是由陆地居民建造的，这一点我非常怀疑。"

"也许是斯芬克斯们建的呢？"维奇卡·佩利亚耶夫哼了一声。
"也许，古时候咱们地球上存在着斯芬克斯文明呢？"

克柳奇尼科夫耸耸肩，问：

"这是你新冒出来的点子吗？"

维奇卡也耸了耸肩。

"好吧，维奇卡，Yellow。"

"大家都说金字塔能发出声音，"卡佳·索科利尼科娃说，"可也许是风在竖井里呼啸，在向人们预报飓风呢？"

"Red，卡佳。非常好。"克柳奇尼科夫夸奖她说。"今天设想多起来了。我希望很快就能给你们全打绿色的金字塔。现在，我想该是开始讲新课的时候了。得给你们点儿新的材料来思考。我好像答应过，要把大金字塔里那些神秘的地方指给你们看。

"我们从金字塔的入口开始讲起吧。入口位于北边，高出金字塔基座 25 米，在第 16 层石砌体上。但是因为最初它被石灰石装饰面覆盖着，所以到了公元 1 世纪初，它的位置已经被遗忘了。有传说讲，金字塔里有一些密室，里面装满了金银财宝和天文图。这是这些传说促使马蒙哈里发——也就是《一千零一夜》里那个哈伦·拉希德①的儿子——去寻找大金字塔的入口。他手下的人开始从外面打隧道，希望碰巧能跟金字塔内部的走廊相交。结果还真的相交了。这些阿拉伯人由此发现了下降通道，沿着它一路向下到达了地下墓

① 哈伦·拉希德（763—809）：阿拔斯王朝第五代哈里发，786 年至809 年在位。

室，随后他们折返回来，发现了被掩藏起来的真正的金字塔入口。看来，金字塔里再也没有什么有意思的东西了。可是，在下降通道的天花板上，阿拉伯人发现了一块花岗岩石板。马蒙哈里发明白，这块石板后面可能藏着密室，或者一条新走廊。当时这块石板既挪不动，也砸不碎。所以阿拉伯人就打了条隧道，绕过了石板。上升通道就是这样被发现的。阿拉伯人沿着它一路向上，发现了大走廊、水平通道、国王墓室和王后墓室。

"王后墓室约呈立方体形，位于金字塔的纵轴上。墓室的地面磨损得很厉害，墙壁上则覆盖着一英寸厚的盐层。右边的墙上有一个用途不明的壁龛。在墓室入口处，水平通道的尽头是一级台阶，这级台阶同样用途不明。有人，具体是谁我不记得了，试图在通往王后墓室的水平通道里寻找密室。他在走廊的墙壁上打穿了几个孔，从孔里漏出了沙子。据说，金字塔里有一些房间装满了沙子。

"国王墓室里最重要的古物自然就是石棺了。我好像已经提到过它了。可它真的是石棺吗？上面的棺盖不见了，石棺上既没有装饰，也没有铭文。我从书上读到，马蒙哈里发似乎在金字塔里找到了一副棺材，里面装着一位古代军人的遗骸。而俄国研究者诺罗夫·亚伯拉罕·谢尔盖耶维奇则在石棺里见到了一头长着巨大的角的牲畜的遗骨。

"国王墓室的构造使得它不与金字塔的主体相连。屋顶的石板不是铺在墓室的墙壁上，而是铺在墙壁外层的石灰石板上，起缓冲减压的作用。

"在国王墓室的入口有一个前厅——也就是外间。以前里面装有三道花岗岩制成的门，是利用滑轮组放置的。问题来了：国王墓室里到底藏着什么？古代金字塔的守护者这么努力要守护的到底是什么？是法老的木乃伊呢，还是放射性原料的仓库呢？"

"能回答吗？"维奇卡·佩利亚耶夫举手说。

"你已经有答案了？"克柳奇尼科夫冲他微笑道。

"有了。照我看，这些花岗岩制成的门是可以升降的，用来调节它们和地板之间的空隙。这是一个空气阀门。"维奇卡停顿了一下，问："您明白我的意思了吗？"

"暂时还摸不着头脑。"克柳奇尼科夫耸耸肩。

"金字塔是个巨大的管乐器！"维奇卡一口气说。

"为什么不是呢？"克柳奇尼科夫双手一摊。"好样的，维克多。Red……"

"你们知道吗，原来，不仅有人类造访过大金字塔。"克柳奇尼科夫停了停，说道。"在国王墓室里有许多木乃伊化的猫和其他小动物。它们无意中进了金字塔，然后就死在了里面。"

"真可怜！"娜塔莎·冈察洛娃叫道。

"那人们呢？"尼基塔·叶若夫问。"有没有人死在里面？"

"没有。"克柳奇尼科夫答道。"大概是因为人在金字塔里待的时间没有猫那么长吧。"

"可是猫跑金字塔里去干什么？"达莎·阿夫杰耶娃哼了一声。

"抓老鼠呀。"维奇卡·佩利亚耶夫回答她。

"伊万·尼古拉耶维奇，原来金字塔对所有生物都有致命的影响吗？"托利克·穆欣问。

"金字塔确实对生物有影响。这一点毫无疑问。至于怎么影响，这就是另一回事了……还有个问题：在国王墓室上方有几个所谓的'减压室'。它们是用来干什么的呢？王后墓室承受的压力可能更大，可是金字塔的建造者不知为什么只修了一道双斜面的天花板。这是否意味着，'减压室'其实别有用途？"

克柳奇尼科夫仔细地扫视了一下听众，不过这回没有人插话。他继续讲道：

"现在我们返回到下降通道里。整个通道的墙壁上，石头接缝都跟地面呈直角。只有通道的尽头处最后的两条接缝与地球表面垂直。如果这是一种暗示，那么暗示的是什么呢？"

"也许，那里就是通往透特神的密室的入口？"达莎·阿夫杰耶娃猜测。

"有可能。"克柳奇尼科夫答道。"现在让我们从远处来看看大走廊。它高137米。金字塔是一座天梯，其中有201级台阶。其中第35级台阶比其他台阶高很多。你们试着自己猜猜这说明什么。"

"伊万·尼古拉耶维奇！"卡佳·索科利尼科娃举手说。"是现在有201级台阶还是一开始就有？"

"你的意思是？"克柳奇尼科夫没懂。

"金字塔以前比现在要高十米。这个高度六七级台阶都不够。是吧？！那么一开始有多少级台阶呢？"

"卡佳，你的问题我答不上来。"克柳奇尼科夫两手一摊。"不好意思，我得继续讲了……第35级台阶比其他台阶高很多。但是还没完。原来，金字塔每一面的表面都是内凹的。这用肉眼是看不出来的。但是沿着每个面的边心距来看，凹面达到 37 英寸。这个数字很大了，将近一米了。你们想象一下一面面积为一万六千平方米的石制凹面镜。它在遥远的古代能用来做什么呢？当雷达吗？是动力装置吗？有一种观点认为，凹面是为了防止大量石板向下倾斜。"

"可为什么是'镜子'呢？"奥克萨娜·谢德赫问。"您说'石镜'，可金字塔是阶梯形的啊。"

"因为以前金字塔上镶着白色的石灰石。"维奇卡·佩利亚耶夫跟她解释。"金字塔以前的反射能力可是顶呱呱的呢。"

"伊万·尼古拉耶维奇，要是我们假设，古时候，比如一万年前吧，存在一个能发射人造卫星的文明……"托利克·穆欣抢到话头说。

"好，咱们就这么假设。"克柳奇尼科夫微笑说。

"现在有一些人造卫星，在地球表面一定区域上方运行，转播电视节目。那如果古时候这种人造卫星是在大金字塔上方运行呢？金字塔的几个面可能起到转播天线的作用。"

"太棒了，阿纳托利。"克柳奇尼科夫回答。"你也得了个 Red……现在我们来讲讲对金字塔的测量。很多学者都对金字塔基座的长度进行过测量，得到的数据一年比一年精确。你们要问了，难道不能一次就量准吗。还真的不能。原因在于，三百年前，金字塔有一半被建筑垃圾所掩埋。随着垃圾逐渐被清理掉，对金字塔基座长度的测量也越来越精确。直到考古学家们发现了方形的石制基座，才把金字塔的边长精确到毫米。"

"我有个问题。"奥克萨娜·谢德赫举手说。"为什么要这么精确呢？"

"奥克萨娜，问题在于，金字塔的修建者在计算时运用了某种古代的长度计量标准。埃及学家们想要知道这种计量标准是什么。我们习惯用米来测量长度，英国人则用英尺，而埃及人则用'肘长'。可是'肘长'的标准长度我们不得而知。学者们认为，金字塔基座的边长用'肘长'来算是一个整数，其中隐含着某些对我们后人十分珍贵的信息。所以他们才这么仔细地测量长度。"

"可是金字塔的基座有四条边长，长度各不相同啊。"托利克·穆欣说。

"当然了。建造像金字塔这么庞大的建筑，计算的时候不出点差错简直是不可能的。但是学者们认为几条边长的差别同样隐藏着信息。"

"照我看，这些学者是自作聪明。"安德烈·温格罗夫说。"要是真想找，从我的鞋号里也能找出隐藏的信息。"

"你说得对。不过我们还是不要跑题的好……金字塔周围有很多黑色的闪长岩碎块。闪长岩是花岗岩的一种。可是在金字塔里没有一处地方是用这种石料修建的。也许，金字塔以前不是白色，而是黑色的？"

"可是又有谁说金字塔必须得是白色的呢?!"尼基塔·叶若夫叫道。"要是它本来是黑白条的呢，就像斑马一样？"

"尼基塔，你看穿了我的想法。"克柳奇尼科夫微笑说。"你猜猜我现在要给你打几分？"

"Yellow？"尼基塔问。

"猜错了。Red。"

尼基塔笑逐颜开，搔了搔后脑勺。

"据说，在远古的时候，胡夫大金字塔和门卡乌拉金字塔也有类似斯芬克斯狮身人面像那样的守卫。"克柳奇尼科夫接着说。"一个坐在宝座上，眼中喷出闪电。另一个则站在台座上，能用自己的声音把人绊倒然后杀死。这让人想起激光武器和超声波武器。不管怎样，现在这些雕像已经消失得无影无踪了。

"胡夫大金字塔的高度为 137 米。以前它比现在高 10 米。现在金字塔的顶部已经被拆了下来。人们推测，最初顶部装饰着一个黄金制成的小型金字塔。"

"伊万·尼古拉耶维奇，我在一本书里看到一张画金字塔的画，顶端装饰的不是小金字塔，而是一颗人头。"安德烈·温格罗夫说。

"嗯，有可能，以前金字塔顶端装饰的是伊希斯神的头。你们记得吧，我说过，正是伊希斯被视为金字塔的女主人？"

"伊万·尼古拉耶维奇，要是透特神的密室恰恰就在金字塔的顶部呢？"奥克萨娜·谢德赫问。

"我认为不是。如果透特神的密室真的存在的话，很可能是在国王墓室上方的什么地方……顺便说一句，在金字塔顶端有时候会发生一些怪事。当初英国探险者西蒙斯庆祝自己登上了金字塔，他喝了一口酒，感觉到了轻微的电击。他举起手，张开五指，传来了尖锐清脆的声音。这是电磁反应吗？再顺便说说响声。在金字塔里可能存在几道秘密的门，想打开只能借助'咒语'——也就是超声波或者共振。"

"伊万·尼古拉耶维奇，是类似'芝麻芝麻快开门'的那种咒语吗？"安德烈·温格罗夫问。

"正是这样。顺便提一句，你们知道，金字塔里只发现了三个墓室。可是金字塔大得很，里面还能装下好多个国王墓室那样大小的墓室。你们觉得大金字塔还能装下多少个墓室呢？"

"还能装下三个。"达莎·阿夫杰耶娃第一个答道。不过她马上就反应过来，发现自己答得太草率了。

"十个！"尼基塔·叶若夫很有自信地宣称。

"一百个！"托利克·穆欣说，不过他的话马上就被娜塔莎·冈察洛娃打断了：

"一百五十个！"

"两百个！"卡佳·索科利尼科娃很有权威地说。

"三百个！"维奇卡·佩利亚耶夫不假思索地脱口而出。

克柳奇尼科夫摇摇头，撇了撇嘴，挨个儿打量着"埃及学家"们。最终他开玩笑地问：

"还有谁说更多？"

"五百个！"奥克萨娜·谢德赫耸耸肩。

"一千个？"塔尼娅·布拉温娜猜测。

"三千七百个！"克柳奇尼科夫庄重地宣布。"这是一个美国外交官计算出来的。"

"我晕，简直要成集体宿舍了！"维奇卡·佩利亚耶夫吹了个口哨。"伊万·尼古拉耶维奇！如果假设金字塔中心有个巨大的石球，石球中心则是国王墓室，当石球转动的时候，国王墓室里的壁龛就能跟通向其他平面的隐秘通道相接呢？想象一下：转动国王墓室，你就身处透特密室或者什么新的走廊里了。是不是棒极了？"

"确实棒极了。"克柳奇尼科夫微笑说。"可是你知道吗，维奇卡，你这已经不是金字塔了，而是个什么魔方了。不过还是给 Red！"

维奇卡眉开眼笑：

"Yes！"

"朋友们！"克柳奇尼科夫的语气忽然变得有点奇怪。"金字塔的功能有很多。它应当曾有多种用途。它的建造者修建了这么宏伟壮观的建筑，理应派给它许多不同的功能。但是我认为，金字塔最主要的功能是——成为永恒，是永远伫立在这个地方，不管在什么情况下都照常工作，哪怕是装饰面被去掉，哪怕是一半被沙子掩埋，哪怕是顶部被摘去。我认为，金字塔至今还在发挥着自己的功能，问题只在于，它是怎么发挥的。

"唔，今天就讲到这里。话题是无穷无尽的，而我们的时间却没有想要的那么多。我有个提议：这周日，也就是 10 月 1 号，我邀请大家去我的别墅做客。来回我们坐 Gazelle 牌汽车。你们自己什么都不用带。我们出城不超过六个小时。来的人都会大吃一惊的，可能是惊喜哦。我们俱乐部的某些成员，也就是根卡·赫内金和谢尔盖·波塔片科，已经表示他们愿意来我的别墅了。现在不能来或者不想来的人请举手吧。"克柳奇尼科夫顿了顿，但是没有人举手。

"太棒了。我上午九点在学校里等你们。可别迟到哦！也别忘记提前做作业。"

第十五章

新提议

9 月 28 日，星期四

  天色阴沉，叶莲娜·阿纳托利耶夫娜·布拉温娜的心情也同样阴沉。她在下班回家的路上回想着上班时的事。上午处长玛利亚·安东诺夫娜来找她。这是个快到退休年龄的女人。她们聊起了女人间惯常的话题——孩子。叶莲娜·阿纳托利耶夫娜跟上司说了学校俱乐部的事。她瞪大眼睛，拼命地打着手势，描述着坏心肠的组织者有什么阴谋诡计，一会儿把他叫作暴发户，一会儿又说他爱出风头，一会儿又称他为蹩脚教授。最后，她洋洋自得地讲道，她是如何让这个自封的"辅导员"安分守己，迫使他收回自己的许诺的。

  "我们没有让他收买我们的孩子！"叶莲娜·阿纳托利耶夫娜最后说。

  玛利亚·安东诺夫娜认真地听着她讲，随后简单地总结道：

  "真糊涂。"

  "怎么会糊涂？"叶莲娜·阿纳托利耶夫娜惊讶说。她没料到自己的这次"交涉"会得到这么不客气的评价。

  "那您觉得孩子躲到别处干点别的更好，女孩子抽烟，男孩子喝酒吸毒更好？！您真走运，有个好女儿。您也真走运，有人在您的孩子身上花费时间和金钱，完全不求回报。您本来应该为此而高兴的，可您却去打扰这个人，还为此而感到得意。真糊涂。"

  叶莲娜·阿纳托利耶夫娜没觉得委屈，却沉思起来。她换了个角度看待这件事，想明白了，玛利亚·安东诺夫娜是对的。

　　"您家的塔尼娅十五岁了，正是微妙的年纪。孩子觉得自己已经是成年人了，能犯下数不清的错误，简直……"玛利亚·安东诺夫娜摇摇头，叹了口气。"你们四位骄傲的母亲想没想过，你们这么强硬的决定会影响到孩子？"

　　叶莲娜·阿纳托利耶夫娜一下子想起来，最近跟女儿的关系变得很僵。塔尼娅说话放肆，问她问题也答得不情不愿，极其简短。以前她们母女经常夜谈，交流读书观影的感想。而如今塔尼娅却把自己闷在屋子里放讲座录音。当然了，这都是因俱乐部而起，准确地说是因为妈妈粗暴地干涉女儿的兴趣爱好而起。不过叶莲娜·阿纳托利耶夫娜还是找到了个理由为自己辩白：

　　"可是确实不能把教育自己孩子的权利拱手让给阔佬们呀！"

　　"可您为什么要用'们'？！我相信只有一个阔佬而已。"玛利亚·安东诺夫娜说。"您倒是让我感兴趣起来了。我还挺想见见您说的这位埃及学家的……"

　　叶莲娜·阿纳托利耶夫娜在回家的路上心想："确实，除了这个人有胆量挑战我们以外，关于他我还知道什么呢？见面的时候他本来要先讲讲自己的，可是我们连听都不打算听。他是个聪明、有教养的人。一点儿也不像暴发户。我当时干什么要怪罪他呢？"

　　叶莲娜·阿纳托利耶夫娜回到家，把手提包扔在前厅里，马上来到厨房。塔尼娅在自己房间里正看电视。关着的门后传来 VJ[①] 女

---

① 　VJ：即 Visual Jockey（影像骑师），负责提供 Party 影像的人，VJ 的做法如同 DJ 的概念一般，将影像、动画等视觉元素做即时的剪接，并添加效果。

孩无忧无虑的欢声笑语。叶莲娜·阿纳托利耶夫娜把水壶放到灶台上，环顾四周。餐桌上摆着用过没洗的餐具。熏火腿还没收到冰箱里。地板上撒着面包屑。

"就是说，她已经吃过了。"叶莲娜·阿纳托利耶夫娜想。"可以前不等我回来她从不一个人吃。这是个危险的信号。得跟她谈谈，越快越好。"

叶莲娜·阿纳托利耶夫娜抱着这个想法推开了塔尼娅房间的门。

"喝茶吗？"这是她脑子里冒出来的第一句话。

塔尼娅从电视前转过身来，斜着瞟了母亲一眼，摇摇头不吭声。

"你今天得了几分？"叶莲娜·阿纳托利耶夫娜问。

"没得分。"塔尼娅冷淡地答道，关掉了电视。"妈，我得跟您谈谈。"

叶莲娜·阿纳托利耶夫娜高兴起来，想："也许我们能和好！"

"你说吧。"她做好了心理准备。

"妈，你跟斯维特兰娜·尼古拉耶夫娜的目的达到了。我得不到电脑了，卡佳也得不到了。我们也不需要电脑。我不是为了这个才去俱乐部的。你能不能认为我单纯感兴趣才去的？"

"当然能。"

"伊万·尼古拉耶维奇没有收买我们。他只是想让大家都对埃及感兴趣，所以刚开始时才想出这么个法子。你自己也明白，不这么做他什么也办不成。而他是个好人，而且……"

"塔尼娅，不好意思我要打断你，"叶莲娜·阿纳托利耶夫娜说，"也许他确实是个好人，不过你们根本不了解他。你们不知道他把你们召集到这个俱乐部有什么目的……"

"妈！我信任他！你也不要拦着我去俱乐部！"

"塔尼娅，"叶莲娜·阿纳托利耶夫娜叹了口气，"我不打算拦着你去俱乐部。如果说实话，我已经后悔惹出这场麻烦了。是我自己紧张过度，还把别人也搞得紧张分分的。"

叶莲娜·阿纳托利耶夫娜说完沉默了很久。塔尼娅惊讶地看着她，她没想到妈妈会这么说。

"是的，塔纽莎，我错了。"叶莲娜·阿纳托利耶夫娜接着说。"别生气，请你原谅我吧。"

"我没生气呀。"塔尼娅微笑着说。"而且伊万·尼古拉耶维奇今天说了，我们——卡佳、达莎、奥克萨娜和我——不会没奖可得的。"

叶莲娜·阿纳托利耶夫娜警惕起来，皱了皱眉。

"这回他又答应你们什么了？"

"妈，如果我赢了，我们俩新年就能去埃及了！"

"什么?! 他怎么，是在拿我们找乐吗?! "叶莲娜·阿纳托利耶夫娜愤怒地喊道，等她意识到说错话时已经晚了。

"我就知道会这样。"塔尼娅说，转身面对窗户。

她们母女就这样背对背地坐着，一言不发地想着各自的心事。一直没人说话。最后，叶莲娜·阿纳托利耶夫娜看了女儿一眼，清了清嗓子，说：

"塔尼娅，可他自己去过埃及吗？"

"这个重要吗……"

"唔，如果咱们俩去埃及，有个好导游也不错。"

"就是说你不反对了?!"塔尼娅满怀希望地看了母亲一眼。

"不反对了。"叶莲娜·阿纳托利耶夫娜答道。"反正你也赢不了的。"

"可要是我赢了，就一起去？"塔尼娅马上问。

"你的寒假时间是改不了的。而我就得把年假改在冬天，而不是夏天了。"

"妈，可是一月份埃及的气候很暖和呢！"

叶莲娜·阿纳托利耶夫娜看了一眼女儿，叹了口气，下定了决心，终于点点头说：

"好吧，咱们去。"

*　　*　　*

"达莎，你知道吗，我白去开会了。"阿拉·鲍里斯耶夫娜难过地叹了口气，说。"我们为难的可是个好人啊。可这是为什么呢？你们那位伊万·尼古拉耶维奇看着那么可怜，完全不占上风。我都开始同情他了。何况他还那么讨人喜欢，像个运动员似的。"

"伊万·尼古拉耶维奇才没觉得自己不占上风呢！"达莎嘲笑说。"他今天跟我们说了件事，让我们全都大吃一惊！"

"他跟你们说什么了？"阿拉·鲍里斯耶夫娜很感兴趣。

"他说，我们能得到去埃及旅行的机会！"

"旅行？！去埃及？！"阿拉·鲍里斯耶夫娜没听懂，又问道。"这我可真不懂了！什么旅行啊？你说的'我们'是说谁？"

达莎开始向母亲解释克柳奇尼科夫的提议。等阿拉·鲍里斯耶夫娜听懂了女儿颠三倒四的解释后，她的脸上浮现出了梦幻般的表情：

"难以置信！他可真是个好人！"她喊道。"居然以德报怨！唔，这样的提议谁会拒绝呢？！"

"妈，你不反对？"达莎微笑说。

"我坚决支持！加油吧！一定要赢！然后我们一起去埃及。听着，达莎，你有伊万·尼古拉耶维奇的电话号码吗？"

"有，怎么了？"

"你刚才说需要母亲同意。这不，我想亲自跟他说。不过也许你不愿意？"

"我当然愿意……这是他的电话号码。"

阿拉·鲍里斯耶夫娜拨通了克柳奇尼科夫家的电话号码。等着接电话的时候，她神秘地盯着天花板，微笑着用手指玩着一绺头发。达莎感兴趣起来，想知道他们会谈些什么。

"喂？是伊万·尼古拉耶维奇吗？您好！我是阿拉·鲍里斯耶夫娜。不，不是阿拉·鲍里斯耶夫娜·普加乔娃，而是阿拉·鲍里斯耶夫娜·阿夫杰耶娃，达莎的妈妈……我也很荣幸。伊万·尼古拉耶维奇，您可真狡猾呀！达莎跟我说了您搞的那个比赛，就是去埃及的事。您真是太有本事了！用这么短的时间就让孩子们喜欢上自己了！您简直是天才！有领导者的天赋。您知道吗，我支持您……对，我不反对。我能去的。对。只要达莎不掉链子就好……您说什么？是啊，我这个女儿确实挺有能力的……伊万·尼古拉耶维奇，我想跟您见个面，谈一谈。就是随随便便的，不要太正式……唔，商量点儿事儿。伊万·尼古拉耶维奇，您需不需要我帮忙？唔，能帮上不少忙呢……您确定？那好吧，如果有什么事，您就给我打电话。再见。"

阿拉·鲍里斯耶夫娜挂上了电话，忧伤地叹了口气。她的脸一下子消瘦了，眼神黯淡了，嘴角也耷拉了下来。

"妈，你喜欢他？"达莎问，她的眼睛看着别处。

阿拉·鲍里斯耶夫娜看了女儿一眼，从她眼中读出了挑战和指责的味道。

"哎，达莎，"她叹气说。"这个不那么重要。重要的是，没人喜欢我。"

达莎垂下了头。"哎，看见没，还得安慰她！"她心想，就在这时门铃响了。

"我去开门！"达莎说，轻快跑到了走廊里。

"你好！"奥克萨娜出现在门口。"达莎，有空吗？"

"来吧。"达莎把奥克萨娜带到自己的房间，让她在椅子上坐下，问："你来干什么？出了什么事吗？"

"你猜今天我妈跟我说了什么?！"奥克萨娜问。

达莎耸耸肩。

"她同意了？"达莎猜道。

"还不止，她还很开心呢。她说，我在灶台上忙活了二十年，一辈子什么也没见识过，哪儿也没去过。哪怕让我的女儿见见世面也好啊。唔，连我也能一起去一趟……酷吧？"

"真酷。我妈倒也同意了，不过没这么激动。"

"就是说，我们都参加比赛，是吧达莎？"

"对。"达莎叹了口气。"你想出什么来没有？"

"嗯。"

"什么？"

"知道吗，古埃及人为什么要制作木乃伊？"

"为了让尸体不腐烂？"

"我认为这不是主要原因。至少在埃及历史早期，把尸体制成木乃伊是为了打断无休止的转化链条，也就是要摆脱转世轮回！"

"怎么，你是佛教神话读多了吗？"

"我试着把埃及和印度联系起来。万一真能有什么发现呢?！"

"真是风马牛不相及，你怎么不把鲱鱼和巧克力联系起来呢，肯定能有大发现。奥克萨娜，你知道吗，我想……当然，我们是好朋友，总是什么都互相分享，分享好的，分担坏的。哪怕赢了笔记本电脑，我们也可以轮流用。但是去埃及这事，你懂的，我们中只有一个人能去。而那个去不成的会难过的……我们应该单独参赛……"

"单独？就是说我们分开？我们的友情到头了？"奥克萨娜打

断达莎。

"不是，这跟我们的友情有什么关系？！只是说，如果我们能提出设想的话，我们俩的应该是不一样的。"

"哦哦！'不一样的'！我真笨，乍一听居然没懂！唔，那好吧。祝你旅途愉快！"奥克萨娜跳到楼梯上，在身后"砰"的一声关上了门。

达莎深深地叹了口气，走到自己的房间里，坐在扶手椅上，沉思起来。

"笨蛋！"她嘟囔说。她还不明白，她骂的不是奥克萨娜，而是她自己。

*　　*　　*

9 月 29 日，星期五

早上阳光灿烂，让人情绪高昂。塔尼娅从单元里跑出来，一下子就看见了卡佳。卡佳脸色很不好：她面色苍白，透着疲态，眼睛湿漉漉的。塔尼娅可怜起她来。

"你怎么这个样子？出什么事了？"她问。

"塔尼娅，你跟你妈说了吗？"卡佳反问道。

"说了。"

"唔，怎么样？"

"还行。你知道吗，她跟我认错来着，还求我原谅呢。"

"就是说她不反对了？"

"原则上不反对。你妈呢？"

"你真走运。"卡佳郁闷地叹了口气。"你妈妈是个通情达理的人。我昨天跟我妈说这事的时候，她跟我大喊大叫来着。她说，什么埃及啊，我连想也不要想。她还说，她要去揭发这个骗子。必要的时候，她连校长也要想法子治一治。简单说吧，我真后悔跟她说这事。本来就该不声不响的，不去做什么去旅行的美梦……后来她冷静下来了，开始劝我，说，我们两个人自己去旅行好了。去游金环城市，或者去卡累利阿，或者去别的什么地方。我跟她说了，我哪儿也不想跟她去。一句话，昨天起我就不跟她说话了。"

塔尼娅仔细打量了一下卡佳。她心情激动，脸涨得通红，声音也不自然了。塔尼娅试着让她平静下来：

"卡佳，一切都会好的，你看着吧。再说你也许根本赢不到去旅行的机会呢。也许是达莎和奥克萨娜赢。"

"达莎和奥克萨娜根本不是我们的对手。她们什么有用的也想不出来。而我已经想出来了。只是现在也没用了。塔尼娅，你想不想要我的设想?!"卡佳笑了笑，但是她的目光依然很忧伤。

塔尼娅注意到了，于是坚决地摇摇头：

"不，这么做不正派。你最好还是把自己的设想告诉克柳奇尼科夫吧。万一你妈妈突然改变主意呢。"

"不，她不会的。她是个很讲原则的人。塔尼娅，如果你赢了，去埃及了，等你回来你要跟我好好讲讲,也许还能给我带个纪念品。"

"不，卡佳，当然我要谢谢你的提议，不过我最好还是自己想点什么东西出来。"

"好吧。那我就不打扰你了。我还要努力把自己的设想忘掉。"

这时，她们身旁驶过一辆带染色玻璃的黑色"标致"牌轿车。塔尼娅和卡佳对视一眼。这辆车的车牌号她们俩都认识。

"是他吗？"为了以防万一，卡佳还是问道。

"是他。"塔尼娅答道。"我已经见过好多次了。"

"可是他大清早这是去哪里呢？是去他的店吗？"

"不知道。"塔尼娅耸耸肩。

"也许他就住在这附近呢。"

"也许吧。"

"根卡和谢廖沙来了。"卡佳说，加快了脚步。"根卡，根卡！"她冲根卡·赫内金喊道。"等一下！"

"啥事？"根卡没有停下。

"根卡，你周日去伊万·尼古拉耶维奇的别墅吗？"

"去。"

"谢廖沙，你呢？"

"我也去。"谢廖沙·波塔片科说。

"怎么突然要去了？"

"怎么，我们比别人差还是怎么着？！也许我们也对埃及感兴趣呢。"根卡说。

"赢台笔记本电脑也不错呀。"谢尔盖补充说。

"根卡，你不是为了娜塔莎才去的吧？"卡佳狡猾地微微眯起眼睛，问道。

"你觉得有区别？！"

"没什么。我就是好奇而已。"

"也许我是为你才去的呢。"根卡"哼"了一声。

"哦！我可真荣幸！"卡佳开玩笑般地行了个屈膝礼。

"根卡，你竟把自己的感情埋得这么深，这么久！"塔尼娅学着巴西电视剧里女主人公的腔调喊道。"哎呀，要是有人这么爱我就好了！"

"爱我吧，根卡，不然我会为爱而死的！"卡佳配合着塔尼娅说道。

"肥皂剧看多了吧你们！"根卡懊恼地说。"谢廖沙，咱们快点走！"

*　　*　　*

维克多·亚历山德罗维奇·尼林大为光火。

"伊万！你好！你真是一出接着一出啊！"

"是吗？"克柳奇尼科夫笑了笑。"这次又是哪出？"

"我刚刚听说了你的新提议。怎么，你要在我的学校里开旅行社吗？你准备送人去埃及？"

"放假时让一个女生跟妈妈去看看金字塔，这有什么不好？！"

"不，这很好。简直棒极了！"尼林气得差点没吼出来。"不过你知道这个叫什么吗？ Divine et impera，如果你还记得拉丁文的话。"

"'分而治之'？！我不明白你说这个干吗。"

"你干什么装傻?! 我本以为你已经在见面会上败下阵来，甚至还可怜你呢。可你一下子就扭转了局面! 完全按着自己的意思来，把所有人都打败了。你可真滑头，滑不溜手啊。妈妈们本来一致反对俱乐部的。而你用去旅行的机会，也就是用钞票，在她们眼前一挥，就成了! 你一下子就反客为主，重占上风了。"

"所以，她们骂我你反而满意。"克柳奇尼科夫干巴巴地说。

"我是校长。我的职责在于把学校、学生和教学进程放在第一位。而你搞了个班中之班! 你把九（三）班划分成了两个彼此反对的阵营!"

"那又怎么了? 反正在学校里本来也没有什么友谊，没有什么集体。我们那时候就没有，现在也没有。有兴趣小组，但是没有什么'人人为我，我为人人'式的友谊。对不起，我说话直，维佳，你让我忍无可忍了!"

"不，是你让我忍无可忍! 对不起，万尼亚，我要跟门卫说，不让你再进学校了!"

克柳奇尼科夫大笑了起来：

"维佳，犯得着这样吗! 跟我们一起去埃及吧，嗯?"

"什么?"万尼林说了半句话就停住了，随后对克柳奇尼科夫大为恼怒："哼，别妄想! 我你是收买不了的!"他撂了电话。

第十六章

谣 言

9 月 30 日，星期六

薇拉·巴甫洛夫娜·谢德赫走出食堂，沿着楼梯走上二楼。她要跟总务长一起讨论一个棘手的问题，涉及食堂的成本核算。

这时正是课间，孩子们在前厅里走来走去，上了年纪的值班员舒拉阿姨正在跟年轻的"特警"说着什么。上楼梯时，薇拉·巴甫洛夫娜向舒拉阿姨点点头，对方也向她点点头，忽然伸手招她上前。她说，你来这儿，我有话要说。薇拉·巴甫洛夫娜站在楼梯上，耸耸肩，看了一眼表。可是舒拉阿姨连连点头说：

"薇拉，我就占你一分钟。"

舒拉阿姨在学校已经工作十五年了，或许还更久。她已经年过七旬，但是大家还是继续叫她"舒拉阿姨"。她是个干瘦的老太太，精神矍铄，总是沉默寡言，脸色阴沉，不爱交际。她浓密的眉毛下是一双颜色黯淡的眼睛，每个学生、每个来访者都要被她用敏锐的目光打量一遍。她记图像一绝，可人名却总是记不住。

至于她的外貌，校长有一次曾说："要是咱们的舒拉阿姨去剧院演戏的话，老妖婆的角色一准儿是她的没跑儿。"

薇拉·巴甫洛夫娜是舒拉阿姨的好友，她们闲暇时经常一起聊天。现在，显然舒拉阿姨有急事要说。所以薇拉·巴甫洛夫娜决定让总务长等一会儿，没什么大不了的。

"舒拉阿姨，怎么啦？"薇拉·巴甫洛夫娜走到值班员跟前问。

"薇拉，我跟这个傻瓜，"舒拉阿姨朝"特警"的方向点点头，

"解释了得有半个小时，说那个人不是好人，可他偏不肯信。我记人脸的功夫可是一绝！哪怕到现在过了半年了也记得牢牢的。"

"谁不是好人？"薇拉·巴甫洛夫娜没明白。

"就是那个人……每周四他那辆外国轿车都停在大门口。常来常往的。可他跑这儿来干什么？！他那么仪表堂堂的，又有的是钱。光看外表简直看不出来是个酒鬼。"

"你看错了吧，舒拉阿姨！""特警"笑了一下说。"你看见他那张脸了吗？他简直就像一位教授，或者一位作家。但无论如何绝对不会是个酒鬼。我见过他五次了。他每次都在开车，清醒得很。他在我们这儿办什么兴趣小组呢。"

"您是说谁？是说克柳奇尼科夫吗？"薇拉·巴甫洛夫娜问。

"我不知道他姓什么。"舒拉阿姨答道。"他四十多岁，白头发，彬彬有礼的。开的是辆'标致'牌轿车，车牌号是333PYC。"

"我认识这个人。"薇拉·巴甫洛夫娜说。"他是克柳奇尼科夫·伊万·尼古拉耶维奇。我家奥克萨娜就在他组织的俱乐部里。"

"让你女儿离他远点儿吧，真是罪过！"舒拉阿姨喊道。"跟着他什么好也学不到。"

"舒拉阿姨，你倒是说说是怎么回事啊！"

"他是个酒鬼！彻头彻尾的酒鬼。你记得不，去年冬天的时候我请了个假？我去照顾重孙女了。她那时候生病了。"

"我记得。"薇拉·巴甫洛夫娜答道。

她很清楚，舒拉的女儿十年前出车祸去世了。外孙女柳芭那时候十二岁。舒拉阿姨把她接到自己家里，抚养成人，又送她出嫁。但是她嫁得并不如意。她离婚后，舒拉阿姨尽可能地帮助她：帮她照顾重孙女斯维塔奇卡，还去她家"做客"——也就是帮她做饭，洗洗涮涮。后来外孙女生了重病，病了很久。舒拉阿姨就搬到了她家，照顾她和重孙女整整一个月之久。

"是这样。当时我暂时搬到了外孙女家，她家在明斯克街42号楼。"舒拉阿姨讲起来。"按医嘱，得经常带斯维塔奇卡去小区里散步。我就带她散步。你说的这个克柳奇尼科夫住在17号房间，我每天都能看见他。看得清清楚楚，就跟我现在看见你一样。他没有一天不是喝得烂醉如泥的，连站都站不稳。有时候是他自己摇摇摆摆走到单元楼，有时候他喝得人事不省，就由司机开车送他。我错不了，因为我记得车牌号。这个号码太简单了，傻子都记得住。现在你告诉我吧，薇拉，这个醉鬼在学校里干什么？"

薇拉·巴甫洛夫娜叹了口气，沉思起来。她无法相信舒拉阿姨描述的这个人跟克柳奇尼科夫居然会是同一个人。但是她也没有理由不相信舒拉阿姨的话。薇拉·巴甫洛夫娜一下子就想到了女儿："也许，就真的不让她去俱乐部了？尽管……不。应该先把事情弄清楚。应该找个人商量商量。可是跟谁商量呢？犯不上在学校里讨论这事。要是给塔尼娅·布拉温娜的妈妈打个电话呢？让她把这件事搞搞清楚。"

"舒拉阿姨，"薇拉·巴甫洛夫娜说。"请你不要再跟别人说这件事了，好吗？我打听明白了再告诉你。"

薇拉·巴甫洛夫娜赶着去见总务长，而舒拉阿姨则继续跟年轻的"特警"争论着。她们俩都没看到，柱子后面走出来一个戴着墨镜的年轻人。他从头到尾听到了她们的对话，为此十分兴奋……

"明斯克街，42 号楼，17 号房间。没错，这就是克柳奇尼科夫的地址。"年轻人嘲弄地笑了笑，自言自语说。

*　　*　　*

不是每个人都能预知自己的未来的。大部分人都活在当下，不试图去揣测迷雾笼罩的未来。可奥列格·布佐夫却早就知道前方等待自己的是什么。他的一切都在多年前就规划好了。两年后他会从中学毕业，考入学院。家里会走后门让他不用服兵役。等待他的不是"生活的磨炼"，而是他父亲领导的部门里的一份体面工作。三十岁后——不早不晚正好三十——他会娶母亲早就为他精心挑选好的与他般配的女子为妻。生了儿子后，他会给儿子起名为康斯坦丁，纪念自己的父亲。随后他会平步青云，生活舒适，最后安享晚年。

奥列格学习好，体育也好。他喜欢成功的感觉，准备一步步在所有领域都取得成功。奥列格喜欢当富人。他相信，只有"会生活"的人，也就是"Homo sapiens"[①]才能成为富人，也就是幸福的人。其他人要么是"不会生活"的人，要么是游手好闲的二流子，也就是下等人，"Homo debilius"[②]。如果他们缺吃少穿，那是因为他们

---

① Homo sapiens：拉丁文，意为"聪明的人"。

② Homo debilius：拉丁文，意为"愚笨的人"。

太过迟钝，不够聪明，而且是把懒骨头。既然如此，那么就是他们自己的问题了。

奥列格的父亲——康斯坦丁·奥列格维奇——在一家热力管道公司当工程师。他已经工作多年，事业有成，拉拢了不少关系，在同事中颇有威信。他的电话簿早就记满了用得上的人的姓名和号码。很多人都觉得康斯坦丁·奥列格维奇为人吝啬，让人讨厌，不过这并不影响他的工作，确切地说，反而对他很有帮助。

奥列格的妈妈——安娜·谢苗诺夫娜——在同一家公司担任经济专家。她性格高傲，不喜交际，总是打扮入时，喜欢整晚整晚地坐在电视前。她从不缺钱，去哪儿都开车，而家务则由一个远房亲戚包办了。

曾经有一段时间，安娜·谢苗诺夫娜出于无聊开始主持儿子所在班级的家长委员会，如同做实验一般。然而跟别的家长交往让她兴味索然，彼此之间相差悬殊的社会地位让她兴致全无，结果她再也不想做类似的实验了……

奥列格不止一次琢磨过，克柳奇尼科夫是根据什么标准挑选的俱乐部成员。而今天他下定决心，不仅要解开谜底，还要借此来跟克柳奇尼科夫对着干。

奥列格拿了一支笔、一张纸，把"埃及学家"们的姓氏写成一列。他翻来覆去地读了一会儿，随后把九（三）班其他人的姓氏写在旁边的另一列里。他拿着这张名单去找父亲。

康斯坦丁·奥列格维奇在厅里。他正坐在沙发上读报纸。

"怎么，难道是题做不出来？"他开玩笑地问儿子。

"爸，你能从这上面看出什么来？"奥列格把名单递给父亲，问道。

父亲扫了一眼，说：

"我看见这儿还有咱们的姓。你把你们班同学分成了人数不等的两组。是按什么标准分的呢？"

"爸，首先，不是我分的。其次，我自己也想知道，是按什么标准分的。"

"嗯，"父亲笑了笑。"那你最好去问你妈。她好歹参加过家长委员会。"

奥列格走向卧室，他妈妈正在那里看每天必看的肥皂剧。

"妈，能问你个问题吗？"

"别出声！坐下，等着出广告。"

奥列格叹了口气，坐到扶手椅上，呆呆地盯着屏幕。肥皂剧他简直不能忍。

"唔，你有什么问题？"电视上出广告后，安娜·谢苗诺夫娜问。"要钱吗？"

奥列格摇摇头。

"妈，你说说看，是根据什么标准从我们班挑出了这十二个人。"

"这些人？"安娜·谢苗诺夫娜仔细地读完了名单。"奥列格，照我看，这很简单。你知道的，我参加过家长委员会，所以我知道你们班每个人的家庭情况。这些孩子，"她用食指划了一下第一列，

"都是单亲家庭出身。都是没爹的孩子！"

"没爹的孩子？！"奥列格起先很惊讶，随后笑逐颜开。"真是这样！不过，等一下，妈，托利克·穆欣可是有父亲的。"

"可他没有母亲。"安娜·谢苗诺夫娜笑了笑说。

"真是这样！"奥列格又说。"妈，你真是天才！"

"可你想知道这个做什么？"安娜·谢苗诺夫娜这时才感兴趣起来。"这名单是谁列的？"

"妈，这个不重要。不值一提。"奥列格笑了笑，心满意足地搓着双手。

"什么不值一提？！"安娜·谢苗诺夫娜不满地嚷道。可是这时广告结束了，看电视剧的热情重占上风，现实生活中的一切问题都被她抛到了脑后。

奥列格很满意。现在他有"武器"了，既能用来反对"埃及学家"们，又能用来反对克柳奇尼科夫。剩下的只是决定先用哪一样"武器"。

*　　*　　*

薇拉·巴甫洛夫娜一直拿不定主意是否给叶莲娜·阿纳托利耶夫娜打电话。她沉思着站在电话旁，回忆着克柳奇尼科夫。她统共只见过他两次——一次是在教员休息室偶然碰见，另一次是随后在见面会上相逢。不过这已经足以使她对克柳奇尼科夫抱有很深的好感了。不，她并没将他视为可能的丈夫人选。她在他身上首先看到的是一个知识分子，一个她那个圈子里的人经常不得不敬重的人，但这种敬重是一种仰视，仰视在人生阶梯上站得比他们更高的人，而要相信克柳奇尼科夫酗酒是不可思议的。

薇拉·巴甫洛夫娜视酗酒为一种不可避免的恶习。不过，很多有个酒鬼丈夫的女人都抱有这种想法。有时候，这些女人的丈夫之所以堕落得这么深，她们自己也负有责任。

薇拉·巴甫洛夫娜想起了自己那个轻浮放荡的丈夫，他如今已经不在世了。年轻的时候，他只是喜欢喝两杯而已，后来渐渐变成了慢性酒精中毒者，成天醉醺醺的，不在家过夜，出现的时候要么双手颤抖，精神不正常，要么就是醉得发酒疯，完全失去自制力，变得有攻击性。最终，他喝了假酒中毒身亡。"谢天谢地！"薇拉·巴甫洛夫娜每次都要补上这么一句，因为她跟奥克萨娜实在是受够了他了。

"要是打电话的话，就得现在打，趁着奥克萨娜不在家。"薇拉·巴甫洛夫娜心想，拨通了布拉温娜家的号码。"要是能预见到这个消息会给叶莲娜·阿纳托利耶夫娜留下什么印象就好了。她可是明显地对克柳奇尼科夫怀有敌意的。她会不会抓住这个机会将'金字塔俱乐部'一举粉碎呢？那样的话奥克萨娜是不会原谅我的。"

"喂？"话筒里传来塔尼娅妈妈的声音。

"叶莲娜·阿纳托利耶夫娜？您好！我是奥克萨娜的妈妈。我想知道您怎么看待咱们这位埃及学家的新提议。呃，就是说去埃及旅游。"薇拉·巴甫洛夫娜决定先探探口风。

"总的来说，我不反对。"叶莲娜·阿纳托利耶夫娜答道。"您反对吗？"

"不，我也支持。"薇拉·巴甫洛夫娜松了口气。"也就是说，您不会阻止塔尼娅参加俱乐部了？"

"当然不会。薇拉·巴甫洛夫娜，我不该拉您蹚这趟浑水，我做错了。看样子是我小题大做了。我很后悔跟克柳奇尼科夫说了那么多不该说的话。这个人其实还不坏。要是所有搞教育的人都这样就好了。"

"呃，您知道吗，人非圣贤，孰能无过。我偶然听说，克柳奇尼科夫爱喝酒，喝得还不少，不知道您对这事怎么看。"

"喝得还不少？"叶莲娜·阿纳托利耶夫娜"嗯"了一声。"您想说什么？"

"好吧，我从头说起。我们学校有个舒拉阿姨，是个值班员。她好几次看见克柳奇尼科夫醉醺醺的。"

"她在哪里看见的？"叶莲娜·阿纳托利耶夫娜不安起来。"在学校吗？"

"不是，是在她住的地方。今年春天她在外孙女家住了一个月，就是在那儿看见的。"

叶莲娜·阿纳托利耶夫娜在话筒里咳嗽了一声：

"薇拉·巴甫洛夫娜，酒人人都喝。唔，只有极少数人例外。有人喝酒是因为开心，其他人则是因为伤心。如果有人喝得烂醉被别人看到，何况还是半年之前，那什么也说明不了。一句话，我没觉得这有什么可指责的。何况你们那位舒拉阿姨还可能认错人了呢。"

"有可能。她已经七十多岁了。所以我才想跟您商量商量该怎么办。"

"我觉得没什么。"

"怎么？真没什么吗？"

"您有他的电话号码吗？您知道，我不想找我女儿要。"

"我明白。我这就找找看。"薇拉·巴甫洛夫娜答道。几秒钟后，她把克柳奇尼科夫的电话号码念给了叶莲娜·阿纳托利耶夫娜听。

"我不知道会不会真的给他打电话。留着以防万一吧。"叶莲娜·阿纳托利耶夫娜解释说。

"唔，好吧。"薇拉·巴甫洛夫娜不知怎么回答得有点不自信。正在这时，门开了，面带红晕的奥克萨娜出现在前厅里。薇拉·巴甫洛夫娜怀疑地扫了女儿一眼（"不会又抽烟了吧？！"），赶紧结束对话："呃，那就再见了。"

她挂上了话筒，感觉已经尽到了自己的责任。她刚开始洗餐具，电话就又响了。

"奥克萨娜！"薇拉·巴甫洛夫娜喊女儿。"你去接一下电话，我手湿着呢。"

"我正要去！"奥克萨娜答道，走到电话旁。

"你好！"话筒里传来一个熟悉的声音。

"奥列格？你打电话来干什么？"奥克萨娜惊讶地问。布佐夫从来没给她打过电话。

"我有两个消息，一个坏消息和一个更坏的消息。"奥列格说。"先说哪一个？"

"哪个我都不听。我挂了。"奥克萨娜跟这个人没话可讲。

"别挂呀！这可跟你们那位克柳奇尼科夫有关呢。"

"怎么回事？"

"你们那位克柳奇尼科夫住在明斯克街 42 号楼 17 号房间。我是在数据库里找到的。这个地址你妈妈会感兴趣的。咱们学校里有人是克柳奇尼科夫的邻居，不止一次看见他醉得不省人事。这就是那个坏消息：你们的克柳奇尼科夫是个不可救药的酒鬼！"

"唔，那又怎么了？"奥克萨娜问，努力掩饰自己声音中的不安。

"就是说，如果所有家长都知道了这回事，那么你们就再也去不成俱乐部啦。不管是谁，不管是什么时候，都去不成啦。也就是说，你们见不着笔记本电脑啦，就跟见不着自己的耳朵一样。这就是那个更坏的消息。你说是吗？"

奥克萨娜懊恼得咬牙切齿，但什么也没说。

"怎么不说话呀？"奥列格窃笑说。"当心，可别气炸了！我面前有张纸，上面写着十二个电话号码。你猜猜都是谁的？没错，其中一个就是你家的。我本可以给所有家长都打电话，但我都用不着这么做。你妈妈什么都知道，她自己就会告诉所有有关的人的，要是她还没告诉的话……喂？你怎么死了一样不吭声？奥克萨娜！"

奥克萨娜挂上了话筒，深深地叹了口气。

"这个败类！居然搞讹诈！真是个畜生！"她一口气骂道。

厨房里，水龙头开着，妈妈正边洗餐具边哼着什么歌儿。生活在继续。

"是谁来的电话呀，奥克萨娜？"薇拉·巴甫洛夫娜问。"是达莎吗？"

奥克萨娜走到厨房里，站在母亲身后，双手交叉放在胸前。

"妈，刚刚是奥列格·布佐夫给我打的电话。"

"布佐夫？"薇拉·巴甫洛夫娜反问道。"是个尖子生？"

"是我们班最可恶的人。"

"等一下。家长会上可总是夸他来着：学习拔尖，体育也好。"

"妈，即便这样他也还是个畜生！"

"瞧你气成这样，他怎么得罪你啦？"

"他得罪的不是我。他往一个好人身上泼脏水。说克柳奇尼科夫坏话。他说，你，妈妈，好像什么都知道。他还让我转告你克柳奇尼科夫的地址：明斯克街 42 号楼 17 号房间。"

"他偷听了！"薇拉·巴甫洛夫娜"啊"了一声。"准没错！我还想来着，是谁的脸这么眼熟。他还特意戴了墨镜。这个间谍！"

"妈，他戴墨镜是因为脸上有乌眼青。波塔片科礼拜二的时候把他狠狠收拾了一顿，打得他脸上挂彩，满地找牙。"

"可你们为什么合起伙儿来对付他呢？"

"因为他是个败类。这种人就该教训他，就这么简单。"

而薇拉·巴甫洛夫娜只是叹了口气。

　　"妈，他跟我说，你会跟所有人说克柳奇尼科夫酗酒。而如果所有家长都知道了，就再也不会有什么俱乐部了。你已经跟什么人说过了吗？"

　　"说过了。"

　　"跟谁啊？"

　　"跟布拉温娜。"

　　"布拉温娜？！"奥克萨娜瞪大了眼睛。"哎，这下可全完了！"

　　"没完！"薇拉·巴甫洛夫娜打断女儿。"布拉温娜的反应平淡之极。我没想到会这样。连我都比她更在意这件事。一句话，我们说好了，尽可能地保守这个秘密。当然，如果舒拉阿姨不说走嘴的话。"

　　"可要是布佐夫四处张扬呢？"

　　"我觉得他不敢。"

　　"为什么？"

　　"因为他是个懦夫。"

第十七章
赠送金字塔

10 月 1 日，星期日

　　星期日，学校大门口停着一辆崭新的 Gazelle 牌汽车。一位年轻的司机面带微笑，在汽车旁边溜达着。他向"埃及学家"们简短地自我介绍了一下：他名叫瓦洛佳。他的样子在三十到三十五岁之间。瓦洛佳打着哈欠，不时看看手表。现在是九点零一分。十一位乘客已就座，该出发了，但克柳奇尼科夫还站在大门口的台阶上，等着什么人。

　　他今天并不快活，不时叹口气，还用手抚摸额头。"他是头疼吗？"塔尼娅坐在 Gazelle 牌汽车里望着他，心想。"他的脸色多么苍白啊！是不是没睡够？这个大好人可真可怜啊！"

　　眼前这个人曾给予她转瞬即逝的幸福，也曾不小心把她一颗稚嫩的心灵打了个粉碎，现在又急速闯入了她的生活。他占据了塔尼娅所有的思绪，成为了她活着的意义。然而，塔尼娅明白她和这个人之间横亘着怎样的鸿沟。她很高兴克柳奇尼科夫没有猜到自己对他的感情。她准备一直这样奇怪地单相思着。

　　"我心爱的人可真是可怜！"

　　Gazelle 牌汽车里热闹极了。有的在说笑，有的在跟别人讲着什么，还有的挑起了争论。大家都很开心，心情激动，满心期待着会发生什么不同寻常的事。这一天里只有奥克萨娜·谢德赫心情忧郁，沉默寡言。她看着克柳奇尼科夫，不由得想起了昨天布佐夫打来的电话。不愉快的消息让她感到苦恼，沉甸甸地压迫着她那颗善良的心灵。她猜测着，明天事情会变成什么样子，秘密什么时候会公开，又会以怎样的方式公开，而家长们、校长和同学们又会做出怎样的反应。

"要是世界上压根儿没有布佐夫这种人，那该有多好！不，那样的话生活就会变得过于容易了，简直没意思了。就让布佐夫存在吧，就让他干他的勾当去吧，但要让我们变得比他更强大、更聪明！对！就这样好了！我们应当战胜他！"奥克萨娜下定了决心。

时间过去了。司机瓦洛佳开始假装咳嗽，催促克柳奇尼科夫。他没注意到这个，继续四下张望着。九点十分了。

"伊万·尼古拉耶维奇，人都到齐了。可以走了。"娜塔莎·冈察洛娃忍不住说。

"我们还在等谁啊？"维奇卡·佩利亚耶夫问。

"等卡明斯基。"克柳奇尼科夫答道。

"卡明斯基？！"有几个声音马上嚷道。"伊万·尼古拉耶维奇，为什么要邀请他啊？"

克柳奇尼科夫走近 Gazelle 牌汽车，他的目光与奥克萨娜·谢德赫忧伤的眼神不期而遇。

"奥克萨娜今天为什么这么闷闷不乐的？"克柳奇尼科夫问。

奥克萨娜马上扭头看向别处。克柳奇尼科夫的眼神简直就像 X 光，仿佛看透了她的内心。

"我没事儿。"奥克萨娜不自然地笑了笑，答道。"一切正常。"

"唔，要是这样的话，那好吧。"克柳奇尼科夫耸耸肩，终于回答了关于卡明斯基的问题："朋友们，两周前有十个人来听讲座。现在我想第一次把所有人都集齐……但是看样子马克斯另有安排。"

"这不，他来了。"达莎·阿夫杰耶娃叫道。

"还走得不紧不慢的呢！"卡佳·索科利尼科娃很气恼。

"你们还记得他当时说什么来着吗？"托利克·穆欣嚷道。"他说，'你们会被骗得团团转的！我反正不会给人当猴耍！'"

"咱们现在就把他当猴耍耍！"维奇卡·佩利亚耶夫嘲笑说。

塔尼娅·布拉温娜本来也想说点刻薄话挖苦一下卡明斯基，但是这时她看了克柳奇尼科夫一眼。他十分紧张不安，眼皮直跳。塔尼娅心疼起来，于是对同学们"嘘"了一声：

"安静！好汉不记仇！咱们就当什么都没发生吧！是伊万·尼古拉耶维奇决定请他来的！"

这真是出乎意料，大家都沉默下来，瞄了一眼克柳奇尼科夫。他感激地向塔尼娅点点头，笑了笑。"谢谢你的理解！"他用眼神告诉塔尼娅。

马克西姆·卡明斯基走到汽车跟前，随时准备离开。他也很紧张，等着挨骂。可是迎接他的是死一样的沉寂。

"坐下吧，我们要出发了。"克柳奇尼科夫对他说。马克西姆钻进了车里。

"坐这儿吧！"塔尼娅指着自己身边的位子对他说。马克斯很惊讶，但还是坐了下来。

克柳奇尼科夫和司机瓦洛佳一起坐进了驾驶舱，关上了车门，汽车开动了。

"朋友们！"克柳奇尼科夫侧过半边身子，转向"埃及学家"们。"今天对我来说是不同寻常的一天。我很高兴，因为我第一次把你们全都集齐了，我也很伤心，因为很可能我的这场冒险要结束了。'金字塔俱乐部'转入地下，你们全成了'非法成员'。"

"为什么啊？"一下子响起了好几个声音。克柳奇尼科夫从中听出了真切的焦虑之情。

"为什么？"他反问道，忧郁地笑了笑。"唔，这么说吧：我的行为给学校当局造成了极大的不便。"

"万尼林把您赶出来了？"佩利亚耶夫简单明了地说出了核心含义。

"是啊！真是一针见血！"克柳奇尼科夫笑了笑。"可能不是赶我走，只不过我再也不去学校了而已。"

"这还是在您给他把办公室装修了之后？！"娜塔莎·冈察洛娃十分气恼。

"唔，那本是我自己的主意。再说我也不后悔。"克柳奇尼科夫答道。

"不管怎么说，他这事儿办得不地道。"托利克·穆欣说。

"那我们现在在哪里见面呢？"卡佳·索科利尼科娃问。

"在你家里呗。"维奇卡·佩利亚耶夫回答说。大家都笑起来。

"孩子们！下周四我邀请大家来我家里做客。我住在明斯克街，42 号楼，17 号房间。从学校坐电车有三站地。走着去的话要二十分钟。放学后就直接来我家。你们来不来？"

"来！当然来！""埃及学家"们大声嚷嚷道。

克柳奇尼科夫注意到，在他提到俱乐部的活动转入地下后，奥克萨娜·谢德赫明显地开心了起来。"肯定不是无缘无故的！"他暗想。

"好了，朋友们！"克柳奇尼科夫举起手，示意他们安静。"提醒你们一下，今天是我们尼基塔的生日！"

大家都回头看尼基塔·叶若夫。他笑了笑，紧张得满脸通红。

"尼基塔，祝贺你！"克柳奇尼科夫十分和蔼地对尼基塔笑了笑，他一下子就不再紧张了。"你多大啦？十六了？"克柳奇尼科夫问。尼基塔没出声，点了点头。"我们祝你：发挥自己的才能，找到自己的使命，遇见自己的真爱！这是我们送你的礼物，虽然是一份薄礼，但是很有用处。"克柳奇尼科夫递给尼基塔一个浅绿色有机玻璃制成的小型金字塔。

"谢谢！"尼基塔喃喃地说。

"嗬！太棒了！Wow！"大家欢呼起来。有那么几分钟大家的注意力都牢牢地盯在尼基塔的礼物上。就连司机瓦洛佳都微笑着回头看了一眼尼基塔。大家都要求掂掂金字塔，近距离打量打量它。心满意足的尼基塔有求必应。

而达莎·阿夫杰耶娃开始讲起金字塔模型的魔力来：

"人们让一个女的拿着这样的金字塔，可她却失手把金字塔掉了，还大声喊起来，就跟被割到了一样。她觉得好像被烧着了……"

他们谈笑着，不知不觉就出了城。车外闪过空荡荡的原野，大片别墅区，金黄与深红色相间的森林。

"还远不远？"托利克·穆欣问。

"还有半个小时。"克柳奇尼科夫答道。

"伊万·尼古拉耶维奇，您家是独栋小楼吗？"达莎·阿夫杰耶娃问。

克柳奇尼科夫笑了笑：

"等到了你们自己亲眼看吧。"

"伊万·尼古拉耶维奇，您之前说的惊喜是什么呀？"安德烈·温格罗夫问。

"惊喜就是惊喜咯。不能说出来，亲眼看见才算数。"

"伊万·尼古拉耶维奇，您的别墅里有水喝吧？呃，万一突然想喝水了呢。"娜塔莎·冈察洛娃问。

"有，有矿泉水，桶装的。车里也有。所以，要是谁想喝水，别不好意思说……大家听好！趁我刚想起来，现在就给你们讲讲古埃及人的宗教生活。"

"好啊！"卡佳·索科利尼科娃同意说。

"每个埃及人除了肉身克哈特 khat 以外还有萨胡 sahu，也就是精神体。它借助祈祷或者仪式从物质中发展而来，是永恒的，不会腐烂。照我的理解，每个活人都有一套标准的灵魂配置，而死人则有另一套。现在我来一一列举埃及人生来就有或者后天发展出来的所有灵魂，随后你们自己就能得出结论。护身魂卡 ka 与人长得一模一样，它和影子凯布特 khaibut 可以脱离肉体单独存在，在人生前和死后都可以在空间里自由移动。埃及人特别重视保存瑞恩 ren，也就是人的名字，因为如果一个人没能保住自己的名字，那么他就完全不存在了。埃及人特别害怕'彻底地死亡'，也就是第二次死亡。心脏阿布 ab 承载着人的善恶，所以在人死后，在俄赛里斯的法庭上，它要被放到天平上称重，这时死者要进行'否认告解'。"

"伊万·尼古拉耶维奇，什么是'否认告解'啊？"达莎·阿夫杰耶娃突然问。

"在对心脏进行称重的时候，死者要努力让众神相信，自己没偷过东西，没说过谎，没杀过人，一句话，没犯过任何罪。共有 42 种罪行。如果死者说的是实话，那么他的心脏就会比羽毛轻，他就能上天堂。如果他说了谎，那么……唔，你们懂的。"

"心脏阿布 ab 就像良心，是吗？"根卡·赫内金问。

"不是像良心，它就是良心！"克柳奇尼科夫回答。

"伊万·尼古拉耶维奇，您知道这个'否认告解'让我想起了什么吗？"维奇卡·佩利亚耶夫嘲笑说。"测谎仪！"

"这个比方倒不错。"克柳奇尼科夫点点头。"不过我的话还没说完。心脏阿布 ab 自己还有一个灵魂巴 ba，它能以任何形象出现，一般来说是一只人首的鸟。每个人都有一种能量塞赫姆 sekhem，它在人死后也能部分保存下来。唔，最后一个灵魂叫作库 khu，是萨胡 sahu 的灵魂。你们看见了吧，古埃及人的灵魂可真不少。"

"有什么办法呢？他们信多神教啊。"马克斯·卡明斯基总结说。

"在古埃及的宗教里一切都是二元性的，也就是双重的。"克柳奇尼科夫继续说。"有两个埃及——上埃及和下埃及，有两条尼罗河——地上的和天上的，有两艘太阳船①——白天的和晚上的，有两个真理。"克柳奇尼科夫忽然笑了笑，说："听着，为什么一直是我在讲呢?!也许你们现在能给我讲点儿什么？根据你们读的材料讲讲……有人自告奋勇吗？"

没人自告奋勇。

"唔，随便讲点儿什么嘛。呃，哪怕讲讲伊希斯和俄赛里斯的故事也好，嗯？"克柳奇尼科夫微笑着看向卡佳·索科利尼科娃。"卡佳，数你读的东西最多。救个场吧！"

卡佳叹了口气，同意了：

"好吧，那我就讲讲，不过尽量简洁。"

"好的。"克柳奇尼科夫点点头。"简洁是天才的姐妹嘛。"

"唔，伊希斯和俄赛里斯结婚了。"

"婚礼豪华吗？"维奇卡·佩利亚耶夫俏皮地说。

"不知道，他们又没请我去。"卡佳反唇相讥。

"维克多，别捣乱！"克柳奇尼科夫说。"接着讲，卡佳。"

---

① 太阳船：在埃及吉萨胡夫金字塔南侧挖掘出的公元前2650年左右的古木船，是迄今世界上发掘出的最完整、最壮观的船只。制作太阳船的目的至今仍说法不一。一说，古埃及人相信人死后可以复生，太阳船就是供胡夫的灵魂遨游太空，然后返回人世之用；另一说，太阳船其实是胡夫的殡葬船。

"尽管他们是兄妹，但还是结婚了。他们还有一对兄妹——塞特和奈芙蒂斯。他们也结婚了。俄赛里斯是埃及的统治者，塞特嫉妒他。有一次他请俄赛里斯来家里参加宴会。"

"然后在宴会上把他肢解成了四十块。一句话，上演了一出德州电锯杀人狂①般的好戏。"维奇卡·佩利亚耶夫评论说。

"维克多，我说过了别捣乱！"克柳奇尼科夫提高嗓门说。

"伊万·尼古拉耶维奇，还是让维奇卡接着讲好了！"卡佳说。

"那好吧。维克多，你接着讲？"

"非常乐意。"维奇卡脸上泛起微笑。"不管你信不信吧，反正事情就是这样。塞特把肢解的俄赛里斯的尸身放进石棺，扔进了尼罗河。他以为这样就万无一失了，石棺会沉入水中的。可实际上没有，石棺浮出了水面，漂到了伊希斯那里。她把俄赛里斯的尸体拼好，就跟以前一样，然后先洒上死水，再洒上活水。俄赛里斯复活了，但没活多久，刚够跟伊希斯生下他们的后代——何露斯②。唔，具体的细节就不讲了。总之，何露斯长大了，为父亲报了仇，夺回了王位。嗯，说完了。"

克柳奇尼科夫深深地叹了口气，评论道：

"维克多，你说了太多不必要的细节。而且，这个神话还有另一个版本。塞特预见到伊希斯能借助魔法使俄赛里斯复活，所以他

---

① 德州电锯杀人狂：2003 年由马库斯·尼斯派尔导演，由杰西卡·贝尔主演的恐怖惊悚电影，于 2003 年上映。

② 何露斯：古埃及神话中的太阳神，法老政权的庇护神。

把俄赛里斯的尸块扔遍了整个埃及，伊希斯不得不找了很久才找齐。在这之后她才能让自己的丈夫复活……罗伯特·包维尔在《斯芬克斯之谜》中这样写道：神话——是古时候编了码的消息。在它们被正确地转述之前，它们都包含着神秘的信息，哪怕人们根本不明白这信息是什么意思。所以，朋友们，我建议你们要严肃对待神话哟。"

"伊万·尼古拉耶维奇，我完全同意您的观点。"马克斯·卡明斯基突然说。"如果可以的话，我来试着给这个神话解解码。"

"试试看吧。"克柳奇尼科夫耸耸肩。

"我想，'俄赛里斯'这个词应当理解为'埃及'，每年都在旱季之后'复活'。俄赛里斯被肢解成了多少块，埃及就被划分成了多少个单独的省。而伊希斯收集俄赛里斯的身体碎块，也就是联合各省建立 tA-kmt——埃及人自己这样称呼埃及。看来，这个神话还有一个版本，讲的是俄赛里斯，也就是埃及，在尼罗河里淹死了。在河水泛滥的季节里这种事每年都会发生。"

"马克西姆，这你是从哪儿看来的？"克柳奇尼科夫扬起眉毛问。

"不是看来的。是我自己想出来的。"卡明斯基耸耸肩，笑了笑说。"我说的不对吗？"

"不不，你说的完全正确，无可争辩……马克西姆，你大概已经听说了……点子竞赛继续进行，现在奖品除了笔记本电脑外还有个选项——去埃及旅行。你怎么看这事？"

"很棒啊。不过会有新的麻烦找上您的。"

"你是这么想的？"克柳奇尼科夫叹了口气，突然问："马克西姆，我知道你自己有电脑，笔记本对你没有用处。所以我想问你：你想不想赢取去旅行的机会？"

"总的说来，我是想去埃及的，不过不是现在。以后总有机会的。而且，我要跟谁竞争呢？！跟丫头片子们竞争吗？！这不光彩。"

"这怎么不光彩了？"达莎·阿夫杰耶娃"哼"了一声。

"是啊！"克柳奇尼科夫微笑着支持达莎。"光是卡佳·索科利尼科娃就能把任何男生都比下去。"

"唔，可是不包括我。"

"真的吗？"克柳奇尼科夫笑了笑。"听着，马克西姆，跟我们讲讲民间埃及学家吧。"

"伊万·尼古拉耶维奇，也许没这个必要吧？"马克斯问。

"唔，那好吧，如果你不想说，我就替你说。我说简单点，因为我们马上就要到了。朋友们，是这样的，不久前我和马克西姆同时读了同一本书。俄国研究者安德烈·斯克利亚罗夫和他的同道们去了趟埃及，当场确认，大多数金字塔都是由一个伟大的古代文明借助超技术建造的，建造时间比第一位法老开始统治的时间还要早上几千年。原来，法老们并不是这些史前巨石建筑的建造者，他们只是修复、重建了它们，有时候还把它们损毁了。安德烈·斯克利亚罗夫用他们发现的证据证明了这一点，证据是石头上高科技铣刀、锯子和钻头留下的痕迹……他调查了至今还对外开放的所有金字塔。他在美杜姆金字塔、红金字塔、曲折金字塔和吉萨金字塔的设计、建造风格和工程决策中发现了很多共同之处。其他金字塔跟它们很不一样，不过是一堆堆沙子和碎石而已。不过，事实表明，这些金字塔中的大多数都是建造在更古老的建筑——史前巨石建筑的基础上的。这就是我们的同胞得出的结论。我和马克西姆同意他的观点。是时候用全新的观点来看待古埃及的历史啦！"

这时，汽车驶下了公路，开上了土路。路上坑坑洼洼的，车子颠簸起来。

"在俄罗斯有两件倒霉事，傻瓜和道路。不是傻瓜修理道路，就是道路修理傻瓜。"佩利亚耶夫想起了那个著名的笑话。

"现在我们爬个小山坡，然后马上就能到了。"克柳奇尼科夫说。

在山坡后面的低地上，一片别墅区展现在眼前。一栋栋房子都由白砖砌成，看上去一模一样，四周环绕着花园和菜园。秋日用五彩斑斓的触手抚摸着花园里的树木和灌木丛。很快，汽车停在了一栋铺着红瓦屋顶的朴素的二层小楼前面。

"这就是我的别墅。"克柳奇尼科夫从驾驶舱里出来，笑了笑说。"我希望现在它成为我们大家共同的地盘。如果事情如我所料，明年夏天我们就在这里一起干农活。"

"这就是您的惊喜？"达莎·阿夫杰耶娃嘟起了嘴。

"不是。惊喜在房子后面。请跟着我走。"

大家一边四下打量着，一边跟着他出发了。房子后面，在一棵幼小的椴树的树荫下，安放着一座胶合板做的金字塔。

塔尼娅不敢相信自己的眼睛。她本来已经做好了心理准备，却万万没想到看到的会是金字塔。这座金字塔不大，却让人印象深刻。它在这片别墅区里显得与背景格格不入。而塔尼娅有种挥之不去的印象，觉得这不是一座金字塔，而只是儿童游乐场上的一座阁楼式的小房子。

"金字塔边长五米，高三米。这个模型比吉萨大金字塔要小上四十六倍。它的支架是用镀锌三脚架制成的，外壳则是多层的胶合板。我本来还想做个软一点的屋顶来给胶合板挡雨，可是我的手暂时还够不到那么高。"

"伊万·尼古拉耶维奇，这是您自己做的？"安德烈·温格罗夫问。

"当然啦，是我自己做的。是闲着没事时做的。"

"我晕，不是吧！"维奇卡·佩利亚耶夫吹了个口哨。

"原来他每天早上是来这里！"塔尼娅恍然大悟。"他是在给我们准备惊喜呢！"

"金字塔是按照东西南北的方位放置的。"克柳奇尼科夫继续说。"入口应该是在北边。走，我指给你们看。"

克柳奇尼科夫带着"埃及学家"们绕着金字塔走，在北边那一面的中间露出一道可移动的门。

"小心！这儿得弯腰！别碰伤！"克柳奇尼科夫提醒说，第一个走进了金字塔。其他人跟在他身后鱼贯而入。

金字塔里面地方不大。十二位"埃及学家"一边环顾四周，一边聚到了尖顶下，站在金字塔的中心。铁质的支架布满切割后留下的铁刺儿。脚下铺的是刨花板。空气里飘着一股胶合板的味儿。

"这儿还得再好好修整修整。"克柳奇尼科夫说。"直说吧，金字塔还很粗糙。"

"没有啊，挺好的，伊万·尼古拉耶维奇。"维奇卡·佩利亚耶夫很有权威地宣称。"就跟在真的金字塔里一样。只是可惜的是没有墓室。"

"为什么没有？！"克柳奇尼科夫笑了笑。"有墓室，只不过没有石棺。叫'地下室'。"

这时塔尼娅才注意到角落里有个木质的地道口，通往地下。维奇卡·佩利亚耶夫马上表示想走下去看看。

"地下室是您自己挖的？"他一边沿着摇晃的梯子往下走，一边问。

"不，不是我挖的。"克柳奇尼科夫答道。"当心点！"

"这儿可真冷啊！"地下室里传来声音说。

"维奇卡，维奇卡，那儿没有木乃伊吧？"卡佳·索科利尼科娃问。

"这儿有各种咸菜，各种醋渍的吃的。"维奇卡答道。"只是都不能吃了：都发霉了。"

"这些吃的是以前的主人留下的。"克柳奇尼科夫解释说。"我不久前才买的这栋房子，把金字塔建在了以前搭棚子的位置上。"

"伊万·尼古拉耶维奇，您建金字塔做什么？"达莎·阿夫杰耶娃问。

"我要金字塔没用。我想你们可能会觉得有趣。你们可以用金字塔来做实验，可以检验一下刀片会不会变锋利。"

"可我们没有刀片啊。"托利克·穆欣说。

"我们又不刮脸。"娜塔莎·冈察洛娃笑了笑说。

"我带着呢。"克柳奇尼科夫把手伸进口袋去拿刀片，但是突然改变了主意，说："好吧，这不重要。明年春天我们一起在菜园里播种。这里的地有很多，现在我还不想种。我准备好了各种各样的种子，有蔬菜种子，有草籽，还有花种。我们把它们分成两等份，一份马上就种，另一份在播种之前在金字塔里存放一段时间。然后我们观察一下，金字塔是怎样影响每种作物的发芽率和产量的。秋天的时候你们就能收获自己的劳动果实了，能吃到自己亲手种的蔬菜了。"

克柳奇尼科夫讲得入迷，兴奋地比划着，想让自己的话收到更好的效果。但是他渐渐明白了，不是所有人都在听他讲话。大多数"埃及学家"面无表情地听着，好几个显然是觉得很无聊。克柳奇尼科夫沉默了，忧伤地叹了口气，补充说：

"我看出来了，我的想法并不吸引你们呢。唔，没事的，离春天还远着呢。那边，看见没，我们去森林里采药草去。唔，好吧，大学问家们，现在先在田间地头上散散步，呼吸下新鲜空气，培养一下食欲。我待会儿请你们吃烤肉。"

"烤肉？！"大家大吃一惊，活跃起来。

"我说我怎么觉得好像哪儿冒烟了呢。"尼基塔·叶若夫"嗯"了一声。

"我的司机瓦洛佳是个多面手。"克柳奇尼科夫微笑了一下，说。"我们在这儿聊天的当儿，他正在那边火盆旁边变魔法呢。他那烤肉做的，真叫绝了！没错！你们以前喝过茶炊煮的茶吗？"

"喂！等等我！"地下室里传来喊声……

"埃及学家"们分散到田间地头里。有的留在金字塔旁边，有的走近火盆旁，而塔尼娅留下跟克柳奇尼科夫单独待在一起。他注意到了塔尼娅，说：

"塔尼娅，我是个城里人，在石灰水泥的高楼大厦里出生，在那里长大。可我总是向往着田园。真的，花在园艺上的时间总是不够。说实话，你觉得在地里干活有意思吗？"

"我不知道。"塔尼娅耸耸肩。"要是跟您一起的话，大概挺有意思吧。"

"跟我？！"克柳奇尼科夫惊讶地说。"那要是不跟我一起呢？"

"伊万·尼古拉耶维奇，现在时代不同啦。我们这一代人有别的人生目标。研究金字塔是一回事，刨地则完全是另一回事了。"

"大家都像你这么想吗？"克柳奇尼科夫朝其他"埃及学家"点点头。

"大概大多数人都这么想吧。"

"可惜……当然了，你们这一代有别的兴趣，别的人生追求。我理解你们。没人培养你们对土地的热爱。唔，没关系，我们会找到合适的方法刺激你们，在你们身上培养起这种感情的。"

"伊万·尼古拉耶维奇，可您又为什么要跟我们打交道呢？"塔尼娅突然问。问完她自己也被这个问题吓到了。但是话已出口，而克柳奇尼科夫的眼神又变得忧伤而绝望了。

他没有回答她的问题。他沉默着站了很久，盯着地面，随后叹了口气，内疚地笑了笑，说：

"塔尼娅，要是你愿意，我给你看看我的种子？"

这句简单的话深深触动了塔尼娅，她马上就一声不吭地听从了克柳奇尼科夫的建议，跟着他走上了大门口的台阶。

这栋房子看上去像是没人住过一样。没有任何家具陈设，只有厨房里有两把椅子和一张断了腿的桌子。桌子上放着好多包种子。塔尼娅开始翻检起种子来，这起初让她很着迷。这儿有西红柿、黄瓜、水萝卜、豌豆、胡萝卜、香芹菜和莳萝的种子。奇怪的是，塔尼娅不知怎么情绪一下子就高涨起来了。

"伊万·尼古拉耶维奇，您知道我刚想到了什么吗？"她快活地问。"您有我们十二个人，正像耶稣有十二门徒……"

"塔尼娅！别说了！"克柳奇尼科夫打断了她。"这个比方太奇怪了！我可不希望你们有朝一日会不承认自己认识我，像门徒们不认耶稣一样！"

塔尼娅咬紧双唇，一言不发地走了出去。

克柳奇尼科夫一个人留在厨房里。他走到窗前，把手插到口袋里，透过窗子看着自己亲手做的胶合板金字塔，站了很久。

"这些孩子跟我的同龄人还有我自己是多么不同啊！"他想。"他们还有很多东西不知道，还有很多事情不会做，还有很多事物没能来得及去热爱。但这是些好孩子。他们的未来是光明的。"

"别泄气！"克柳奇尼科夫对自己说，走了出来。

"朋友们！"他朝"埃及学家"们挥挥手，喊道。"咱们来点一堆篝火吧！怎么样？"

"唔，要点就点个直冲云霄的！"娜塔莎·冈察洛娃回应道。

"一定直冲云霄！"克柳奇尼科夫冲她微笑道。

他满意地注意到，大家很喜欢点篝火这个主意。每个人都积极参与进来，从各处捡来枯枝和旧木板，这些东西很快就成了点篝火用的柴火。火焰确实直冲云霄。站在篝火旁让人觉得又可怕，又愉快。等柴火烧完了，维奇卡·佩利亚耶夫别出心裁地从篝火上方跳了过去。然后大家都跳了，玩得很尽兴。随后司机瓦洛佳把大家叫过去品尝烤肉。"埃及学家"们大口大口地吃着串在铁钎上冒着烟的烤肉，身上沾满烟味儿，脏兮兮的，却十分开心。克柳奇尼科夫看得出来，大家都心满意足，这一天过得成功极了。

茶炊好了，大家找来杯子，喝起茶来。茶不甜，里面加了牛至和薄荷。大家都说，这真是再好也没有了。克柳奇尼科夫感动得差点落泪。看样子，在他和这些孩子之间产生了一种轻盈得像蛛网一样的互相谅解。这可真是神奇。不过要做的还有那么多……

时间不知不觉地流逝着。该回去了，临走前，克柳奇尼科夫提议大家在金字塔上留下自己的涂鸦。

"给你们三支记号笔。"他说。"你们按顺序来写，写什么都行。哪怕把整个金字塔写满也可以。"

"可写在哪儿呢？在外面写还是在里面写？"奥克萨娜·谢德赫问。

"在里面写吧。"克柳奇尼科夫思考了一下，回答说。"我还会做个软屋顶的，所以在外面写没有意义。不过你们随便。"

"我要在里面外面都写！"维奇卡·佩利亚耶夫声明说。"我还要画上自己名字的旋涡花饰。"

"我也要画！""我也是！"好几个人喊道，因为大家都喜欢维奇卡这个点子。

"伊万·尼古拉耶维奇，您不写点儿什么吗？"塔尼娅忽然问。

"我？"克柳奇尼科夫惊讶道。"是啊，为什么不呢。我会写的，当然会写的。只是，说好了，我最后一个写。"

很快，胶合板金字塔上就画满了彩色的签名和图画。就连司机瓦洛佳也在上面留了个签名。庄严的离别时刻到来了。

"孩子们！"克柳奇尼科夫把大家都叫到自己身边。"我认为，今天这一天我没有白过，你们也没有白过。如果你们喜欢这样的活动，我们可以在天气变冷之前再来这儿玩一次。这里是你们的地盘，我希望你们喜欢这里！"

"伊万·尼古拉耶维奇，这座金字塔是谁的？"维奇卡·佩利亚耶夫突然嚷道。

"什么谁的？！"克柳奇尼科夫不明白。"你们的啊！"

"不，每座金字塔都以它们的建造者命名，像胡夫金字塔啦，哈夫拉金字塔啦。可我们这座金字塔却没有名字。这可不像话！"

"我们把它献给尼基塔好了！"安德烈·温格罗夫喊道。"他今天过生日！"

"为什么要献给我？！"尼基塔"哼"了一声。"我已经有一个金字塔了呀，而且是完全属于我的。可这一座是大家的。"

"同学们！"卡佳·索科利尼科娃嚷道。"金字塔应该用它的建造者的名字命名！也就是伊万·尼古拉耶维奇！这是为了纪念您！"

"朋友们，这是怎么说！"克柳奇尼科夫抗议。"金字塔一般是被视为陵墓的。咱们还是别早早就把我埋在里面了吧。这样好了，就让这座金字塔不属于具体的人，而是属于我们大家吧。你们同意吗？"

"同意！""埃及学家"们答道。

"嗯，现在我们走吧……"

"有人有想法要讲吗？"汽车启动后，克柳奇尼科夫问。

大家都不吭声。这时维奇卡·佩利亚耶夫突然开口了。大家都以为他又要说什么傻话，都预想到接下来会笑得多么欢了。

"伊万·尼古拉耶维奇，解剖学课本上有一幅人耳的构造图，"维奇卡说，"剖面图跟胡夫金字塔非常像。于是我就想，金字塔是一只巨大的耳朵，正在聆听地球的声音。"

大家习惯性地笑了起来，可克柳奇尼科夫却对维奇卡的设想很感兴趣，他请求大家安静。

"你接着说！"他说。

"接着说什么？！"维奇卡"哼"了一声。"金字塔是一座地震台。"

还有人在窃笑，但克柳奇尼科夫大声宣布：

"维克多，我早就期待你能提出类似的想法了！Green，维克多！Green！"

听到这样的评价，维奇卡喜笑颜开，补充说：

"伊万·尼古拉耶维奇，我还认为，埃及人建金字塔是为了躲避核战争。"

"唔，维奇卡，不是你一个人这么想，"克柳奇尼科夫摆摆手。"我从书上读到过这种想法。只是我不记得是在哪儿读到的了……"

他沉默了一会儿，皱着眉，试图回忆起什么。随后他用手把头发抚平，说：

"孩子们，你们知道我刚想到了什么吗……我们现在可能正面临着一场全球性的大动荡。不过，跟我们那些不为人知的祖先不同的是，我们不会给子孙后代留下任何的记忆。金字塔还会再经历一场大洪水和一场核战争，而我们的文明连一块瓦片都留不下来。这实在是太遗憾了。"

第十八章

黑材料

10 月 2 日，星期一

　　整个周日奥列格·布佐夫都在反复考虑自己的"黑材料"计划，最后决定从消极等待转为主动进攻。"应该尽快散布关于克柳奇尼科夫的消息，"他想，"但是要办得滴水不漏，让别人想不到是我干的。得彻底毁掉克柳奇尼科夫在'埃及学家'们心目中的形象，让他永世不得翻身。"

　　"可要是没能办得滴水不漏呢？"奥列格周一早上发愁的就是这个。"唔，能办成什么样就是什么样吧！"他最终下定了决心。

　　距离第一节课还有十五分钟，所以可以不急着进教室。布佐夫抽起烟来，这时他看见了达莎·阿夫杰耶娃。让奥列格惊讶的是，达莎是一个人来上学的，没跟奥克萨娜一起。他决定搞明白这是怎么回事。

　　"达莎，你好。想抽烟吗？"

　　"我戒了。"达莎闷闷不乐地答道，停下来跟奥列格站在一起。她心乱如麻。奥克萨娜已经整整四天没跟她说话了。达莎现在才明白，没有朋友的感觉是多么糟糕。她很想跟别人诉诉苦，可是未必有人愿意听。所以她准备向碰到的第一个人倾诉心事。

　　"你怎么一个人啊？"奥列格像是不经意地一问。"奥克萨娜病了？"

　　"没有，我们绝交了。"

　　"怎么回事？"奥列格表现出关切的神情，递过一包烟。"你别不好意思，抽吧！能让你好过些。"

　　达莎叹了口气，从递过来的烟盒里抽出一根烟。奥列格殷勤地用打火机给她点了个火，笑了笑说：

　　"我还以为你是因为克柳奇尼科夫而难过呢。敢情你是为了奥克萨娜呀。"

　　"什么克柳奇尼科夫？"达莎惊讶道。

　　"你居然不知道？！"奥列格双手一拍。"哎，怎么这样！半个学校都知道了，可她却不知道！你们那位克柳奇尼科夫酗酒，就是这么回事！他是个彻头彻尾的酒鬼！"

　　"你胡说些什么啊？！谁酗酒？！我昨天还看见他呢！"达莎一口气说。

　　"嗬！你还不信！唔，当然啦！他那么有文化，有教养……你要是不信就去问问别人。这不，'特警'走过来了。他知道是怎么回事。舒拉阿姨也知道。你去问呀！"

　　达莎把这个消息消化了很久，然后说：

　　"就算他喝酒又怎么样呢。难道你爸爸不喝酒？！"

　　"我爸不喝！"布佐夫骄傲地答道。"你去问呀，去问'特警'呀！或者去问奥克萨娜，她也知道。"

　　"奥克萨娜也知道？！"达莎惊讶地说。

　　"不光她知道，她妈妈也知道！"奥列格点头说。

　　"你又是打哪儿知道她妈妈知道的？！"达莎扬起眉毛。

　　奥列格知道自己说了不该说的。

"呃，我说了半个学校都知道了。"他笑了笑说。"现在剩下的就是向万尼林告密了，到时候你们的克柳奇尼科夫就会从学校里飞走，就像麻雀从椋鸟窝里飞走一样。"布佐夫非常喜欢自己打的这个比方。

达莎沉思起来。她想起昨天奥克萨娜是多么郁郁寡欢。达莎不明白为什么，还以为奥克萨娜也在为她们之间发生的争执而难过。原来她难过是因为克柳奇尼科夫。而克柳奇尼科夫昨天表现得怎么样呢？他说他的冒险结束了，俱乐部的活动要转入地下。可他为什么这么说呢？

"万尼林可能已经什么都知道了，"达莎说，"所以他才把克柳奇尼科夫赶了出去。"

"怎么?! 已经赶出去了?!"现在换成布佐夫惊讶了。

"没错！"达莎气恼地答道。"现在我们要换成去他家里上课了。"

"去他家里?!"奥列格更诧异了。"我晕，不是吧！"

"难道奥克萨娜的妈妈跟校长说了?!"布佐夫摸不着头脑。"或者万尼林是出于别的原因才把克柳奇尼科夫赶走的？"

他失算了。他本希望达莎能完全转变对克柳奇尼科夫的态度，可达莎原来根本不在乎克柳奇尼科夫到底喝不喝酒。但布佐夫还是没有白跟达莎聊天，他用克柳奇尼科夫的黑材料换来了珍贵的情报——克柳奇尼科夫准备在自己家里继续搞俱乐部。

达莎把烟扔掉了。跟布佐夫聊过天后她感觉自己筋疲力尽。她咬着嘴唇，差点儿没哭出来，走进了学校的前厅。"布佐夫真是个吸血鬼！"她心想。"跟我说了那么多卑鄙无耻的话，还洋洋自得！而我是个傻瓜，本来已经半个月没抽烟了，可还是上了敌人的钩。我为什么要告诉他现在俱乐部要在克柳奇尼科夫家里活动啊？！"达莎这才突然想起来。"我真是个大白痴！"

前厅里一些小孩子打起架来，达莎差点被打到。她勃然大怒，在不知什么人的头上推了一把。这让站在不远处的"特警"看了觉得很好笑。

"也许真的该去问问他？"达莎想。"他会说什么呢？也许，还是去问舒拉阿姨更好？万一布佐夫撒谎了呢？哎，也许根本就不该去理会这种事？"

达莎深深地叹了口气，低头走进了教室……

与此同时，布佐夫正在挑选新的谈话对象。从他身边依次走过了娜塔莎·冈察洛娃、维奇卡·佩利亚耶夫、塔尼娅·布拉温娜、马克西姆·卡明斯基，可他没跟任何一个人说话。根卡·赫内金走过去的时候冲他挥了挥拳头，而谢尔盖·波塔片科则用怀疑的目光打量了他一下。看到奥克萨娜·谢德赫走过来，布佐夫闪身躲进了一群抽烟的男生里面。而等托利克·穆欣走过时，布佐夫一把抓住他的袖子，一开口就直奔主题：

"麦弗莱，我要跟你说个大新闻！"

"我干吗要听？"穆欣笑了笑，挣脱了布佐夫。

"你们那位克柳奇尼科夫是个酒鬼！"布佐夫一口气说。"所以他才从学校里被赶了出去！"

"你还是去跟别人说吧，我才不信！"穆欣答道。"我还是分得清正常人和酒鬼的！你把手放开！"

"好吧，你走吧！"布佐夫气恼地说。"又一位'埃及学家'走过来了。"他看到了卡佳·索科利尼科娃。

"小姐，咱们要迟到了！"布佐夫开玩笑似的向卡佳鞠了个躬。

"怎么，你不去上课了？"卡佳"哼"了一声。

"我上不了啊，我难受啊，克柳奇尼科夫从学校里被赶出去啦！"

"跟你有什么关系？"

"我想知道，他为什么被赶出去？"

"这我可不知道。"

"你不知道，"布佐夫摇摇头，"有人不止一次看见他人事不省。要么是喝醉了，要么就是吸毒了。你去问舒拉阿姨呀，就是她看见的。"

"得了吧！我才不去听老太太们瞎扯呢！你爱听你自己去听！"

卡佳巧妙地摆脱了布佐夫，心里却升起了疑问："可能有这种事吗？"她心想。"难道他这样的人可能是酒鬼吗?！尽管，我可一点儿也不了解世道人心啊。"

上课铃响了，布佐夫准备进班，可就在这时他远远地看见了叶若夫和温格罗夫。

"啊哈！是安德留和尼基塔！找的就是你们！"布佐夫伸手招呼他们。

"已经上课了，我们要迟到了。"叶若夫看了看表，说。

"来得及的。"布佐夫答道。"我边走边跟你们说点儿事儿，好让你们了解情况。"

"什么情况？"温格罗夫问。

"全学校都在议论纷纷，可你们却什么都不知道？万尼林上吊了！"

"不是吧！"叶若夫惊讶地瞪大眼睛，停下来一动不动了。

"逗你玩！七个隆咚锵咚锵！"布佐夫哈哈笑起来。

"这个白痴！"温格罗夫骂道。"我也差点儿就信了！"

"事实上，出了件更坏的事。"布佐夫不笑了，说道。"我们刚刚从舒拉阿姨身边走过去了。她知道一个可怕的秘密。不过现在这已经不是秘密了。半个学校都知道你们那位克柳奇尼科夫酒精中毒。"

"傻瓜！"温格罗夫说。

"他也许不是傻瓜，可是他酒精中毒——这是板上钉钉的。"布佐夫重复道。

"我是说你傻瓜！"温格罗夫明确地说。

"请允许我保持异议。我是个天才，虽然是个邪恶的天才。不过现在不说这个。有人曾经好几次看到克柳奇尼科夫醉得人事不省，看到他的司机把烂醉如泥的他从车里抱下来。"

"谁都可能喝醉。"尼基塔摆摆手。

"要是学校里真的在传这种闲话，那就说明这对某些人有利！"

安德烈·温格罗夫得出结论说。"布佐夫，你听好了！你为什么要冤枉一个正派的人?！你一会儿看见他在埃及考古现场，还借光盘给我看，一会儿又看见他喝醉酒。你是脑子进水了吗?！那就去看精神病医生呀，别净想着糊弄我们！尼基塔，咱们走！"

第一节课结束后，温格罗夫走到卡明斯基面前。

"马克斯，布佐夫什么都没跟你说过吗？"

"没有。怎么了？"

"他跟我和尼基塔说了一堆克柳奇尼科夫的坏话，让我一节课都不舒服。"

"他挺会说别人坏话的。他说什么了？"

"唔，好像有人看到克柳奇尼科夫喝醉酒。醉得还很厉害。"

"胡说。"

"他说半个学校都知道这事。"

"还是胡说。"

"他提到了舒拉阿姨，好像是她看见的。"

马克西姆沉思了一会儿。

"布佐夫只跟你们俩说的这事吗？"

"我不清楚。"安德烈耸耸肩。

"咱们去问个自己人。"

"问谁？"

"呃，问问麦弗莱也好啊。"

"喂，麦弗莱！"安德烈叫住托利克·穆欣。

"干什么？"托利克问。

"来这边。我想私下跟你说点儿事。"

"哦？什么事啊？"托利克走近了一些。

"今天布佐夫什么都没跟你说过吗？"马克斯问。

"是说克柳奇尼科夫吗？他说过。只是我不相信他。他在瞎说，这条恶狗。"托利克答道。

"他这么瞎说，事情可不简单。"安德烈摇摇头。"他只做对他有好处的事。"

"就是说，他想让咱们鄙视克柳奇尼科夫？"托利克"哼"了一声。

"很有可能。"马克斯答道。

"唔，那他可失算了。在咱们俄罗斯，酒鬼不受鄙视，反而受同情，"安德烈嘲笑说。"在任何别的国家布佐夫都能得逞，可是这招在这儿行不通。"

"我们还没跟所有人说过这事。"马克斯说。"也许有人不这么想呢。"

"谁？"托利克和安德烈异口同声地问。

"呃，也许女生们不这么想。"

"没错！应该把大家都叫来说说这事。"安德烈同意马克斯的想法。

达莎·阿夫杰耶娃正好从旁边经过。

"达莎，你到这儿来一下。"马克斯叫住她。

"干什么？"达莎皱眉问。

"今天布佐夫什么都没跟你说过吗？"

达莎没有马上回答马克斯。现在她不想跟任何人说话。不过她想了想，还是说了：

"他说克柳奇尼科夫是酒鬼。还说舒拉阿姨知道这事，半个学校都知道，就连奥克萨娜和她妈妈都知道。"达莎叹了口气，补充说："而我已经有四天没跟奥克萨娜说过话了。"

"唔，明白了，是舒拉阿姨跟奥克萨娜的妈妈说的。"托利克摇摇头。

"咱们去找奥克萨娜吧。"安德烈说。

"这不，她来了，刚说到她，她就到了。"马克斯笑着说。

他们四个人走到奥克萨娜跟前。

"唔，你说说吧。"马克斯对她说。

"说什么啊？"奥克萨娜不解。

"布佐夫威胁过你吗？"

"威胁过。他说，如果万尼林什么都知道了，那么伊万·尼古拉耶维奇就要被从学校里赶出去，俱乐部也要关了。而当伊万·尼古拉耶维奇昨天说他已经被赶出来了的时候，我很高兴。我高兴的是布佐夫没能得逞……"

"明白。"马克斯点点头。"可你自己对这事怎么看？"

"这是污蔑啊！伊万·尼古拉耶维奇不可能是酒鬼！"

"呃，那如果确实有人看见他喝醉了呢？你就不再尊敬他了吗？"

"我认为他根本就滴酒不沾。"

"唔，那好吧。奥克萨娜，我们想请你帮个大忙，去跟塔尼娅、卡佳和娜塔莎谈谈，问问她们对这事怎么看。"

"我把话放在这里：如果你尊敬一个人，那么什么谣言都不顶用。"

10 月 3 日，星期二

叶莲娜·阿纳托利耶夫娜·布拉温娜下班后坐上电车，坐了五站，在中央公园站下了车。她着急赶路，因为前一天她跟克柳奇尼科夫约好了在主林荫道上的云杉下见面。克柳奇尼科夫什么也没问，只是答应在约定时间来到指定的地点。

天上刮着大风，叶莲娜·阿纳托利耶夫娜走到主林荫道上的时候打了个冷战。克柳奇尼科夫站在云杉下面，穿着灰色的披风，戴着帽子。他看到了叶莲娜·阿纳托利耶夫娜，于是迎面向她走来。

"您好！"他摘下帽子，首先打招呼说。

"您好！"布拉温娜内疚地朝他笑了笑。"对不起，我迟到了。"

"没关系的。"克柳奇尼科夫看了一眼叶莲娜·阿纳托利耶夫娜，他的目光极具穿透性，她赶紧把目光移开了。

"他确实会催眠！"她在开口前想。

"说实在的，我想跟您道个歉。那个周五我不该那样做，不该惊动其他家长，也不该试图妨碍您。"

"您用不着道歉，我没生您的气。"克柳奇尼科夫回答。

叶莲娜·阿纳托利耶夫娜微笑了一下。

"很好。那么现在我们就假定已经互相说完客套话了吧。"

"我看出来您很冷。我的车就停在这附近，您要不要进去暖和暖和？"

"不了，谢谢，我不冷。"叶莲娜·阿纳托利耶夫娜撒谎说。"我们还是走走吧。"

"好吧……您是想跟我说去埃及旅行的事吗？"

"不是。尽管，我当然应该跟您说一下，我并不反对这个主意……您要知道，您把大家都惊到了。您太心急了。本来不应该这么办事的。"

克柳奇尼科夫双手一摊。

"您不是第一个跟我这么说的人。"

"我明白，事已至此，多说无益。而且我也不是想跟您说这事……伊万·尼古拉耶维奇，我们直话直说好了，您不喝酒吧？"

克柳奇尼科夫皱了皱眉，咬住嘴唇，低着头一语不发地走了很久。

"叶莲娜·阿纳托利耶夫娜，您这个问题里面很有文章，"他终于开口说，"您调查过我？"

"不，我没有。可周六的时候奥克萨娜的妈妈薇拉·巴甫洛夫娜给我打过电话，说今年三月有人在您住的地方看到您醉得很厉害。还不止一次。"

"哦！明白了。半年前我确实喝酒喝得很凶……您这是在批评我？"

"总而言之，我不是为了批评您才来的。我是想提前通知您，好让您心里有数。"

"提前通知？为什么？"

"唔，您提前知道了也就能提前做好准备了。"

"其实，我已经半年没喝过酒了。滴酒不沾。怎么，薇拉·巴甫洛夫娜这是在敲警钟？是她自己看见的我吗？"

"不是。看见您的是舒拉阿姨，她在学校值班室工作。"

"哦。所以她才一看见我就眼里冒火。"克柳奇尼科夫大笑起来。"我还以为她要把我烧成灰呢……也就是说，您不想批评我？"他不笑了，问道。

"这是怎么说？难道我有权批评您吗？只不过如果其他家长知道了会怎么做，这就不好说了。"

"我更担心的是，孩子们知道这事后会怎么看。您觉得他们会因此不再理我吗？"

"伊万·尼古拉耶维奇，他们已经知道了。"

"怎么？听谁说的？"

"听布佐夫。他们班里有这么个小伙子，很有才华，前途无量。"

"还喜欢打小报告呢。可他又是从哪儿知道的呢？"

"他偷听了舒拉阿姨和薇拉·巴甫洛夫娜的谈话。"

"唔，他确实挺有才。嗯，那孩子们呢？他们的辅导员是个可鄙的酒鬼，他们对此怎么看？"

"他们的反应很平淡。现在的孩子什么都见怪不怪。他们什么都见识过，什么都知道，什么都没法儿让他们惊讶。很多孩子的父亲都喝酒。有的为此还失去了父亲。我那去世的丈夫是个例外……伊万·尼古拉耶维奇，您结过婚吗？"

"结过。"克柳奇尼科夫答道，沉默了很久。"我妻子一年前去世了，是出了车祸。我和女儿为此很受打击。三个月之后，也就是今年三月，我女儿也去世了，是先天性心脏病……不然她现在就有十五岁了。"

叶莲娜·阿纳托利耶夫娜深深地叹了口气。"我干什么要问他?！"她心想，"这个人经受了很大的痛苦，接连承受了两次致命打击。难怪他差点变成酒鬼。奇怪的是，他居然战胜了自己，戒掉了这个要命的恶习。可他又是多么悲痛啊！头发全白了！"

叶莲娜·阿纳托利耶夫娜看了克柳奇尼科夫一眼，马上内疚地垂下了眼睛。

"您别可怜我就行了。"他苦笑了一下说。"我找到了继续活下去的勇气。我明白了该如何发挥自己的才华。我发现自己可以成为有用的人。而且现在已经没有任何人、任何东西能够阻挡我了……"

克柳奇尼科夫沉默地走了很久。叶莲娜·阿纳托利耶夫娜试图猜测，这意味深长的沉默暗示着什么。

"以前我感觉自己是那种普希金和莱蒙托夫笔下的'多余人'，"

克柳奇尼科夫微笑着叹了口气。"我不肯多卖力气，总是为自己的软弱找借口。但是后来我明白了：要是不想成为多余的人，就得成为对别人有用的人。当然，这么说有点儿拽文，但话是没错的。出路就在这里，这是我女儿提示我的。

"我每天晚上都梦见克谢尼娅。我酗酒的时候，是她劝我戒掉。我陷入绝望的时候，是她安慰我。要不是她，我早就举手投降了，早就堕落了。她的心脏有毛病，去世前的最后一年没有去上学。我给她讲古埃及的知识。我打小就对金字塔着迷，"克柳奇尼科夫微笑了一下。"我让她也迷上了金字塔，迷到能一连听我讲上好几个小时。也难怪她冒出去埃及的想法。可她的身体却越来越差。有一回她跟我说：'爸爸，我知道人的灵魂是有翅膀的。等我死了，我的灵魂就会飞去埃及，看到一切的一切。'……我感觉，她现在已经在那里了……"

他们沉默地走了很久。克柳奇尼科夫沉思起来，而叶莲娜·阿纳托利耶夫娜什么都不敢问。

"神奇的是，您家塔尼娅特别像我的克谢尼娅。"克柳奇尼科夫说。

叶莲娜·阿纳托利耶夫娜看了他一眼，有点慌神儿：他微笑着，眼中含着泪水。

"您自己看看，"克柳奇尼科夫从口袋里掏出钱包，给她看一张"九年级六班"的黑白照片。照片上，一个漂亮的十二岁小姑娘正在朝叶莲娜·阿纳托利耶夫娜微笑。"她当时在六班。"克柳奇尼科夫解释说。"是不是很像？"

叶莲娜·阿纳托利耶夫娜默默地表示同意，但决定换个话题：

"伊万·尼古拉耶维奇，塔尼娅跟我说，您自己掏钱装修了教室，可校长却把您从学校里赶了出去。这我可就不懂了。他好像是您的朋友啊。"

"我跟尼林以前在一个班，但是从来都不是朋友。此外，我没生他的气。我们将暂时在我家里举行活动。"

"嗯，我了解。塔尼娅已经跟我说过了。但是，如果您愿意采纳我的建议，我认为最好还是租个场地为妙。"

"有可能，将来我会这么做的。"克柳奇尼科夫耸耸肩。他沉默了一会儿，又回到之前的话题上来："您知道吗，我把我今年遇到的所有好事都归功于克谢尼娅。你不知不觉地就相信会有来世……克谢尼娅死后，我做的每件事都是受了她的指引。是她让我戒了酒，是她让我有了成立俱乐部的想法，是她提醒我从哪里开始着手。事实上，跟孩子们一起活动的不是我，而是她。我只是在传达她的想法而已，将来也会是这样……您别这样看着我。"

"怎么看着您？"

"像看疯子那样。我到现在还是会梦见克谢尼娅。我们在梦里聊天，这样的梦我能记很久，早上醒来后也忘不掉。"

"伊万·尼古拉耶维奇，您能否告诉我，为什么您偏偏选中了我们这个班？"

"可以。我整个夏天都在反复琢磨该怎样成立俱乐部。我盘算着去哪个学校比较好。因为人们会误解我的想法的，会害怕的。然后我偶然从我们共同的熟人那里得知，我以前的同班同学尼林·维克多·亚历山德罗维奇在某个中学里当校长。唔，我当然就去找他了。'你好，真是多年不见了！帮个忙吧！''什么忙啊？''呃，就是如此这般。我想办个讲座……'总而言之，跟老同学说要做类似的实验比跟陌生人谈简单多了。何况刚开始的时候只涉及讲座的问题。确实，尼林很奇怪为什么我只想给十到十五个学生办讲座。我说，人再多我就应付不了了。尼林就信了。现在剩下的就是选一个班了。"

"也就是说，您只想跟单亲家庭的孩子打交道？"

"当然。这对我而言至关重要。"

"但是您不想让孩子们知道您为什么选他们？"

"自然不想。这是为了他们好。"

"可是等他们知道真相后可能会怪您的。"

"可能会的。"

"可您的目的何在呢？想充当他们缺失的父亲或者母亲吗？"

"叶莲娜·阿纳托利耶夫娜，您是随口一问，还是……"

"随口一问。"

"唔，那我就这样回答您好了：我自己也不知道我想要什么。"

叶莲娜·阿纳托利耶夫娜笑了笑：

"唔，那好吧。那您说说您是怎么选的班吧。"

"好。这事儿挺有趣的。我选择你们九（三）班并非出于偶然。

我很希望我的讲座上至少有一个人真的对古埃及感兴趣。所以，在研究九年级学生名单的时候，我注意到有个学生姓卡明斯基。"

"卡明斯基？"

"是的。原来他是马克西姆·卡明斯基，是我老熟人的儿子。我觉得我真是太走运了，于是我就挑了九（三）班……我跟柳德米拉·阿列克谢耶夫娜，也就是马克西姆的妈妈，还是在工厂上班的时候认识的。那时我是工程师，而她是车间工段的领导。我认识她丈夫，早就听说过她有个酷爱埃及的儿子。您想想看，马克西姆从三年级起就喜欢埃及了！我难道能白白放过对埃及这么感兴趣的孩子吗?!"

"而就是这个对埃及特别感兴趣的孩子，在第一堂讲座上就把您的心情给毁了。"

"哦！"克柳奇尼科夫笑了笑。"连这个您都知道啊……是的，老实说，确实毁了……但是我不生他的气。"

"伊万·尼古拉耶维奇，您好像什么时候都不生别人的气。"叶莲娜·阿纳托利耶夫娜说。

"生别人气，难受的是自己。"克柳奇尼科夫点点头。"唔，简单说吧，后来我就跟尼林打听九（三）班学生的个人情况，记下了那些来自单亲家庭的学生的名字。这成了我的秘密，我没告诉尼林，我怕他会反对。当然，他对我选择这些学生很诧异，但没诧异到不许我办讲座的地步。我当时觉得还是避而不提自己真实的目的为妙……唔，这不，现在您什么都知道了。您可以谴责我，也可以宽恕我。"

"我干吗要谴责您?!"

"您承认吧,以前您是想谴责我的吧?"

叶莲娜·阿纳托利耶夫娜笑了笑,答道:

"是这么想过。谢天谢地,我现在什么都明白了,也看得出来,您是个正派的好人。"

"您是个十分讨人喜欢的女人!"

"确实讨人喜欢," 叶莲娜·阿纳托利耶夫娜微笑了,缩了缩身子。"只不过彻底冻僵了。"

"咱们去我车上。我送您回家。"

"您怎么不早说?!"

"等等,我说过请您进去暖和暖和啊。"

"这倒是说过,可没说过要送我回家。"

"对不起,是我的错……"

他们走到轿车跟前。叶莲娜·阿纳托利耶夫娜忽然忧伤起来。她想起了自己去世的丈夫。他也总是这么说: "对不起,是我的错……"

克柳奇尼科夫让她摆脱了愁绪。他殷勤地为她打开车门:

"请坐吧!" 发动汽车后,他忽然问: "叶莲娜·阿纳托利耶夫娜,您能给我您的手机号码吗?"

第十九章
不祥的星期四

10 月 5 日，星期四

　　尼基塔·叶若夫做了一个奇特的梦。梦里他仿佛来到了古埃及，直奔金字塔。从金字塔里走出一个其貌不扬的矮个子——正是奇阿普斯，也就是胡夫本人。他走到尼基塔身旁，把手放在他的肩膀上，笑着说："唔，你好啊，大傻瓜！我把所有人都耍得团团转，是不是?! 你们到现在还认为我能建成这样的金字塔吗？我没建它，只是修缮了一下而已，还在里面找密室来着。唔，好吧，向克柳奇尼科夫问好，我该进石棺了。"

　　尼基塔醒来后去洗脸，脑海中还响着胡夫的声音："向克柳奇尼科夫问好！"

　　"好吧，一定转达！"尼基塔答应法老。

　　妈妈已经做好了通心面和可可当早餐。她自己已经吃过了，现在正站在镜子前梳妆打扮。

　　大前天伊琳娜·尤里耶夫娜到新地方上班了——在克柳奇尼科夫的店里。就像变魔术一样，她整个人都好起来了：变得衣着整齐，神态端庄，精神饱满，显得又美丽，又可亲。尼基塔看着妈妈，感觉自己是世界上最幸福的人。妈妈的命运产生了这么突然的变化，他为此是多么感激克柳奇尼科夫啊！

　　他们母子每天傍晚都会聊很久。他们已经很长时间没有交过心了，所以现在怎么聊都觉得不够。他们找到了无数共同话题，简直聊不完。伊琳娜·尤里耶夫娜知道了关于俱乐部和克柳奇尼科夫的一切，但还是对这个奇怪的人赞不绝口。

"多读书吧，尼基塔！"她对儿子说。"你赢不赢不重要，多学点儿知识总是有好处的……"

尼基塔吃完饭，喝了可可，出发去学校。今天是星期四，放学后大家准备去克柳奇尼科夫家做客。前几天尼基塔想出了一个原创的设想，所以他迫不及待地想跟克柳奇尼科夫分享。

学校前厅里有很多人。昨晚下了雨，所以今天要求大家换过鞋后再进门。大门口站着两个十年级学生，不许没换鞋的人进。一群三年级学生不爱惜清洁工的劳动，试图强行冲进去，可这时舒拉阿姨拿着拖把跑来帮值日生的忙了。

"谁想第一个挨拖把揍?!"她亲热地问孩子们。

三年级学生们闪到了一旁，尼基塔被挤到墙边，墙上贴着布告栏。尼基塔扫了一眼，读到一个词——"斯芬克斯"。这是一张告示的签名。尼基塔很感兴趣，走近了一些。布告栏上贴着一张告示，内容如下：

学生们请注意！

同学们！今年九月在你们学校的九（三）班进行了一项实验，内容是吸引来自单亲家庭的孩子参加非正式的古埃及学家俱乐部。

现在实验已经圆满结束了，我想对所有积极参与这个项目的人表示衷心的感谢。

斯芬克斯

尼基塔读完告示，挠了挠后脑勺，向教室走去。"为什么是'实验'？"他想，沿着走廊走着。"又为什么'结束了'？克柳奇尼科夫为什么要这么瞎写？"

进班后，尼基塔找到马克斯·卡明斯基，忍不住说：

"你猜，我昨晚梦见了谁？"他有意停顿了一下，想激起对方的好奇心。"奇阿普斯！"

"真的？"马克西姆假装惊讶说。"唔，感觉如何？"

"记不记得，那个片子里有个奇阿普斯雕像的镜头？他在我梦里就是那个样子。"

"唔，那你跟他都说什么了？"

"我没跟他说话，是他跟我说话来着。他说，向克柳奇尼科夫问好。"

"哈！"马克西姆笑了笑。"唔，今天你就跟他说吧。放学后你去他家吧？"

"去。马克斯，你读告示了吗？"

"什么告示啊？"

"在前厅里，布告栏上贴着呢。"尼基塔简单转述了一下告示的内容。

"那你刚才还跟我瞎扯什么奇阿普斯啊?!"马克西姆生起气来。"赶紧去把告示指给我看！"

半分钟后，他们俩已经到了前厅里。马克斯读完告示后，气愤地把它撕了下来。

"你难道不明白这里写的是什么吗?!"他对尼基塔发作道。"为什么你当时不马上把这张破纸撕掉?!"

"怎么了?"尼基塔眨眨眼睛。

"我早就怀疑了!我早就跟你说过!"马克西姆气得不可开交。"这帮白痴!"

他环顾四周。他们已经引起了别人的注意。

"走吧!"马克斯把尼基塔往学校大门那边推。他在大门前的台阶上展开揉皱的告示,大声读了一遍。"'实验'!你明白了吗?拿咱们做了个实验,把咱们当小白鼠了!我就知道这事儿有什么地方不对劲儿!这儿还写着:'来自单亲家庭的孩子。'你想到了吗,是根据什么标准才挑的我们?!"

尼基塔站在那里,瞪大了双眼。现在他什么都没想到。

"可为什么又说'实验结束了'呢?"他只有这么问。

"就是说,结束了!"马克西姆断然说。

"可是克柳奇尼科夫还请我们今天去他家做客来着。"

"他是什么时候邀请的?是周日。可今天已经周四了。四天时间够他改好多次主意了。"

"你认为是克柳奇尼科夫写的告示?"

"还能是谁?你看见签名了吗?是'斯芬克斯'。"

"可他为什么既不给我们中的任何人打电话,也不提前通知我们呢?"

"他犯不上。实验结束了就是结束了。他才不会跟我们道歉呢！"

"可他为什么不能好好说话呢，简简单单地说句'Hasta la vista①，孩子们，以后我们不再上课了'，不行吗？这是为什么呢？"

"你问我?! 我们对他而言不过是'单亲家庭的孩子'。没爹的孩子！你没有爸爸，我没有爸爸，赫内金、波塔片科、佩利亚耶夫和其他人也是！"

"可麦弗莱有爸爸啊。"尼基塔想起来。

"傻瓜！他没有妈妈啊！……哎，我懂的，你这是搞完了实验，跟领导汇报完毕了，如果有领导的话。可为什么要跟全学校嚷嚷说我们是没爹的孩子呢?! 尼基塔，你难道就没想到，我们现在从头到脚都被泼了脏水吗？"

"可你跟我喊个什么劲儿啊?! 难道是我写的告示吗?!"

"好吧，别嚷了，周围有人。"马克斯说，叹了口气。"它贴在那里很久了吗？"

"不知道。可能是今天贴的，也可能是昨天。"

"如果除了我们俩还没人读过就好了。不过他可真是个畜生啊，是不是?!"

"你说谁？"

"什么说谁？伊万·尼古拉耶维奇啊。如果你读了告示后今天还去找他，说奇阿普斯向他问好，你就再也不是我的朋友了！你听

---

① Hasta la vista：西班牙语固定表达方式，意为"再会"。

懂了吗？"

"犯得着吗！你以为我需要笔记本电脑？还是以为我想去埃及？你觉得我傻吗？我没爸爸又怎么样?！将来我靠自己什么都能挣得到！"

尼基塔发起火来，而马克斯反倒平静了下来。

"好吧，我们走吧，让咱们所有人都看看这张告示。我想，今天谁也不会愿意去找斯芬克斯了。"

"马上要打上课铃了。"尼基塔说。"还是下节课课间再说吧。我把大家都叫来，你来跟他们说。"

"好吧，走，咱们进班……"

等到下一节课的课间，马克斯和尼基塔把男生们都叫了出来。出人意料的是，卡佳·索科利尼科娃也紧跟着他们走了出来。她听到了男生们的悄悄话，于是决定来一探究竟。他们来到足球场上。马克斯确信没有人偷听后，开始召开"军事会议"。他宣读了告示，说了自己对这件事的看法。

"怎么，你们真的认为这是克柳奇尼科夫写的？"卡佳严肃地问。

"小点儿声！小点儿声！用不着训人！"马克西姆嘲笑说。"首先，这儿有签名。其次，不是他还能是谁？万尼林吗？"

"也有可能是万尼林。"卡佳回答说。"你们听着！肯定有人知道这张告示是怎么跑到墙上去的。要么是'特警'看见了，要么就是舒拉阿姨看见了。她总是尽忠职守。"

"好吧，我们现在就去问问他们。"马克斯同意说。

"埃及学家"们往学校走去。睡眼惺忪的"特警"站在大门口的台阶上，正在抽烟。看到这帮奇怪的"埃及学家"，他向马克斯问道：

"怎么回事，小伙子们？这是要火并吗？"

"呃，我们是想问问你。"马克西姆以同样的口吻回答。"你看没看见是谁贴的这张告示？"

"我倒是看见是谁撕的了，""特警"讥笑说，"可没看见是谁贴的。有什么问题吗？"

"也许，您今天或者昨天在学校里见过一辆黑色的'标致'牌轿车？"卡佳问。

"没见过。今天没见过，昨天也没有。一般说来，贴告示只要七秒钟。而汽车停在角落里也是有可能的。有什么问题吗？"

"没了。"马克西姆答道。"你这份工作找得倒是不错。就算有人在你眼皮底下给学校安炸弹，你也什么都看不见，什么都听不出。'特警'睡着觉都能挣钱。"

"你再说一句，我就要你好看！""特警"呵斥马克斯。

"走吧，伙计们。"谢尔盖·波塔片科说。"不然我就要进局子了。"

"走吧，我们去问问舒拉阿姨，怎么样？"卡佳提议。

他们在食堂出口处拦住了舒拉阿姨。

"没有，亲爱的，我谁都没看见。"她回答马克斯说。"再说我的工作也不是守着布告栏呀。"

"也许您看见过一辆轿车，是黑色的？"托利克·穆欣问。

"轿车倒是开来过，还不只一辆，什么样的我可管不着。"

"太感谢了！您帮了我们大忙了！"维奇卡·佩利亚耶夫嚷道。可是舒拉阿姨不明白他们为什么要谢她。

"怎么会这样！竟然谁都没在意！"卡佳喊道。

"别担心。"安德烈·温格罗夫笑了笑。

"要是我们去找校长讨说法呢？"卡佳问。

"讨说法？！"维奇卡快活起来。"万尼林盼星星盼月亮似的等着你索科利尼科娃去找他讨说法呢！"

"告示一般是秘书贴。"尼基塔评论。

"不一定，"安德烈跟他争论说，"紧急情况下万尼林也可能自己贴。"

"伙计们！你们看啊！"尼基塔喊起来，"有张新告示！"

大家聚到布告栏前面，那里贴了一张告示，内容如下：

同学们请注意！

　　十月份我们学校将成立"青年埃及学家"兴趣小组。敬请高年级同学参加。成立大会将于10月13日13:00在大礼堂召开。

学校行政部

"太酷了！"马克斯嘲笑说。"唔，明摆着，这是出自谁的手笔。是万尼林干的。他偷了克柳奇尼科夫的创意，还白得了一间装修好的教室。这个傻瓜现在还要组织兴趣小组，然后大家就会大谈特谈这个想法有多么棒，还会跑来取经了。"

"成立大会在周五13点举行！"维奇卡·佩利亚耶夫恶狠狠地冷笑说。"这第一炮打得可真不错！"

"可我感觉，这两张告示都是贴给我们看的！"安德烈·温格罗夫说。"为的就是引起我们的注意。万尼林好像正在试图把我们从克柳奇尼科夫那里争取过来。'金字塔'俱乐部没了，'青年埃及学家'兴趣小组万岁！"

"唔，这可办不到。"托利克"哼"了一声。"我宁可死掉，也不愿意去万尼林那个什么兴趣小组。"

"谁也不会去的。"维奇卡同意他的看法。

"在那儿没事可做。"谢尔盖也同意。

"而我再也不会去克柳奇尼科夫那儿了！"根卡宣布。

"没错！"谢尔盖随声附和说。

"你一个人不去成不了什么气候。"马克斯说。"应该让大家今天都不去！"

大家都沉默了，琢磨着他的提议。

"听着，克柳奇尼科夫也没对我们做过什么坏事呀？"托利克问。

"可他为什么要把我们召集到一起呢?!谁让他跟全学校嚷嚷说我们来自单亲家庭了?!"根卡对托利克发作道。

"问题还不在于告示。"卡佳说。"要是我一开始就知道这是纯粹的搞慈善，我说什么也不会去俱乐部的！"

"我和根卡对他问了又问，可他只是兜圈子，什么也不肯说。"谢尔盖嘟囔说。

"我们也不需要从他那儿得什么奖品。我最好还是跟我妈去卡累利阿，比跟'克柳奇'去埃及强，嗯。"卡佳一口气说。

"埃及学家"们自己都没注意到，他们给克柳奇尼科夫安了多少条不可饶恕的罪状。甚至连他的姓氏都被截短，成了"克柳奇"。再也没有人对到底是谁贴的第一张告示心存疑问了。大家都认为显然是"克柳奇"贴的……

放学后，马克斯把所有"埃及学家"叫到足球场上，准备一劳永逸地解决关于俱乐部的问题。

塔尼娅一开始不明白是怎么回事。克柳奇尼科夫犯了什么错？为什么大家无缘无故地说他坏话？为什么马克斯极力说服大家不要去克柳奇尼科夫家？这跟什么劳什子告示又有什么关系？

塔尼娅的样子看上去实在是太不知所措了，于是维奇卡·佩利亚耶夫赶紧跟她解释：

"塔尼娅，你记得吗，你曾经怀疑过克柳奇尼科夫？你问过他，是根据什么标准挑的我们。现在全弄清楚了。他在咱们班挑的都是没有父亲或者没有母亲的人。"

"那怎么了？"

"什么'那怎么了'？"一下子响起了好几个声音。

"他怎么把你们惹成这样了？就因为他没当面告诉你们本来一猜就透的事吗？我早就全明白了。"

"可你却一直不说？"根卡气愤地眨了眨眼睛。

"我没说，是因为克柳奇尼科夫自己就没说。既没跟家长说，也没跟校长说。布佐夫礼拜一的时候还想整他的黑材料呢！"

"大家听着！是不是布佐夫贴的告示啊？"维奇卡·佩利亚耶夫猛地一拍前额。

大家沉思了一会儿。

"不会的，"安德烈很有把握地说。"布佐夫不会的。他没那个胆子。何况他又为什么这么做呢？"

"我们现在不要讨论告示的事了！"马克斯继续沿着自己的思路走。"该讨论的是，'克柳奇'让大家知道了咱们是没爹的孩子！我直截了当地问好了：现在谁还打算去克柳奇尼科夫家？"

大家都沉默了，彼此交换着目光。

"我会去的！"塔尼娅小声说。

"既然这样，那么小姐，请你退出我们的会议！"马克斯说。

塔尼娅叹了口气，垂下头走掉了。很多人同情地看着她离去，但没有人跟着她一起走。

"马克斯，也就是说，以后就再也没有俱乐部了？"达莎·阿夫杰耶娃问。

"有啊。只不过没有克柳奇尼科夫了。金字塔我们可以自己研究嘛。要是你们愿意，我能讲一堆，多到你们……"

"我们压根儿就不需要什么俱乐部。"根卡打断马克斯的话。"以前没它我们也照样过，过得还不错呢。咱们走吧，谢廖沙。"

"娜塔莎，你今天跟我们一起吗？"谢尔盖问。

"去跑酷？当然啦！"娜塔莎答道，拉住谢尔盖的手。

"维奇卡，来我家焊电路吧。"托利克招呼朋友说。

"走。"

大家慢慢地分散开来，各回各家了。运动场上只剩下达莎和奥克萨娜。

"奥克萨娜！没有你我可真难过！"达莎承认说。"咱们再也不吵架了好吗？"

"好！"

"奥克萨娜，我又开始抽烟了。可图个什么呢，连我自己也不知道。"

"达莎，我也开始抽了。咱们真是傻瓜，还不可救药！"

"咱们再把它戒掉吧？两个人一起容易些。"

"好啊！你那些金字塔还留着吗？"

"嗯哼。来我家咱俩一起打坐吧？"

"走……"

大家都各干各的去了。每个人都找到了想做的事。只有塔尼娅·布拉温娜回到家里，把书包往角落里一扔，跌坐到床上。她用枕头埋住头，哭了很久，没人可安慰她。

*　　*　　*

为了迎接客人，克柳奇尼科夫一早就开始做准备了。他做了大扫除，在厅里摆上了十二把椅子。

"等下了第六节课，孩子们来的时候肯定已经饿坏了。"克柳奇尼科夫断定。"也就是说，得赶紧给他们吃点儿高热量的东西。涂红鱼子酱的三明治就很合适。吃完喝咖啡，既补充能量，又提神。"

客厅里，桌子对面摆着液晶电视和家庭影院。克柳奇尼科夫为自己的"埃及学家"们准备了一部讲金字塔和埃及自然环境的彩色电影。茶几上摆着许多民间埃及学家的著作。他准备等孩子们一吃完饭马上就把这些书发给他们。

一点半的时候，他走到小区里迎接孩子们。因为大门是要用钥匙开的，门上也没有对讲机。克柳奇尼科夫担心孩子们会在关着的门前站上个十到十五分钟，然后就大失所望地各自回家去了。

克柳奇尼科夫站在大门口，四下张望着，不时看看表，猜测着今天能来几个"埃及学家"。时间一分一秒地过去了，可孩子们没来。等了十五分钟后，克柳奇尼科夫沉不住气了。半个小时后，他明白了，谁也不会来了。

"为什么呢？"他脑海中闪动着一个念头。"有人发现他们的辅导员酗酒，难道这个消息对孩子们的影响能有这么大？可布拉温娜还跟我担保一切都会好的呢。对了，可不可以给她打个电话呢？万一她知道点儿什么呢？可是如果孩子们只是先回趟家吃点儿东西，把书包放下呢？要是他们半小时或者一个小时之后来了怎么办？"

　　克柳奇尼科夫又一次下楼来到小区里，沿着儿童游乐场又紧张地转了半个小时。"埃及学家"们一个也没来。

　　当他回来时，情绪极为低落，血液在他的脑中拼命地跳动着。电话正在作响，响得在楼梯上就听得见。克柳奇尼科夫花了好久才把钥匙捅进锁孔，他双手一直在颤抖。终于，他走进了前厅，拿起了话筒。

　　"喂？您是哪位？"

　　"伊万·尼古拉耶维奇，我是布拉温娜。您好。您知不知道出了什么事？我家塔尼娅放学回来后把自己锁在屋里哭呢！我敲她的门，她不开，还哭着说了些关于俱乐部的事。我跟她说，你开门呀，把事情说清楚！她根本不理我。您知道出了什么事吗？"

　　"叶莲娜·阿纳托利耶夫娜，说实话我不知道。我本来今天等他们来做客的，一个人也没有来。我现在能肯定了，他们瞧不起我。也许，塔尼娅就是因为这个才难过的。"

　　"谁也没去您那儿？不可能！塔尼娅昨天一直在说这回事呢。"

　　"叶莲娜·阿纳托利耶夫娜，您给薇拉·巴甫洛夫娜打个电话行不行。再给别的什么人也打一下。"

　　"给校长打吗？"

　　"不知道。要不给他也打一个吧。"

　　"伊万·尼古拉耶维奇，也许您来我们家一趟比较好？"

　　"我？去您家？现在吗？"

　　"您来不了？"

克柳奇尼科夫叹了口气。他现在难受得很。无数个念头在脑海中一闪而过。

"是高血压。情况可能会变得很糟糕的，到那时连我自己也需要有人照顾了。可是开车去路不远。叫我过去，一定是出事了。而且不光是塔尼娅出事，而是整个俱乐部出事。俱乐部……其实，谁需要俱乐部呢？为了它惹出多少不愉快啊！也许，该彻底放弃？毕竟没人请求过我在学校成立俱乐部。或许，我教给孩子们的只是些没用的知识，只是在让他们分心？'把班级划分成了两半！''不仅收买了孩子，还把家长一起收买了！''在学校里开旅行社！'结果是落得个被唾骂、被怀疑和被鄙视的下场。伊万啊，你可真是幸福到家了！"

电话另一端传来布拉温娜呼吸的声音，她在等待他的答复。

"我开车过去。"克柳奇尼科夫终于答道。"怎么找你们家呢？"

"小市场旁边拐角处的房子您知道吧？那是一栋五层楼的黄色建筑。您找得到吗？"

"小市场旁边的黄色楼房？我知道的。我十分钟后到。"

克柳奇尼科夫挂上了电话，闭上双眼，暗自数到二十。

"干什么叫我过去呢？我可是个外人啊！好吧，既然已经答应了，其他问题都以后再说吧。"

克柳奇尼科夫很快收拾好东西，走到院子里，坐进自己的"标致"牌轿车。

车开到小市场前面的交通信号灯那里时，他突然觉得非常难受。

他的心脏像是被钳子夹住了一样，头也晕起来，还喘不上来气。碰上这种情况，硝酸甘油总能救克柳奇尼科夫一命。他伸手去掏药瓶，可这时绿灯亮了，后面一辆红色的十路公交车发出信号，催促克柳奇尼科夫。他踩下了油门。

　　"路上再服药吧。"他想，可就在这时，一阵钻心的疼痛刺痛了他的心脏，他眼前发昏，一瞬间冷汗淋漓。克柳奇尼科夫明白，他正在失去意识，但什么都来不及做。他的头无力地垂在了胸前。

第二十章

愿望失落的季节

10 月 5 日，星期四

　　在足球场上开完会后，卡佳·索科利尼科娃去了书店。她钱包里有二百卢布，能买一本上好的书或者两三本一般的书。卡佳存完包，走进店里。书真多，让人眼花缭乱的。卡佳在放着侦探小说、幻想小说和爱情小说的书架旁徘徊了好久，可在这个迷宫里绕来绕去，每次都走到放着历史书和神话书的书架前。她在这个书架前站了很久，心情十分复杂，既心怀崇敬，又觉得疏远。随后，她走远了些，又一头扎进小说的世界。她翻阅了布尔加科夫和茨维塔耶娃，村上春树和丹·布朗，可最终还是像往常一样买了一本讲埃及神话的书。

　　回家的时候，她感到心满意足：这本书很中她的意。

　　"原则上讲，过去的一个月里生活一点儿变化也没有，"她微笑着想，"我还是一样爱着埃及，还是自己做主挑想读的书。可惜没人跟我分享阅读体会了，不过没了克柳奇尼科夫，也就用不着去琢磨一些荒唐的猜想了，每周四也不用上第七节课了。"

　　卡佳回想起收到邀请函时她是多么的开心。"要是那个讲座不再这么奇怪地搞下去，可能对大家都更好吧。"她下定决心。"是'克柳奇'自己的错。都跟他说了，'不要邀请马克斯！'他偏不听，这下好了吧：俱乐部才办了几天啊！不过说到底这个俱乐部真的存在过吗?! 也许根本就没存在过。只是那个卖伞的拼命想把它办起来而已，为此还做出了欠考虑的事。只有可怜他了。"

路过小市场时，卡佳大老远就注意到路口站着一群人。"大概是出车祸了。"她不经意地想。走近了一点后，她看见了一辆撞坏的"标致"牌轿车，车牌号十分熟悉。救生员正往救护车里抬担架，担架上躺着一个白发男子。他面无血色，所以卡佳没有马上认出来这个受伤的人正是克柳奇尼科夫。

卡佳"啊"了一声。"他撞伤了！致命伤！"她首先想到。一种说不清的恐惧霎时席卷了她全身。她愣在当地，眼看着救护车开走。"怎么会发生这种事？"卡佳想不通。"偏偏是在今天！偏偏是他出事！真是太可怕了！"

在撞坏的"标致"牌轿车旁，聚集了很多看热闹的人。几个刚凑过来的人在打听出了什么事。目击了车祸的人很乐意跟别人讲讲自己看到的一幕。

"那是个酒鬼。难道一个清醒的人会开车往树上撞吗？他连看都没看自己是在往哪儿开。"

人群中有人附和道：

"都喝得红了眼了还开车呢！换我一定永远吊销这种人的驾驶执照！"

"有钱人啊！是人生赢家呢！"

"醉鬼对什么都不在乎。"

"瞎说！他才不是酒鬼！你们没有权力这么说他！你们压根儿就不认识他！"卡佳想这样喊，可是她什么也没敢喊出来。她双眼含泪，满含厌恶地看了这些睁眼说瞎话的人一眼，走掉了。

卡佳边走边哽咽着。"他们怎么能这样?! 他们怎么说得出这样的话?!"她很生那些看热闹的人的气，却猛地想起，今天自己也说了克柳奇尼科夫的坏话，自己也对他大为不满，在马克斯号召大家不要去克柳奇尼科夫家做客时，她其实还表示了赞成。

"发生这样的悲剧，我们都有错!"卡佳忽然想到。"我本人的罪过也不比别人轻。我们无中生有地指责伊万·尼古拉耶维奇。事实上，我们出卖了他! 除了塔尼娅·布拉温娜以外，大家都出卖了他。只有她还对伊万·尼古拉耶维奇诚实。也许，是因为她爱着他吧?"

卡佳猛地明白了，她现在需要去找塔尼娅。"塔尼娅得知道克柳奇尼科夫出事了。她妈妈是医生，能打电话打听清楚情况。没错，就是应该去找塔尼娅!"

约莫五分钟后，卡佳按响了塔尼娅家的门铃。给她开门的是叶莲娜·阿纳托利耶夫娜。

"卡佳，是你? 我还以为是伊万·尼古拉耶维奇来了呢。"

卡佳呆住了。

"您在等他来?"她问。

"是啊，我给他打过电话，他答应了要过来。卡佳，你进来呀。你也参加了俱乐部，也许你能说说你们今天出了什么事? 哎呀! 你怎么眼泪汪汪的! 我家塔尼娅也号啕大哭来着，哭得可凶了。来，说说吧，到底出了什么事?"

"克柳奇尼科夫出车祸了!"卡佳一口气说。"是在小市场旁边的十字路口。"

"不可能！"叶莲娜·阿纳托利耶夫娜大吃一惊。"你没弄错吧？"

"我看见他躺在担架上，觉得他好像已经死了！"

"天啊！你在说什么啊？！"

塔尼娅的房门猛地打开了，塔尼娅双眼满含泪水出现在门口。

"他怎么了？！他在哪儿？！"她问卡佳。

"也许能打电话问问，救护车把他载到哪里去了？"卡佳耸耸肩。

"没错，得打电话问问我的好朋友。"叶莲娜·阿纳托利耶夫娜点点头，从包里拿出手机。

莉迪亚·伊万诺夫娜是妈妈的老熟人，是急救中心的调度员，今天正好当班。她能打听到今天派往出事地点的是哪辆救护车，还能通过无线电台与这辆车保持联系，了解到伤者的病情和他现在正在被送往哪里。不过，这样的信息她当然只告诉老熟人。

"丽达，你好！"叶莲娜·阿纳托利耶夫娜开口说。"你在当班吗？很好。知道吗，我们这里发生了不幸。一个熟人，是个非常好的人，出车祸了。就在我们市场旁边……不不，救护车已经来了，把他运走了。但是我们不知道车开哪里去了，他情况怎样。不知他是不是还活着。为了以防万一，跟你说一下，他姓克柳奇尼科夫。伊万·尼古拉耶维奇·克柳奇尼科夫。丽达，你能不能帮我们个忙？……什么？救护车的车牌号？"叶莲娜·阿纳托利耶夫娜转身看卡佳。"卡佳！你有没有记下救护车的车牌号？"

"229MMT。"卡佳马上说。

"229MMT。"叶莲娜·阿纳托利耶夫娜对电话重复道。她停顿了一下，按下挂机键，向塔尼娅和卡佳解释说，现在丽达阿姨正在通过无线电台跟这辆救护车联系，等打听清楚就会再打电话来的。

接下来等待的几秒钟过得格外缓慢而难熬。塔尼娅咬着双唇，一言不发。她很想好好问问卡佳她所看到的一切，可是电话任何时候都可能打来，所以她还是沉默着等待来电铃声响起。与此同时，塔尼娅的脑海中闪现出一些不祥的念头。"万一伊万·尼古拉耶奇骨折了呢？要是他再也走不了路了呢？要是车祸后他失忆了，再也不认识我塔尼娅了呢？万一他死了怎么办？"这些念头一个比一个可怕。塔尼娅极力把它们赶走，却只是白费力气。

电话铃声响了起来。叶莲娜·阿纳托利耶夫娜把手机举到耳边。

"喂？"

"列娜，一切都好。"电话那头传来莉迪亚·伊万诺夫娜压低了的声音。塔尼娅和卡佳开始认真听起她们的对话来。"克柳奇尼科夫·伊万·尼古拉耶奇，没错。他身上带着证件。他活着，有意识，状态不错。怀疑他患了心肌梗死，正在将他送往心血管中心。就这些。"

"丽达！太谢谢你了！祝你幸福！再见。"叶莲娜·阿纳托利耶夫娜松了一口气，跟女孩子们说："他还活着。已经苏醒了，什么事也没有。但是为了以防万一还是要送他去医院。"

"去心血管中心？"塔尼娅问。

"对。"叶莲娜·阿纳托利耶夫娜勉强回答说。

"他心肌梗死了？"卡佳问。

"怀疑是心梗。"叶莲娜·阿纳托利耶夫娜纠正卡佳说。

塔尼娅已经习惯看到克柳奇尼科夫身体健康、精力充沛的样子，觉得他像个运动员一样。她压根儿就没想过，四十多岁的人居然会有很严重的心脏病。她以为心梗是风烛残年的老年人才会得的病。塔尼娅第一次想到，她爱的人比她实在大太多了。可是，就像念背熟了的剧本一样，她喊道：

"我得去看他！"

"你？"妈妈睁大眼睛，摇摇头。"绝对不行！"

"为什么？"

"病人需要静养。现在不能去打扰他。你难道不明白吗？就算你去了他的情况也不会好转的。"

塔尼娅张了张嘴，垂下了头。这个她是明白的。

"可是怎么能让他一个人在那里呢？"她重重地叹了口气，问。

"我去看他。"叶莲娜·阿纳托利耶夫娜说，"明天去。"

"明天？"

"明天早上就去。"

"心肌梗死是多大的病？"卡佳突然问。

"不知道。如果他真的是心肌梗死，也不知道是第几次。"叶莲娜·阿纳托利耶夫娜答道。

"那可能几次呢？"卡佳又问。

"呃……有人一次就不行了，有人第三次后还能挺过来。心梗后最重要的是不要情绪激动。"

"也就是说，他不能再跟我们一起活动了？"卡佳问，自己暗暗地答道："他还想不想呢？"

"想跟你们一处混，精神得像铁打的才成！"叶莲娜·阿纳托利耶夫娜摇摇头。"你们还是跟我说说吧，今天到底出了什么事？"

塔尼娅和卡佳对视一眼。卡佳叹了口气，讲了起来：

"卡明斯基拿来一张告示给班里人看，说是从布告栏上撕下来的。"

"什么告示？"叶莲娜·阿纳托利耶夫娜很感兴趣。

卡佳说不下去了。

"唔，上面写的什么？"叶莲娜·阿纳托利耶夫娜开始刨根问底。

"妈，那上面写着，俱乐部结束了。还说，俱乐部是给单亲家庭的孩子们建的。"

"这让马克斯很不爽。"卡佳插嘴说。"他气得脸通红：'管我们叫没爹的孩子！污蔑我们！'他还挑动其他人也对此不满。他在利用我们的感情，放学后还直截了当地问：去不去克柳奇尼科夫家？除了塔尼娅，大家都不去了。"

叶莲娜·阿纳托利耶夫娜看了一眼塔尼娅。现在她明白女儿为什么会把自己锁在房间里哭了。

"而我也给马克斯帮了忙。"卡佳哼了一声。"我的罪过也不比他轻。"

"呃，卡佳，我们现在就不讨论你有多大的罪过了。"叶莲娜·阿纳托利耶夫娜说。"可你们为什么认定是克柳奇尼科夫贴的告示呢？"

"我们没怎么分析到底是谁贴的，"卡佳说。"这个打击可是直戳我们的痛点——伤害了我们的自尊心。"

"不，卡佳，我认为，告示是谁贴的非常重要。"叶莲娜·阿纳托利耶夫娜说。"伊万·尼古拉耶维奇是不可能做出这种事的。"

"确实！"塔尼娅赞成说。"因为这个告示打击的不仅是我们的自尊，主要打击的还是克柳奇尼科夫。"

"没错。"叶莲娜·阿纳托利耶夫娜点点头。"这是在自己害自己啊。"

"可是告示上署的名字是斯芬克斯。"卡佳耸耸肩。

"那怎么了？"塔尼娅哼了一声。"我还可以给自己署名伊希斯呢！"

"告示是一个知道克柳奇尼科夫笔名的人写的。"卡佳说。

"那好吧，我们来推理一下。"塔尼娅咳嗽了一声。"校长知道克柳奇尼科夫的笔名吗？"

"唔，很有可能。"卡佳答道。

"那可能会是他写的告示吗？"塔尼娅问。

"不知道，应当把第二张告示也考虑在内。"卡佳耸耸肩。

"怎么，还有第二张？"叶莲娜·阿纳托利耶夫娜惊讶地问。

"是啊。第二张告示说的是要召集所有感兴趣的人组成'青年埃及学家'兴趣小组。这张肯定是尼林写的。"塔尼娅回答说。

"换了夏洛克·福尔摩斯的话，一定会对比一下这两张告示的。"叶莲娜·阿纳托利耶夫娜说。"他会查看字体、纸张和油墨的成色。不过我认为，没有福尔摩斯的帮助我们也解得开这个谜。如果克柳奇尼科夫已经被赶出学校了，尼林为什么还要写第一张告示呢?! 我说的对不对？"

"没错。"卡佳点点头。

"我明白了！"塔尼娅突然高声叫道。"是马克斯！是他写的！"

"为什么是马克斯？"叶莲娜·阿纳托利耶夫娜问。

"他自己贴了又撕？"卡佳怀疑。"不太说得通啊。"

"说得通。他很在意不要让告示在布告栏上贴太久。去找'特警'的时候，他有十足的把握对方没看见是他贴的告示。告示是用电脑打出来的，而马克斯有电脑。大概打印机他也有。"

"好吧。"叶莲娜·阿纳托利耶夫娜说。"他既有电脑，又有打印机，自尊心强得要命，却毫无良心。那他有什么动机呢？什么能促使马克斯干出这种事来呢？昨天发生了什么事？周日又发生了什么？"

"好像没出什么事啊。"塔尼娅耸耸肩。"马克斯没什么可怪罪伊万·尼古拉耶维奇的地方啊。"

"那还有谁可能知道克柳奇尼科夫的笔名是斯芬克斯呢？"叶莲娜·阿纳托利耶夫娜问。

"谁？谁都可能。"塔尼娅答道。"那个根卡·赫内金刚拿到邀请函就跑去给布佐夫看！"说完这句话，塔尼娅猛地用手拍了一下前额。"等等！布佐夫！我敢打包票是他干的！"

"我也打包票！"卡佳赞成道。

"布佐夫？"叶莲娜·阿纳托利耶夫娜惊讶道。"可他好像是个尖子生啊。"

"是尖子生也说明不了什么。"卡佳摇摇头。

"他确实在我们中间拔尖儿，"塔尼娅说，"像他这样的畜生混蛋，打着灯笼也难找呢！"

"唔，好吧，"叶莲娜·阿纳托利耶夫娜让步了。"可他有动机吗？"

"简直数不过来！"塔尼娅和卡佳异口同声地答道。

*　　*　　*

奥克萨娜和达莎面对面坐着，手里托着纸做的金字塔，正在打坐。

"我们想要戒烟！"奥克萨娜低声说，达莎也跟着她一起说。"我们想要从此彻底戒掉这个习惯！我们想变得聪明起来，不再为小事闹别扭！我们想做好朋友，再也不吵架！"

"我们还想减肥！呃，哪怕减掉一点儿也好。"达莎补充说，奥克萨娜也笑着重复道："呃，哪怕减掉一点儿也好！"

这时，门猛地被推开了，门厅里传来阿拉·鲍里斯耶夫娜的声音：

"姑娘们，别害怕，不是贼。是我回来了。你们在家吗？"

"在家呢！"达莎大声答道。

"那就赶紧到这边来！我有个不大好的消息告诉你们。"

奥克萨娜和达莎把金字塔放到一边，走到前厅里。

"说是不大好的消息，其实是坏消息。"阿拉·鲍里斯耶夫娜说。"奥克萨娜，来拉住我的手！你，达莎，从我的袋子里面把吃的拿出来。"

"阿拉·鲍里斯耶夫娜，出什么事了？"奥克萨娜问。

"我这就跟你们说。我拎着袋子从市场回来，正过马路时，一辆黑色的外国轿车突然直直地朝我撞过来。我跑到人行横道上，它紧跟着我。我躲到树后，它'砰'的一声撞到了树上！这一声轰隆啊！简直把我的魂儿吓掉了。车里坐着个人，可具体是谁，安全气囊挡住了看不清。我本来吓得要死，现在变成气得要命了。我一时糊涂，以为有人故意想撞我呢。我攥着拳头跑到车前面，开车的人已经昏过去了，他是你们的克柳奇尼科夫。我一下子就瘫在了地上。"

"他怎么了？"奥克萨娜和达莎异口同声地问。"还活着吗？！"

"活着。只是我一下子没能明白。我跟你们一样吓坏了。我看到人开始往这边围过来，很快围了好多人。但是大家都只是看着，互相议论着，谁也不上来帮忙……然后我就……掏出手机……拨了03，给他做了初步的急救。我冒险打开了车门，跟一个男的一起把克柳奇尼科夫从车里抱了出来，放到地上。他手里掉下一个小瓶子。"

"什么小瓶子？"达莎和奥克萨娜异口同声地问。

"是药瓶，里面装的硝酸甘油。看来他是把药掏了出来，可没来得及服。我马上就明白了，他是犯心脏病了。我测了他的脉搏和呼吸，这时救护车也来了。我把情况都跟他们说了。他们把克柳奇尼科夫放到担架上，抬到车上送走了。而我呢，姑娘们，你们信不信，这时候我才全身抖起来。"阿拉·鲍里斯耶夫娜哽咽了一下，流下了眼泪。"达莎，你哪怕给我倒杯水也行啊。"

达莎连忙从厨房端来一杯水。阿拉·鲍里斯耶夫娜一口气喝干，深深地叹了口气，说：

"唉！真是难受死我了！我跟医生说了，得送他去看心脏病。可这个医生呢，很可能是个治外伤的，对心脏病一窍不通。他看着我的那副样子，就跟我是个傻女人一样。哎，好吧，愿上帝保佑他，保佑这个医生，只要你们的克柳奇尼科夫没事。"阿拉·鲍里斯耶夫娜来到厨房，开始翻检买回来的食物，忽然问道："达莎，钱包呢？本来在最上面放着的。"

"我没看见啊。"达莎在自己房间里喊道。

"嗬，果然如此！被偷走了！"阿拉·鲍里斯耶夫娜喊了一声。"这帮人啊！还算人吗？趁着人家去救人的时候偷人东西！我们是在个什么国家里生活啊？！"

"妈，那里面钱多吗？"达莎感兴趣地问。

"呃，不多，一百多卢布。但还是让人生气。"

＊　　＊　　＊

晚上，塔尼娅决定给克柳奇尼科夫写封信，但因为需要妈妈转交，所以得写一封让她看不懂的。塔尼娅有了个十分难得的机会向心上人表白，但只能让他一个人知道。她戴上耳机，播放起克柳奇尼科夫第一场讲座的磁带，自己则翻起那本《象形文字入门》的小册子来。她在书里寻找词组，想组成一封文理通顺的信件。她首先感兴趣的是"爱情"这个词，但在翻书时，她偶然看到了"心爱的人"这个词。她顾不上摘耳机，连忙在稿纸上照着样子描下代表这个词的两个象形文字——一个铲子和两片芦苇叶子。随后她又开始在书里寻找意思合适的象形文字，自然没有听到前厅里的电话铃响。

叶莲娜·阿纳托利耶夫娜走到电话旁。

"喂？"

"晚上好！叶莲娜·阿纳托利耶夫娜，我是克柳奇尼科夫。"电话那端传来克柳奇尼科夫愉快的声音。"真不知道您会怎么看我。您瞧，我答应了要过来，可自己却……真抱歉，我没能来。出了点急事儿。一整天都忙得脚不沾地，连坐一坐都没时间。现在才刚刚松口气。您没生我的气吧？塔尼娅怎么样了？"

"伊万·尼古拉耶维奇，您干什么说这些没用的。我们什么都知道了。您是从医院打来的吧？"

"呃，说实话，是的。"克柳奇尼科夫答道。"您是怎么知道的？"

"隔墙有耳。伊万·尼古拉耶维奇，您感觉身体怎么样？"

"现在似乎还算正常。"

"您出了什么事？是心肌梗死吗？"

"可能是吧。医生说得含含糊糊的。"

"伊万·尼古拉耶维奇，明天我下午两点才上班，上午我一定要去看您。大概九点左右吧。”

“哎，您这是干什么，叶莲娜·阿纳托利耶夫娜，干什么要来？我明天就出院了。”

“您就别瞎编了！没人会放您出院的。医生应该要开始给您治疗了才对。”

“确实。只是……叶莲娜·阿纳托利耶夫娜，您就不要可怜我了吧！别来了。用不着。”

“我可不是去可怜您的。我是去提升您的斗志。您在哪间病房？”

“我可不说！”

“那也没用。反正我能打听到。”

“好吧，我住 104。”

“这不就得了。”

“嗯……叶莲娜·阿纳托利耶夫娜，您知不知道，我那些‘埃及学家’们出什么事了？为什么他们都没来找我？”

“伊万·尼古拉耶维奇，咱们以后再说这事吧，等您出院以后。您现在忌谈正事。”

“忌谈正事。确实。可是怎么能躲得过呢？！我刚给我的司机打过电话，告诉他汽车的情况。然后又给公司打了电话，提前通知他们我明天不去了。所以说啊，就算在医院里也有的是事情可忙，躲也躲不开。”

“伊万·尼古拉耶维奇，这是您第一次心梗吗？”

　　"我不清楚。现在常会有一些微小心梗，经常不知不觉就挺过去了……叶莲娜·阿纳托利耶夫娜，我们当然可以在我出院后再谈，可是我会翻来覆去地琢磨这件事的。您最好还是现在就告诉我您知道的一切吧。其实我已经把所有可能的情况都琢磨了一遍了。"

　　"伊万·尼古拉耶维奇，您能不能不去在乎这些呢？哪怕是暂时的也好啊。"

　　"不能。我已经做不到不在乎了！您知道吗，这周日我第一次把所有'埃及学家'召集到了一起。我自己心满意足，看得出来孩子们也很满意。我一整天都幸福得不得了。可您却说：不要在乎！"

　　"伊万·尼古拉耶维奇，您答应我，我说了您不要不安。"

　　"当然了，我保证。"

　　"好吧，您听我说！"于是叶莲娜·阿纳托利耶夫娜就把自己知道的一切都告诉了克柳奇尼科夫。

　　"布佐夫？"克柳奇尼科夫问。"唔，他可真值得表扬。也就是说，在我的孩子们心里，是虚假的自尊心在作祟？！叶莲娜·阿纳托利耶夫娜，您知道我刚刚想到了什么吗？其实我也跟他们一样，是个孤儿啊。"

　　"呃，要是您当初直接告诉他们……"

　　"是啊……您建议我怎么做呢？"

　　"什么也不做。让他们暂时冷静一下。您别担心……一切都会好的。"

　　"时间是良药？"

"嗯，是的。还有，您知道吗……您不妨试试让别人爱上埃及。"

"为什么？让谁？"

"呃，哪怕是让我呢。"

"您？"

"我很乐意听一听。"

克柳奇尼科夫笑了笑：

"那好吧。我可抓住您这句话不放了！我一定会让您成为埃及学的忠实粉丝！"

叶莲娜·阿纳托利耶夫娜觉得自己话说多了，所以急着结束谈话：

"呃，那好吧，伊万·尼古拉耶维奇，明天见！早日康复！晚安！"

"晚安！"

叶莲娜·阿纳托利耶夫娜挂上电话，用手揉着太阳穴。"谢天谢地，他一切都好。可是，多难为情啊！"她心想。"我干什么死乞白赖地要当他的学生？！他会怎么想我呢？！不过，听其自然吧。看来，我只是对他有好感而已。"

第二十一章
只不过是个DHR

10 月 6 日，星期五

　　塔尼娅早上去上学时，心情简直坏到了家。她为克柳奇尼科夫的病情担忧，又没睡足觉，所以不时地打哈欠。

　　走到学校时，塔尼娅很惊奇：在校门口站着维奇卡·佩利亚耶夫。"我还以为我是最早来学校的人呢，"塔尼娅心想，"可维奇卡早就到了。也许是在等什么人吧？"

　　"你好，"维奇卡跟塔尼娅打招呼。"我在等你。"

　　"干什么？"

　　"你知道吗，昨天的事真是太糟糕了……我十分肯定，本来大家都是想去找克柳奇尼科夫的，都是站在你这边的。可是最后还是鬼使神差地听了马克斯的话。"

　　"你本来也是站在我这边的吗？"

　　"没错。"维奇卡低下了头。"你昨天去找克柳奇尼科夫了吗？"

　　"没有，我没去。换你你会一个人去吗？"

　　"大概不会。"

　　"所以我也没去。要是你昨天能支持我，我会觉得好过很多的。"

　　"现在怎么办呢？"

　　"什么怎么办？"

　　"得想办法跟伊万·尼古拉耶维奇解释为什么谁都没去呀。"

　　"不用了。他现在正在医院里呢。他需要静养。"

　　"在医院里？怎么回事？"

"昨天他心肌梗死了，出了车祸，现在在住院。"

"不是吧！"维奇卡皱了皱眉，沉默了。"也就是说，他是因为我们才生病住院的？"

"没错。"

"听着！心肌梗死是大病，本来能要了他的命的！"

"是能要命。"

"我们都是些傻瓜！骄傲自大的傻瓜！"

"确实是傻瓜。不过这也不能让人好过点儿。"

"而伊万·尼古拉耶维奇，只不过是个 DHR 而已。"

"DHR 又是什么？"塔尼娅不满地嘟囔说。

"是个大好人！"维奇卡解释说。"听着！应该告诉大家伊万·尼古拉耶维奇出事了。"

"你去说吧，要是有人感兴趣的话。我可不想跟任何人说话。"

"你生气了？"

"何止是生气呢。"

"那你为什么又跟我说话呢？"

"呃，"塔尼娅半天找不到合适的话来回答。"你不是站在我这边嘛。"

"塔尼娅，我们得去医院看看伊万·尼古拉耶维奇啊。"

"聪明人不止你一个。"塔尼娅忽然粗鲁地答道。

"塔尼娅。"

"干吗？"

"塔尼娅，我早就想跟你说……"

"什么？"

"塔尼娅，我喜欢你。"

"我知道。"塔尼娅无动于衷地回答。

"你知道？！"维奇卡的声音中透着一丝希望与惊讶。

"嗯哼。"

维奇卡笑了笑，问：

"塔尼娅，你呢？你喜欢我吗？"

"维奇卡，你也是个 DHR。至于其他的，我暂时还什么都不能跟你说。"

"那好吧。"维奇卡笑了笑，耸了耸肩……

跟维奇卡说完话后，塔尼娅沿着学校走廊走着，暗自微笑。"维奇卡是个好人！原来我也喜欢他。一个非常好的人喜欢你，而你正好也对他有点儿好感，还有比这更美好的事吗？！话说回来！从闺蜜那里得知是一回事，从喜欢你的那个人那里得知，又是另一回事了。"

塔尼娅回想起来，一个月以前她曾经多么严苛地评价过自己的同班同学啊，又是这个人不好，又是那个人不聪明的。

"可事实上事情不是那么简单的。"塔尼娅想。"赫内金，如果把他看透了，也不是个无赖，佩利亚耶夫也不是个大话精，索科利尼科娃也不自高自大，而我也不是个女诗人。原来世界是这么复杂啊。想要彻底弄明白它，一辈子也不够用。不过，也许应该为此而努力。不然干吗活着呢？！"

塔尼娅重新打量了一下身边的一切。克柳奇尼科夫是个大好人。但是他已经是上一代的人了，只适合当塔尼娅的父辈。而她也只能像爱老师或者爱辅导员（像他爱自称的那样）那样爱他。谢天谢地，还好天无绝人之路：周围还有很多好人，维奇卡·佩利亚耶夫就是其中一个。

"也许，人们就是这样慢慢成熟的。"塔尼娅想……

维奇卡·佩利亚耶夫没进班。他还需要跟某人谈一谈，最好没别人在场。两分钟后，远远走来了"德留尼马克三人帮"——温格罗夫、叶若夫和卡明斯基。像往常一样，他们三人一起上学。维奇卡迎着他们走上前去。

"安德留、尼基塔，你们好啊。"他跟温格罗夫和叶若夫打招呼说。

卡明斯基对此很不高兴。

"你怎么不跟我打招呼呢？"他挑衅地问。

"'你好'——是祝愿对方身体好的意思，"维奇卡嘲笑着解释说，"为什么要祝一个马上就要死的人身体好呢？！"

"不懂你说什么！"

"布拉温娜马上就要治你了！"

"这是从哪儿说起？"马克斯的声音里透着不屑，眼神却含着恐惧。

"昨晚克柳奇尼科夫心肌梗死住院了。你猜猜是因为谁？！"

"这跟我有什么关系？"马克斯说，吓得更厉害了。

安德烈和尼基塔突然避开了他，为此，马克斯浑身不自在起来。

*   *   *

阳光从病房的窗户里透进来。白色的天花板上显现出歪歪扭扭的窗格图案，像在照片上一样。鸽子在窗外咕咕叫着。从铁轨上传来电车的轰鸣和车轮有节奏的敲击声。病房里的病友们在下象棋，克柳奇尼科夫闭着眼躺在床上，正在心里跟女儿克谢尼娅说话。他感觉自己的身体情况比昨天晚上差多了。他全身疼痛，头痛欲裂，心脏也疼得厉害。克柳奇尼科夫时而闭目养神，时而陷入短暂的噩梦之中。

"爸，你可真把我吓死了！"他在车轮的敲击声中听到克谢尼娅的声音。"你现在可不能死啊！你还有那么多没做完的事！"

"我自己也吓了一大跳呢。"克柳奇尼科夫忍不住微笑着回答女儿说。"我只是在想，昨晚心脏病发作后还感觉自己好极了，可现在却虚弱得很。现在就死确实早了点儿。我也不想死。尽管我很想你，好女儿。"

"爸，我们已经阴阳两隔了。但是我们还能继续交流，这可真好！所以你不要急着死。你会康复的，会回到俱乐部，还会去埃及。你以后的日子还长着呢。你还会得到幸福的。而我将永远在你身边。不过，等等，好像有人来看你了。回头见……"

克柳奇尼科夫睁开眼，吃了一惊。一时间他以为病房里从天上掉下来一个长着白色翅膀的天使。这幻象十分美好，却转瞬即逝。

"您好！"天使变成了一位穿着白色大褂的美丽的来访者。

叶莲娜·阿纳托利耶夫娜看着克柳奇尼科夫，不敢相信自己的眼睛。他穿着条纹病号服，躺在毯子上，显得那么可怜，那么无助。一个人怎么能一天之内就老成这样！他的脸浮肿着，胡子两天没刮了，眼下挂着眼袋，而双眼则疲惫无神。

"伊万·尼古拉耶维奇，您好！"她又说。"是我，布拉温娜，塔尼娅的妈妈。您觉得身体怎么样？能说话吗？"

"能。"克柳奇尼科夫勉强动了动嘴唇说道。"您好！谢谢您过来。您说得对，今天肯定是不会让我出院了。我看起来样子很糟，是吗？昨天傍晚还觉得自己状态不错，还给您打电话来着。可晚上就发烧了。现在三十七度五。"

"可您想怎么样呢。心肌发炎了呀。身体发烧是在跟炎症作斗争呢，就像感冒时一样。所有人都是这样的。还会再烧几天，但您的情况很稳定。我刚跟您的主治医生谈过，他认为诊断结果很乐观。您休息一星期吧，然后再回家。但是回家后一定要遵医嘱。"

"我知道。已经给我开了一堆药了。"

"服药还不是最主要的。首先应该静养，其次是控制饮食，服药只是第三位的……我给您带了点儿吃的，是您现在能吃的东西：有果汁、酸奶和水果。也许您想吃点儿什么特别的东西？要有您就说，我做了给您带来。明天我下午五点再来。"

"谢谢。但是您干什么要再来呢？东西我也根本吃不下。"

"您别不好意思。您现在能喝牛奶，吃煮过的蔬菜和溏心蛋。

给您带点儿什么呢？”

"谢谢，可我什么都不需要。"

"哎！您可真是傲气啊！简直跟我一样了。您一般怎么吃饭？"

"随便吃。"

"自己做饭吗？"

"对。"

"常有这种事，单身女邻居会给单身的男邻居做饭吃。难道您就没能找到个热心肠的老太太帮您？"

"我不想给别人添麻烦，自己做得来。我不想再婚了，至少现在不想。"

"我也没问您想不想再婚啊。"叶莲娜·阿纳托利耶夫娜说。"您大概很爱自己的妻子吧？"

"爱过，现在也依然在爱着。毕竟在一起生活了二十年。"

"伊万·尼古拉耶维奇，出院后您得控制饮食了，这可不容易做到。如果您不反对的话，我能买菜，偶尔做顿饭。您就当我是个热心肠的老太太好了。"

"您可真是个固执的女人啊！谁都能说服！"

"这么说您同意了？"叶莲娜·阿纳托利耶夫娜微笑说。

"同意了。我会很感激您的……叶莲娜·阿纳托利耶夫娜，塔尼娅怎么样了？"

"她在学校呢。她昨天给您写了张便条，说是写，其实是画，上面全是象形文字。她让我给您带口信，祝您早日康复。"

"便条在您身上吗？"克柳奇尼科夫问。

"对，我现在就拿出来，"叶莲娜·阿纳托利耶夫娜打开手提包。"给，请看。我自己反正根本看不懂。"

克柳奇尼科夫接过一张练习纸，皱了皱眉，读了起来。单独的词组当然是塔尼娅从《象形文字入门》这本书上抄下来的。所以克柳奇尼科夫读起便条来一点也不困难。他简直不是在读，而是在辨认那些烂熟于心的符号。便条上写的是：

秘密的主宰，

心爱的人，

祝你像太阳神一样万寿无疆！

塔尼娅

克柳奇尼科夫累了，拿着便条的手精疲力竭地垂了下来，落在被子上。他眯起眼睛，沉重地叹了口气，忽然微笑了一下。

"好样的！"他称赞塔尼娅说。"叶莲娜·阿纳托利耶夫娜，您就这么转告她好了。"

"我让您累坏了。"布拉温娜忽然意识到。"我这就走了，不过明天五点您等着我啊！"

"叶莲娜·阿纳托利耶夫娜，您等一等！"克柳奇尼科夫说。"您有笔吗？"

"有，是中性笔，但是是红色的。"

"要的就是这个。请您给我。"

叶莲娜·阿纳托利耶夫娜递给克柳奇尼科夫一支笔。他勾掉了便条上的两个象形文字，然后在下面打上了一个大大的"五分"。

"我改正了一个小错误。"他解释说。"但她配得一个五分……"

叶莲娜·阿纳托利耶夫娜笑了笑，把便条放进包里。

"你们之间有秘密。你们是在用古埃及文交流呢。而我扮演的是个不懂密码的通信员……唔，好吧，别灰心！早日康复！明天见。"

"明天见！我会等您来的！"克柳奇尼科夫微笑说……

叶莲娜·阿纳托利耶夫娜离开了。克柳奇尼科夫闭上眼，开始思考塔尼娅的事。

"我划掉的两个象形文字是铲子和两片芦苇叶子，这是'心爱的人'这个词。为什么塔尼娅要写这个词？她是故意的，还是笔误？不过，她不可能笔误啊。那么这个词背后隐藏着怎样的情感呢？难道是爱情？不，这太难以置信了！让人怎么想也想不到！不管怎样，塔尼娅都应该正确理解被划掉的'心爱的人'这个词。她应该知道，老师和学生之间除了友谊什么都不可能有。"

＊　＊　＊

克柳奇尼科夫生病的消息马上传到了所有"埃及学家"的耳朵里。布佐夫也听说了。起初他很害怕同学们猜出是他搞的鬼，然后把他痛扁一顿。但是随后他想起来，最好的防守莫过于进攻。应当把矛头指向别人，找个替罪羊，到时候就再也没人会知道真相了。

所以布佐夫马上考虑起卡明斯基这个人选来："是谁把那张奇怪的告示拿到班里来的？是他卡明斯基。是谁号召'埃及学家'们

跟克柳奇尼科夫绝交的？还是他卡明斯基。是谁能写出那张告示并
贴出来，成为一切矛盾的始作俑者？当然是他卡明斯基了！怎么以
前谁也没有想到这一点呢？！需要的只是找到一个证人，一个能亲
眼看到卡明斯基在布告栏贴告示的人。不过，如果我自己就能临时
充当这个证人的话，干吗还要去找别人呢？！"

　　布佐夫决定作伪证。任何人，只要昧着良心犯下一点点罪过，
迟早都会成为大罪人的。布佐夫正是这样。

　　他走到塔尼娅身边，以为她会是最恨卡明斯基的那个人。但是
塔尼娅看了布佐夫一眼，他马上明白了：他是达不到目的的。于是
他又悄悄走到卡佳·索科利尼科娃身边，她经常自觉自愿地把卡明
斯基的一部分罪过揽到自己身上。

　　"卡佳，知道昨天是谁贴的告示吗？"他悄声问。

　　"谁？"卡佳马上反问，正中布佐夫下怀。

　　"是卡明斯基。我亲眼看见的。"他答道，像狐狸一样咧着嘴
笑道。

　　随后消息就以光速传播开来了。卡佳告诉了奥克萨娜和达莎，
她们又告诉了其他所有人，到第三节课前所有人都已经气得牙痒痒
了。大家都特别想狠狠地揍卡明斯基这个"混蛋和谎话精"一顿。
大家都毫无保留地马上相信就是马克斯贴的告示，甚至都没人想起
来，消息最初是从布佐夫那里传出来的。

　　放学后，大家在学校体育馆里审判卡明斯基。"埃及学家"们
是抱着一定要揍卡明斯基一顿的想法来的，可是谁也不想打头阵。
所以男生们围着他站成一圈，摆出咄咄逼人的架势，彼此交换着意

味深长的目光。而女生们则挤眉弄眼，表达对马克斯的鄙视。安德烈和尼基塔站得远远的。他们看马克斯的目光就像在看害克柳奇尼科夫出事的元凶，但是既不打算打他，也不准备保护他。大家都沉默着。

马克斯也沉默着。他知道辩解是没用的，何况现在他也没机会辩解。但是，如果不给他们提供口实的话，他们多半不会真动手的。他只需要顶住他们咄咄逼人的架势，既不表示胆怯，也不表示愤怒。到时候同学们的怒气就会慢慢消了，他就能逃过一劫。

如果不是布佐夫来搅和的话，事情本来很可能会是这样发展的。谁都没注意到他是什么时候冒出来的，又是从哪儿冒出来的。大家都还没来得及琢磨他来这儿到底是想干什么，他已经摆出一副局势尽在掌握的样子走到了"埃及学家"们之中，发表了一通简短的讲话：

"你们还等什么啊？你们的克柳奇尼科夫因为这个混蛋差点送了命！你们难道就这样放过他吗?！怎么，没有人愿意动他一根手指吗?！你们也太衰了！怎么，要我替你们来吗?！我来就我来！"

布佐夫走到马克斯身边，亲热地拍了拍他的肩膀，猛地使出浑身力气朝他的太阳穴击了一拳。这一下打得特别狠，马克斯两腿一软就倒在了地上。布佐夫走开，笑了起来：

"谁想再给他来一下？"

"我！"塔尼娅·布拉温娜勇敢地走到布佐夫面前，抡圆了打了他一个耳光。"败类！我看到了是你贴的告示！"

布佐夫挥手要去打塔尼娅，但谢尔盖·波塔片科已经站到了他身后。他扭住了布佐夫的胳膊，沉声说：

"你敢动一下，我就扭折了它！"

布佐夫试着动了动，可马上就疼得呻吟起来，呻吟中透着愤恨……

等布佐夫带着耻辱离去后，维奇卡·佩利亚耶夫问塔尼娅：

"怎么，塔尼娅，你真见到是布佐夫贴的告示吗？"

"没看见。"塔尼娅冷笑说。"我是蒙他的，他一下就招了。"

"你为什么觉得他招了？他可什么都没说啊。"

"他想跟我动手来着，这就已经是招了。"

"没错！"维奇卡摸摸后脑勺。"你啊，只有去当盖世太保才合适！"

"为什么只有去当盖世太保？"塔尼娅微笑说。"我不管去哪儿都会有人抢着要的。"

* * *

马克西姆·卡明斯基六点半的时候回到家里，十分闷闷不乐。他的母亲——柳德米拉·阿列克谢耶夫娜——已经胡思乱想了半个小时：儿子在哪儿，出了什么事，还活着吗？她给尼基塔·叶若夫和安德烈·温格罗夫都打了电话，可谁都没法跟她解释清楚。所以，当她看到马克斯安然无恙地回到家里时，就问了他一箩筐问题：

"出了什么事？为什么这么晚回来？你去哪儿了？为什么不早说？怎么这么不开心？你有良心没有？为什么不说话？想吃东西吗？"

马克斯一言不发地走进浴室，洗了很久的脸，发出响亮的声音。柳德米拉·阿列克谢耶夫娜站在他身后，不知道是该责备儿子好，还是该宽慰他好。马克斯洗完脸后，仍旧一言不发地走进厨房，打开冰箱，切了一片火腿。

"喝茶吗？"柳德米拉·阿列克谢耶夫娜严厉地问。

马克斯看了母亲一眼，像是刚刚才看见她一样。

"出了什么事？"母亲这次口气缓和了些。"学校里出什么事了吗？你一整天在哪儿来着？"

"我散步来着。"马克斯不情愿地答道。

"散步？！可我还为你担心来着？！"柳德米拉·阿列克谢耶夫娜发起了攻势。"也许，这都是埃及小组闹的？看样子，我是白跟克柳奇尼科夫说你喜欢埃及了！"

"怎么，你认识克柳奇尼科夫？"马克斯惊讶道。

"我们不管怎么说也是在一个厂里一起工作了五年的同事啊。"

"你跟他说过我喜欢埃及？"

"说过。那又怎么了？他想在咱们学校组织个埃及俱乐部，我觉着让我儿子参加一下也不错。比成天坐在电脑前一动不动好。"

"所以，他是因为我才挑的我们班？"马克斯瞪大眼睛问。

柳德米拉·阿列克谢耶夫娜明白她说多了，但是已经停不下来了：

"唔，也许就是因为你。"

马克斯说不出话来了。

"你为什么不早跟我说？"他忽然大喊。

"不许冲妈妈喊！"柳德米拉·阿列克谢耶夫娜反驳道。

马克斯从桌边站起来，推了一下椅子，回自己房间了。

第二十二章
周四见!

10 月 18 日，星期三

时间确实跑得飞快。所有人迟早都会相信这一点。

当克柳奇尼科夫十一点半走出医院时，明亮的阳光刺得他睁不开眼睛，简直不像是在秋天。天气好极了，空气清新宜人，院子后面的白桦树林荫道像是用金子装点过一般。

来接克柳奇尼科夫的是伊琳娜·尤里耶夫娜·叶若娃。她站在 Gazelle 牌汽车旁，开车的是那个特别会烤肉的司机瓦洛佳。

"唔，您怎么样了？"伊琳娜·尤里耶夫娜连忙问。

"医生说，我还活得下去。"克柳奇尼科夫微笑说。"回家吧。"

Gazelle 牌汽车缓缓驶离了医院。瓦洛佳不时看看克柳奇尼科夫这位尊贵的乘客，试图揣度他的心情。

"你最好还是看着前面吧。"克柳奇尼科夫微笑着建议。"我可不想再进一次医院。"

"伊万·尼古拉耶维奇，您这话说的！保证把您安全送到！"瓦洛佳承诺。

"伊琳娜，在新单位感觉怎么样？一切顺心吗？"一分钟后，克柳奇尼科夫问。

"伊万·尼古拉耶维奇，再好也不过了！一切都顺心！我真是高兴坏了，生活彻底变样了！真是太感谢您了！"

"尼基塔怎么样了？"

"他在读您发的那些书呢，还总想起您来。他很后悔没能告诉您一些很重要的事。"

"让他给我打电话吧，我们聊聊。"

"哦，不行啊，伊万·尼古拉耶维奇！我暂时不会告诉他的。让他等等吧。"

"哦，让他等等。那我呢？"

"您就更该等等了！"

"好吧，我投降！"克柳奇尼科夫笑起来……

家里等待克柳奇尼科夫的是他十三天前摆好的桌子。涂了鱼子酱的三明治生了厚厚的一层霉。这幅景象让克柳奇尼科夫感到十分压抑。伊琳娜·尤里耶夫娜注意到了老板情绪上的变化，赶紧打扫起卫生来。司机瓦洛佳在厨房里把餐具弄得叮当响。随后，他走进屋里，对正孤零零坐在扶手椅上的克柳奇尼科夫说：

"伊万·尼古拉耶维奇，今天就不做烤肉了，我煮点牛奶面条汤，管保好吃！"

"没牛奶了。"克柳奇尼科夫心不在焉地答道。

"伊万·尼古拉耶维奇，您这可就小瞧我了。我自己带着呢……"

半小时后，克柳奇尼科夫坐在焕然一新的厨房里，面对着一桌丰盛的饭菜，品尝着牛奶面条汤。他边吃边赞：

"弗拉基米尔，我真是没白雇你这个司机！难道别人能给我做这么好吃的饭吗？！这样的面条汤我四十年前就喝过。说实话，那时候我真是喝不下去。"

"我还没给您做过我的拿手菜呢。"瓦洛佳笑了笑。

"瓦洛佳，"伊琳娜·尤里耶夫娜责备地摇了摇头。"伊万·尼古拉耶维奇要控制饮食的！"

"真对不起！手痒没忍住。"瓦洛佳答道……

"唔，谢谢！好久没吃得这么尽兴了！"克柳奇尼科夫喝完面条汤，说。

"伊万·尼古拉耶维奇，如果您不反对的话，我和伊琳娜这就走了。"瓦洛佳说。

"是的，"叶若娃说。"瓦洛佳答应送我到店里去的。"

"当然可以。我不耽搁你们了。"克柳奇尼科夫微笑说。

"不过，如果有事，就打我手机，我马上过来。"瓦洛佳说……

克柳奇尼科夫一个人留在房间里。他漫无目的地在屋里踱了一会儿步，随后打开电脑，点开了一个叫"金字塔"的文件夹。文件夹里存着俱乐部成员的信息、他们的设想和得到的分数。令人惊讶的是，得分最高（132分）的是维奇卡·佩利亚耶夫。女孩子中得分最高（50分）的是卡佳·索科利尼科娃。

"维奇卡是个幻想家，爱说爱笑，还很聪明。"克柳奇尼科夫满怀温情地想起佩利亚耶夫来。"要是他能得到电脑倒是很不错。而要是卡佳·索科利尼科娃的妈妈不那么坚决反对的话，她本来是可以去埃及的。那么，谁能代替卡佳去埃及呢？达莎吗？是的，她有二十分，而塔尼娅和奥克萨娜各有十分。不过，我干吗这么早就算分数？！离新年还有两个多月呢，情况还可能会发生变化的。"

克柳奇尼科夫从电脑桌前站起身来，穿过客厅，从抽屉里拿出一张遗像，放在桌子上。然后，他在桌旁坐下，双手扶额，闭上眼睛，开始按摩眼皮。遗像上，他的女儿克谢尼娅正望着他。七个月前，仅仅七个月前，她还是活生生的，而克柳奇尼科夫那时还万万没有料到，几天后会有什么样的灾难等待着他。如今她已经不在了，像她妈妈一样不在了，但他还是得活下去。生活会变成什么样子，只有上帝知道。

心脏又疼起来。克柳奇尼科夫从兜里掏出硝酸甘油，可就在这时，电话铃响了。克柳奇尼科夫把药放在桌子上，走到电话前。

"喂？"

"伊万·尼古拉耶维奇，是您吗？"电话里传来塔尼娅·布拉温娜快活的声音。"出院了吗？您在家呢？"

"在家。您怎么知道的？"克柳奇尼科夫问。

"这是个秘密。"塔尼娅说，马上又改口道："不过，我对您当然是没有秘密的。伊万·尼古拉耶维奇，我已经连着给您打了四天电话了。一天打好几次。今天这是第三次了。说实话，我很惦着您。"

"塔尼娅，说实话，我也是。不过应该说'惦记您'，而不是'惦着您'。"

"真的吗？伊万·尼古拉耶维奇，您真该去学教育的。您真是一板一眼。"

"这样不好吗？"

"不，很好。要是周围人也像您这样就好了……伊万·尼古拉耶维奇，您觉得身体怎么样了？"

"还行吧。很想再见到你们大家。"

"唔，除了卡明斯基。伊万·尼古拉耶维奇，您知不知道那天我们到底出了**什么事**？"

"知道个大概。我希望你能给我讲讲细节。至于卡明斯基，我想，他是无论如何不会来的了。"

"也许吧。换我肯定不会来了。"

"塔尼娅，那其他人呢？他们情绪怎样？"

"我认为，大多数人都觉得内疚。而且大多数人都很惦记**您**。"塔尼娅强调说。"跟我一样惦记您。"

"这么说，照你看来，我们还能建得起来俱乐部？"克柳奇尼科夫怀着希望问。

"我觉得，建得起来。不管怎样，伊万·尼古拉耶维奇，我都会帮您的。您可以依靠我。"

"谢谢，塔尼娅。"

"您把'谢谢'留着以后再说吧。"

"听我说，塔尼娅，你现在能来我这里一下吗？"克柳奇尼科夫突然问。

"出什么事了吗？"

"没有，只是来做个客。"

"做客？我吗？"

"你过来，我们好好谈谈，喝杯茶。电话聊总不像回事。挺想当面聊的。"

"好吧，我马上到。你们那儿有对讲机吗？"

"塔尼娅，我去外面等你。"

"好的，我这就来……"

十分钟后，塔尼娅已经跨进了 17 号房间的门。

"我就住这儿。"克柳奇尼科夫一边让塔尼娅进来，一边说。"来我办公室吧，别不好意思。想喝咖啡吗？真抱歉，没什么可招待客人的了。哦不，我说错了。还有糖果呢。"

"不了，谢谢，我刚吃过。伊万·尼古拉耶维奇，您是不是得买面包了？或者还要再买点儿什么，嗯？"

"不用了，我以后自己去买。过来吧，坐下，我们就说说话而已。"

塔尼娅走进一间不大的方形屋子。这既是克柳奇尼科夫的办公室，又是他的卧室。塔尼娅环顾四周，然后走到了开着的电脑前。

"哎呀，你呀！"她读完显示屏上熟悉的名字，惊讶地说。"这么说来我们所有人都在你的硬盘上存着？"

"既在硬盘上，也在笔记本电脑里。"克柳奇尼科夫答道，心想："你们，看样子，已经在我的心里了！"

"维奇卡·佩利亚耶夫还是第一名？！"

"看来是的。"克柳奇尼科夫两手一摊。他不知道塔尼娅对这个消息会怎么看。

"这也合理，伊万·尼古拉耶维奇。如果有人配得奖励的话，那就是维奇卡了。我以前根本不了解他，可他原来是个大好人呢。

只不过您别跟他说我这话，不然他会翘尾巴的。"

"我不会说的。"克柳奇尼科夫微笑说。

"可惜的是卡佳·索科利尼科娃。"塔尼娅叹了口气。"她跟她妈妈吵架了。她妈妈很有原则，卡佳自己也是这样。要不是因为她妈妈，卡佳本来肯定能赢的，她很聪明。"

"那你呢？"

"哎，您知道的，伊万·尼古拉耶维奇。"塔尼娅笑了笑说。"卡佳本来想把她自己的设想告诉我，让我替她去埃及。可是我拒绝了。"

"塔尼娅，你还有时间自己想点儿什么出来。"

"而您还没变主意，还打算送我们去埃及？"

"为什么我应该变主意呢？"

"唔，原因很多……毕竟很贵啊。"

"塔尼娅，你最好还是讲讲，你在学校里怎么样？成绩怎么样？"

"成绩嘛，跟大家一样。"塔尼娅摆摆手。"跟得上，就得了。可您知道吗，我们学校在215教室里搞了个青年埃及学家小组。万尼林自己领导。小组里有三十人，从六年级到九年级都有。万尼林给他们洗脑说，奇阿普斯金字塔是奴隶们借助原始的杠杆建成的！您想象得到吗？哎！大概，不值得跟您说这种事……"

"没什么，反正你已经说了。塔尼娅，没事的，放心吧。我已经忘记尼林了，也忘记215教室了。"

"没有，你没忘。"塔尼娅看了一眼克柳奇尼科夫，心想。"你事到如今还在纠结。"

克柳奇尼科夫伸手去掏药，但兜里没有硝酸甘油。"啊！我把药落在厅里了！"他想起来。

"您感觉不好？"塔尼娅问。

"没什么，会好的。"克柳奇尼科夫安慰她。"你妈妈怎么样？"过了一会儿，他问。

"还行。她今天上第二班。"

"你知道的，我们成好朋友了。"克柳奇尼科夫微笑说。"你妈妈真招人喜欢。"

"我知道。"塔尼娅垂下了眼睛。

克柳奇尼科夫叹了口气，用右手抚摸着左胸。心脏的疼痛并没止住。

"塔尼娅，你知道我为什么叫你来吗？"克柳奇尼科夫突然问。

"为什么？"塔尼娅马上反问。

"你送了一张便条到医院里给我。我读后在里面发现了两个多余的象形文字。也许，你是笔误吧？"

塔尼娅本想回答说，她是特意写的"心爱的人"这个词，但就在这时克柳奇尼科夫的情况突然不好了。塔尼娅注意到，他的呼吸急促起来，显然是缺氧。

"塔尼娅，那边，在厅里的桌子上放着药片。请你给我拿过来。"他请求说。

塔尼娅马上跑到了隔壁房间。桌子上确实放着一瓶药。不过旁边还放着一张带相框的遗像。这样的相框塔尼娅家里也有一个，里面放的是父亲的遗像。塔尼娅看了一眼照片，呆住了。

简直就像是在照镜子。要是五分钟前有人告诉塔尼娅，隔壁房间桌子上有她孪生姐妹的照片，她无论如何也不会相信的。但是现在她亲眼看到了，不得不相信。她也明白了，这个跟她长得那么像的女孩子已经不在人世了；这个女孩子自然是克柳奇尼科夫的女儿；克柳奇尼科夫非常爱她，因而也就承受了巨大的痛苦。

塔尼娅猛地醒悟，和父亲对女儿那种深厚而神圣的爱相比，她对一个成年人的那种可笑的爱情是多么微不足道。克柳奇尼科夫是个"大好人"，他留在塔尼娅心目中的形象首先应当是一位慈爱的父亲。

就算他哪天真的想要爱上一个长着雀斑的奇怪的女诗人，他所能给予的也只是父亲一般的爱。没有其他可能！

塔尼娅回过神来：我可是来拿药的！

克柳奇尼科夫放了一片药在舌头底下，微微笑了笑。他在塔尼娅的眼中看出了惊恐和关切，所以连忙安慰她：

"已经好些了。谢谢……我们刚刚说到哪里来着？"他问。

"伊万·尼古拉耶维奇，是不是该叫救护车？"塔尼娅提议。

"不，不说这个。哦！我问你那两个象形文字的事来着。你还没回答我呢，没来得及。"

"您猜得没错，我是笔误。"

"笔误？"克柳奇尼科夫反问。

"对。我是一口气抄下来的，不小心就……您知道吗，伊万·尼古拉耶维奇……如果您是我父亲的话，我会非常爱您的。"

克柳奇尼科夫叹了口气，垂下了头。塔尼娅把这当成一个让人不安的信号。

"您感觉更不舒服了？"她惊慌失措地问。

"没有，塔尼娅，我没事。"克柳奇尼科夫安慰她。"劲儿过去了。真的，劲儿过去了！"

停顿了一会儿，他问：

"你看见照片了？"

"嗯，"塔尼娅点点头。"照片上是您的女儿吗？"

"她叫克谢尼娅，"克柳奇尼科夫笑着说，"你们很像，不是吗？"

"没错。"

"当我那次在学校大门口遇见你时，我差点崩溃：你们太像了。后来我一晚上没睡着，一直在回忆。再后来你来听讲座，我把这当成是上天的恩赐。克谢尼娅是不在了，但我在你身上看到了她。"

塔尼娅不知怎么开始不自在起来。她有点儿想回家了。

克柳奇尼科夫明白自己太沉浸于回忆之中了。

"塔尼娅，想不想让我猜猜看，你最喜欢星期几？！嗯？"

"您试试。"塔尼娅答道。

克柳奇尼科夫咬了咬嘴唇，扶了一下额头，突然说：

"星期四！"

"猜错了吧，"塔尼娅微笑说。"是星期一！"

克柳奇尼科夫茫然若失：

"呃，可你妈妈说是星期四。"

"您就听她瞎说吧。"塔尼娅开始收拾东西。"那我走了？"

"好。不耽搁你了。"

走到前厅，塔尼娅说：

"伊万·尼古拉耶维奇，说实话，以前星期四其实是我最讨厌的日子。是因为您，我才爱上了它。现在每个星期四都让我特别期待。"

"唔，好吧。塔尼娅，那就周四见？"

"伊万·尼古拉耶维奇，明天就是周四啊。"

"明天不算。我是说下周四。还要再过几天呢。唔，回见。"

克柳奇尼科夫送走塔尼娅，关上门，回到屋里，走到窗前。

窗外是小区，一个很普通的俄罗斯小区，但今天小区里阳光是多么明媚啊！昨天刚刚下过雨，今天太阳又露出了亲切和蔼的微笑。有的地方，昨晚留下的小水坑还在闪闪发亮，但柏油路已经干了，孩子们在喧闹着踢球。一群麻雀在一株金黄的白桦树上开会，鸽子们则贪婪地啄食着好心的老太太扔给它们的面包屑。一只黑猫在长椅上打盹，旁边坐着几个退休老太太，她们正在谈论一出永无尽头的剧集里新的一集，这个剧集名叫"生活"。

生活如此美好，所以心灵也快乐地歌唱着。

"唔，怎么样，周四见？"克柳奇尼科夫问自己。

"周四见！"克谢尼娅回答。

图书在版编目（CIP）数据

斯芬克斯：校园罗曼史 /（俄罗斯）弗拉基米尔·布拉戈夫著；赵振宇译. — 北京：中国国际广播出版社，2016.10
（中俄文学互译出版项目·俄罗斯文库. 少年文学丛书）
ISBN 978-7-5078-3878-7

Ⅰ. ①斯… Ⅱ. ①弗…②赵… Ⅲ. ①儿童小说—长篇小说—俄罗斯—现代 Ⅳ. ①I512.84

中国版本图书馆CIP数据核字（2016）第187294号

Сфинкс. Школьный роман
Copyright ©Владимир Благов
Simplified Chinese Translation Copyright © 2016 by China International Radio Press
All rights reserved.

《中俄文学互译出版项目·俄罗斯文库》由中国国家新闻出版广电总局和俄罗斯出版与大众传媒署批准，中国文字著作权协会和俄罗斯翻译学院负责组织实施。

斯芬克斯：校园罗曼史

出 品 人	宇 清	
策 划	王钦仁	
统 筹	张娟平 祝 晔 李 卉	
著 者	[俄] 弗拉基米尔·布拉戈夫	
译 者	赵振宇	
责任编辑	何宗思	
版式设计	国广设计室	
责任校对	徐秀英	

出版发行	中国国际广播出版社 [010-83139469　010-83139489（传真）]
社 址	北京市西城区天宁寺前街2号北院A座一层
	邮编：100055
网 址	www.chirp.com.cn
经 销	新华书店
印 刷	环球东方（北京）印务有限公司

开 本	880×1230　1/32
字 数	273千字
印 张	12.25
版 次	2016 年 10 月 北京第一版
印 次	2016 年 10 月 第一次印刷
定 价	58.00元